# 回 頭 峰

孟繁信——著

他浪子回頭，正身立品；
他誤入歧途，為非作歹；
他見義勇為，拔刀相助。

師承一脈的三人，在動盪的年代裡，
卻走出了截然不同的路……

# 目錄

# 目錄

# 回頭峰

一座刀片似的山峰，突兀兀地從汾河邊生出來，讓陽光的照射出現明顯的分叉。山這頭，林草豐茂，長河翻波，開闊明朗，一眼就能看到幾里地遠的縣城。山那頭，寒風凜洌，怪石橫臥，低窪陰冷，一條深溝曲裡拐彎地被一些殘雪野灌覆蓋著。一個村莊散落分布在離溝不遠的陽坡上，村裡的人長年過著半陰半陽的日子。村邊不遠處有一條古道，順著深溝的方向越走越淡。本來距離縣城只有一步之遙，村裡人進城卻要繞過一個十里地的大彎。也有一條從崖石壁上鑿出來的小路，但體弱膽小的人輕易不敢去走。

方師傅就是從這條小路來到回頭峰村的。

方師傅是一個鏢師，來到回頭峰村以後，被幾個熱愛學拳的村人留住，再後來，村人的後代有幾個成為他的得意門徒，這個拳種被縣文化局確定為戰功拳。

方師傅閒餘時間問幾個小徒弟，這個村為什麼叫回頭峰？

森森講，被一家村人救活的一隻幼虎，在村邊從狼背上救回一隻小羊，就在幼虎準備倒口用小羊解飢填肚時，主人把自己的脖子伸在幼虎面前。幼虎掉轉身走出村莊，再沒有回來。有人說幼虎就住在村子對面的深溝裡，村子裡隔三岔五常被野狼拱雞窩、掏豬圈的事情，再沒有發生過。

小撇子講，村子裡以前走西口的一個商人，幾年以後帶著二房小妾生的一個孩子回到村裡，看見一直在家伺候爹娘的媳婦，再不外出了。這個孩子一直把他倆養老送終。

# 回頭峰

大馬司講，光照不足的村裡人，臉都是黑黢黢的，每天收完莊稼回到院門，都能回頭看見對面那架山頂上蹲著一隻黑鴨子。

方師傅的這三個徒弟，後來都進了縣城。

# 一

森森披了件滿是油漬的黃大衣來到豐盛昌公司，被兩個門衛攔住了。兩個門衛個頭一大一小，大個頭的長得五大三粗，小個頭的長得精緻玲瓏，高低仰抑，十分自得。大個子像牆一樣擋在森森面前，一臉的蠻橫，問：「你找誰？」

森森個頭也有一米七八，在對方面前卻顯得細瘦單薄，他回答對方：「找小撇子。」說著，就要推開對方進門。

對方挪動腳步再一次擋在他面前，並且告訴森森：「我們公司沒有這個名字，請你放尊重點。」憑感覺，森森知道那小個子才真正是個硬茬兒，沒練過幾下，手上不可能有那麼大的力量。小個子看森森來頭不小，問：「你有啥事？」

森森被兩個門衛搞得這樣狼狽，火氣一下子冒上來。眼裡露出凶光，他掙開兩人的拉拽，用手指著他倆，說：「你倆給我聽著，再動手，我割下你倆的狗頭餵豬，信不信！你倆看清我這個眉眼，以後我要隨進隨出這個大門，多問一句打一次。小撇子就是你們的總經理趙成武，趙成武就是小撇子。」

這兩個被森森說得一頭霧水，一時不知所措。眼看著森森朝辦公樓走去。大個子尾隨著森森，小個子忙回到門房往裡打電話。

一樓正中是公司辦公室，主任是個看上去文質彬彬的白面書生。白面書生手裡攥著兩個看上去

一

像大理石的蛋蛋轉著，眼睛並不直看森森，嘴上卻是與森森的對話：「找趙經理有什麼事？」森森說：「有大事。」對方問：「告我吧，我給你轉達。」森森看著辦公室主任不屑搭理他的樣子，就走到靠房門的牆邊，舉了一把大錘，朝門外走去。辦公室主任告訴身邊兩個年輕人：「收拾住這個無賴！」兩個後生便很脫跳地奔出門去，截住了剛出門的森森。其中一個口氣更衝：「你也不了解一下這是誰的地盤，想找死？」話沒說完，拳腳相跟著就上來了，森森一轉身把這後生的耳朵擰住，掘在了地上；另一個後生還沒來得及動手，當胸已挨了一腳，向後退了幾步，勉強站住了。森森拾起大錘，往院子裡一輛嶄新的本田轎車走去，舉起大錘要向小車的車蓋上砸，胳膊卻被已經趕到身邊的辦公室主任架住了。

辦公樓的二樓上飛下一個聲音：「真是一個英雄啊，放開他的手，讓他砸！」

森森回頭一看，是小撇子，口上就罵起來：「王八蛋小撇子，成你媽什麼大人物了，敢這樣對老爺？再敢這樣對你爺，老子連你祖宗三代都滅了。」

周圍一院子的人，見來人敢這樣對老闆，都不再有任何舉動。辦公室主任對院子裡的人喊：「平時養著你們這些沒用的東西，關鍵時刻都死光了？都過來，把這小子掰扯了！」

一院子的人這才反應過來，一起向森森擁過來。

「站住，誰也別動！」二樓上喊下話來，「快把這位爺給請上來！」

森森並不買帳，對著居高臨下的趙成武說：「爺今天不上去，趕快打發人給爺送下十萬塊錢來！馬上！現在！」

時間不長，趙成武讓那個大個子門衛送下十萬塊錢來，交給森森。森森掂了掂那裝錢的袋子，並不道謝，把錢往肩上一背，轉頭就走。臨出大門，回頭向樓上喊去：「你狗日的小撇子，趕緊來老溫澡堂找我！」

# 二

縣城中心的十字街通往火車站的路上，有一座橋，橋側有一處澡堂。澡堂在一九七〇年代很盛行過一段時間，到一九九〇年代以後就漸漸退化了。到二〇〇〇年之後，就更不行了，有一搭沒一搭的，偶爾也有一些老年人還留戀那種在澡堂的享受，一搭腳就進來了。

熱騰騰的池水，光身赤臂地泡進去，泡到微醺欲醉的狀態，跳出來讓人搓身，沖過，然後再理髮洗頭，也有先理髮洗頭再泡澡搓身的。來到兩床相隔一小幾的白布鋪前，輕鬆地躺下，蓋上一簾薄毯，斟上一壺新茶，慢慢地享用。睏累忙碌了幾天的人有不少就在這裡舒舒服服地睡著了，直到天黑以後才回家。也有午餐在這裡用的，澡堂裡專門有人給送小吃之類的，吃著，喝著，聊著，一天也就基本上過去了。上班一族的中年人，每到週末，就到這裡消受來了，既有身體上的舒適，又有朋友間的相見。社會上的大小事也有一個相互傳播的空間。好像這就是天堂一般的享受，後來，也有些棋友，把象棋也擺到了小几上。大家各得其樂，各取其妙。

澡堂負責人姓溫，人稱老溫。性如其姓，是個溫善之人，遇急不怒，逢難知解，與前來消受的各位顧客相處得很融洽，別人要求做的事他盡可能給辦好，總能讓你有一個好心情。

老溫的兒子小溫，從小在澡堂裡長大，跑上跑下的，又淘氣又勤快，誰使喚也行，有時也很淘氣地給熟識的顧客搓幾把澡，你要是心情好又吃耍，他的手也不聽使喚地在你胳肢窩下撓癢兩把，撩逗出一串一串的笑聲，小溫就閃身跑遠了。光屁股，大腦袋，小雞雞，蹦蹦跳跳的，一刻也不安寧，大家都挺喜歡這個小主人。有好事的人，捏住小溫的小雞雞，問他：「想不想要個媳婦婦？」小溫回答：「想要。」又問：「想要個漂亮的還是醜的？」回答：「漂亮的。」又問：「可漂亮媳婦婦不愛見你怎麼辦？」回答：「等長到你這麼大就有媳婦婦愛見了。」小溫說著，指了指這個大男人的襠部。大家便笑作一團。接著又有人問：「你爹老溫愛見不愛見媳婦婦？」這是個難題，小溫想了想，說：「愛見吧。」又覺得說得不太合適，補充道：「你問老溫去吧。」大家又是一陣哄笑。老溫這時走近大家，並不發火，說：「告訴叔叔伯伯們，長大要找一個世上最漂亮的媳婦婦。」大家便紛紛口頭承諾，一定給我們這個好小夥子找個最漂亮的媳婦婦。小溫就一蹦三尺高，高高興興地玩去了。說過笑過，各自散去，大家繼續享受澡堂的舒適。

小溫再也享受不到世上最漂亮的媳婦婦了。

就在小溫快過十八歲生日的前兩天，讓一輛放野的工具車壓死了。

車禍就發生在過汾河大橋縣交警大隊門口的一級公路上，等交警發現屍體時，肇事司機與肇事車輛已跑得不見蹤影了。正好那段時間停電了，打開攝像頭一看，攝像頭裡一片空白。交警根據現場留下的痕跡推斷，肇事車輛好像是一輛工具車。因事故發生在傍晚時分，屍體已經過不少來往車輛的反覆碾壓，所以一時難以判定準確的肇事者。在交警大隊門前發生這樣的事，大隊領導感到是一種極大的恥辱，立馬部署所有能出動的警力，迅速向周邊路段延伸搜索，並通知加大出縣路口和本縣各個與一級路相通口站的監控力度。

老溫趕到現場時，現場已處理完畢，他只在縣人民醫院的太平間裡看到了自己兒子血肉模糊的屍體，當即就軟成一團，昏厥過去。老溫的女人還想去看兒子時，被人們攔住了。老溫的女人身患多種疾病，要真看到兒子的慘狀，不氣死才怪。

親戚朋友聚了一大堆，幫忙也不知從哪裡下手。說是澡堂老闆，實際老溫並沒賺了多少錢。他為人厚道，又樂於助人，加上每天愛喝二兩，確實沒多少餘錢，這一點從他家的擺設家什上就能看出來。遇上這種天外橫禍，關鍵是要有拿得出手的硬貨——錢。

## 二

森森是出事的第二天才趕到的。

森森是一家商場的小職員，有事沒事愛到澡堂來和老溫聚聚，有時是洗澡，有時是和老溫小酌兩杯。森森對老溫的稱呼是「叔哥」，按年齡，老溫屬長一輩的，稱「叔」合適；論關係，兩個人說話從不講究，粗話髒話隨口就來，什麼樣的玩笑也開，稱「哥」也可以。於是二者折中，就有一個新詞「叔哥」隨造出來，作為他倆交流的代詞。

森森長得高楊細柳式的，看上去是一個白面文弱書生的樣子，怎麼看都不像是一個能打好鬥的人。

森森的父親在縣二輕局當著一個不大不小的幹部，一個禮拜才回家一次。森森兄弟幾個跟著母親在村裡生活，多少年一直是欠糧款戶。父親那點工資，除過自己的生活費，剩餘不了幾個錢，每年村裡年底結算，給村裡繳納糧款時，他家有時錢緊張，就繳不全。母子幾個在村裡，人前人後，聽了不少閒話。森森兄弟出門見人，低三下四的，不多說話。森森在小學同學中，長得矮小細瘦，學習卻老排在前面。那時學生少，老師也少，幾個年級同在一個教室上課。老師先給低年級學生講，布置作業之後，再給高年級學生講新課。森森很快便完成了老師布置的作業，對高年級的課也最先能領會，很輕鬆就把第二批、第三批布置的作業做了出來。結果，他連跳兩級，從二年級躍過三年級，直接上了四年級。父親見森森體弱瘦小，就把他介紹給村裡的拳師方師傅，想讓他身子強壯健碩一些。誰也沒想到，森森練拳還不到一年，不僅身體變得敏捷跳脫了許多，而且個頭呼呼地往上長，成為同齡人中的大個子，像變了一個人似的。繼續保持靦腆低沉性格的同時，森森內在裡平添了不少英氣。家裡的水缸，再不用等父親回來一週才能添滿一次了，每天天不亮，他就把水桶搖響在村邊的井口了。家裡大大小小的事，他都能為母親做不少。

一年秋季，生產隊在山田裡給各家分紅薯，隊長手裡把著花名冊唸名字，保管和會計站在地秤前稱量，分到戶的，各家就裝筐入袋，肩扛擔挑，然後回家。天近黃昏時，隊長催促著各家要加快進度。就在這時，事情出現麻煩。一個叫馬向途的人提出，他家的紅薯要靠後一位才分，要不行，就等到明天再分。原因很簡單，輪到他家的這塊地面紅薯塊頭不算太大。隊長好說歹說，反正說不通。正好森森父親這天也在場，在單位他最見不得不公平的事，於是他順著隊長的話，說了幾句馬向途。這馬向途一見是欠糧款戶在幫腔，氣就不打一處來，髒話狠話一齊向森森父親潑來。「你他娘一個欠糧款戶，在這兒喳喳什麼？平時隊裡你啥事也不參與，現在管起老爺來了？」森森父親還嘴：「欠糧戶咋啦？每年繳生產隊的糧款，你沒花過？」雙方各不服軟，架勢越來越大。最後兩人竟然撲在一起，要動武。馬向途的兒子「大馬司」出面了，他用一個拳術動作把父親擋在後頭，瞪圓雙眼逼視著對方。森森見勢不妙，也上前把父親擋在了後面。這一對從小同玩、一起練武的少年，現在各為其父做主，對峙在一起。正在分紅薯的人都停下手頭的活兒，圍過來看熱鬧。半天，誰也沒敢再往下發作。這時，另幾個師兄弟擁著方師傅走到兩人面前。方師傅指著大馬司說：「你家有理啦？你動手啊？你不是會耍兩下？」幾個師兄弟同時圍住大馬司，看上去早已怒不可遏，只等

## 二

師傅一句話。大馬司頓時臉紅脖子粗，被師傅的話噎得崩不出半個屁來。突然，他回過頭來，對父親斥罵起來：「撐吧，撐吧，你這根硬柴撐裂了吧？那些小紅薯能把你吃成傻子？」父親見眾人都向著對方，嘴裡嘟囔著，沒有再發作，向後撤出人群。事情很快收場。觀者紛紛散去，繼續分紅薯。

事後，解仇為友，森森與大馬司更加友好了。沒幾天，加上趙成武，三人仿著桃園三結義，跪天拜地，成了結盟弟兄。

森森心事重，透過這事，他再不想被村人小瞧了，他想著，沒有什麼公平不公平，誰的拳頭硬，誰就有說話權。暗自痛下苦功，白天黑夜都想著拳腳功夫。自製了沙袋，綁在腿肚上，增加腳底定力。在院角挖了一個土坑，站在裡面往上蹲跳，隔幾天再把坑裡的土石掏挖出幾鍬，練輕身飛燕。院子裡的一棵槐樹，成為他揮臂擊打的靶子，練就了一雙鐵砂掌。方師傅勸他，萬不可走火入魔，練功有科學方法。可他暗中卻忍著淚水，與自己較勁。村裡人都有所耳聞，再見到他和他的家人，都不敢說欠糧款的事了。

上初中時，森森離開回頭峰村，來到縣城，住在城郊小碼頭，跟著父親上學。森森長著一顆善悟的腦袋，在石城一中，言行上表現出持重內斂，思維卻十分靈敏過人，屬於老師愛見、同學敬重的一類。在校園裡，人們常常能看到森森腋下夾著一本書，隔幾天，就到學校圖書館另換一本。他吃飯的時候，準備兩個凳子，高凳上放著麵碗，碗後面立著一本書，人坐在低凳上，一手撥麵進嘴，另一隻手扶著碗後面的書。透過熱霧，視線通向書頁。功課之外，他讀了不少的書，文學類的、科普類的、歷史地理類等，不厭其煩，越讀越有興趣。另有一項業餘愛好，也一直堅持著，連父親也不知道，就是他黎明起床後，一個人走到離家不遠的一塊開闊場地，飛身踢腿，馬步衝拳，程序似的走完自己給自己規定的訓練項目，才往學校走。

因森森學習成績好，也引來不少人妒恨，班裡幾個官二代子弟的這一關就不好過。以代做作業為由，遭到拒絕後，就懷恨在心，逮住機會就要嘲諷凌辱他一頓。森森自己給自己安排的時間很緊，不願意在這些班賴學霸面前多惹事，常避著忍著，一下課趕緊回家。直到有一次徹底解決問題，幾個纏著他不放的人才善罷甘休。

在暑假汾河灘玩水時，森森被幾個恃富逞霸的官二代子弟圍住，要和他「算帳」。這一次，森森是躲不過了。在村裡，方師傅教給的那些戰功拳套路，被他破解得很有心得，每個動作都是鏢師千錘百鍊的結晶，「梅花掌」打的是攻中有防，「十二快手」打的是防中有攻。這個看上去瘦高文弱的森森，動起來卻如疾風烈馬，出手與移步都十分敏捷，沒幾分鐘，他就打退了尋事鬧事者。幾個被森森打得屁滾尿流的官二代，自然不甘心，隔了幾天又一次糾結了更多的人在汾河灘上找森森的麻煩。

森森沒有懼怕，面對十幾個人的圍堵，他知道一旦要被纏身會有危險，便迅速退到背臨汾河水面的沙灘前，別人看上去是面臨絕境，而他的想法是防止腹背受敵，必要時還可以入水逃遁。他看準先上來的一位，一閃身就拽住了對方的一條腿，迅急在腋下衝出兩拳後，一擺手把對方扔進了汾河。已經被這兩拳打痛的落水者，一下子失去了四肢划水的氣力，死屍似的向下漂去。要不是有人及時撈了上來，後果不堪設想。等這一群再一次圍住森森要玩命時，小撇子和大馬司趕了過來，護在了他身邊。對方見勢不妙，才草草收了場。三個小時的朋友，突然見面，又是驚喜，又是稀罕。一問，森森才知道他倆已經在縣城混兩年了。因為身手不錯，也常在小碼頭與那些小青年們有不少

## 二

的接觸。隔幾天，也會回到村裡住住。最後相互留了聯繫地址，才分開。

縣城中心往北過橋就是小碼頭，小碼頭的孩子有聚夥打架的習氣。小碼頭往古裡說，有很多的深宅老院，小街上商鋪林立，曾是南來北往客旅必經之地。入街石牌坊上刻有四字：碼頭古鎮。鎮街長達五里有餘，地勢比相鄰同向的汾河低下很多。據老人講，碼頭北街有一塊天降隕石，似石似鐵，周身油亮堅硬，是抗災保福的鎮村之寶，多少年來，汾河也曾巨浪拍岸，狂虐發威，碼頭村鎮卻安然無恙。站在比汾河河床低下一個人身的古街，聽著浪濤聲聲，商貿買賣依然如常進行。據老人們講，早年汾水浩渺渾黃，晃晃悠悠流到碼頭這一段後，水勢平穩湧動，水面常有商船客輪經過。碼頭再往下，汾河的河床突然變窄變陡，而且多有礁石，有明顯的「禁止通行」的警戒標誌。這樣，這裡就成為水運的一個終點站。

特殊的地理環境，讓碼頭小鎮成為一個十分繁華的地段。岸口公私碼頭鱗次櫛比，船桅風帆高低錯落。古鎮街道兩旁，經營金銀首飾的，開設風味小吃的，熟皮子的，玩古書畫的，賣布匹的，耍把戲賣藝的，演皮影戲的，說書唱小曲的，開當鋪的，賣百貨雜店的，拉洋車的，騾馬店，黑客棧，妓院，賭場，雲煙房，都有。白天，車馬行人川流不息；夜晚，挑樓燈火滿天通明。特殊的地域，自然有特殊的人士出入，各路文武人群，甚至皇宮相府的人也常有路過。這裡的流動人員很多，西太后的轎子、東征紅軍的部隊，小碼頭的人都見過。

在碼頭長大的孩子，自視熟人慣，到處跑竄，免不了惹是生非，欺生辱弱，結群搗亂。偶有遇到鏢師武士，也常有鼻青臉腫的時候，但惡習難改，事過之後，新一輪更新鮮、更詭祕的邪亂之事就又會在這一群小賴皮小混混中發生。商貿景象因時代變遷，那些曾經的商貿繁榮早已過氣，但碼頭那些喜歡作奸犯科的孩子，卻一茬接一茬延續下來。

火車站修成於一九五〇年代，隨著附近的煤礦、石膏礦迅速擴展，裝貨的月臺上黑面子、白面子整天紛紛揚揚，整列整列的車皮白天黑夜穿梭不斷，呈現出另一番紛雜繁鬧景象。碼頭的意義依然存在。曾經熱鬧的街巷客棧，如今破敗不堪，成為孩子們開火打仗的好去處。常有路過的人，頭部被暗牆裡飛出的石子擊中，卻連個人影都找不見。縣城大街上，說不準哪一刻就有一群小碼頭的孩子鬧事，等公安員警趕到時，只能看見小碼頭橋邊的一蓬灰煙。誰也知道是小碼頭的孩子做的壞事，但誰也指認不出是哪一個。電影院裡，集會攤前，誰看見這群孩子都躲得遠遠的，生怕惹上一身的不乾淨。

小碼頭的孩子常做一些撩雞逗狗的壞事，員警對他們很頭痛，抓起來關監獄吧，作案性質不算太嚴重，離觸犯法律還遠些，又都不滿十八週歲，所以只能睜一隻眼閉一隻眼。平時，單獨一個員警碰到這些孩子，也不願惹事，只能繞道離開。只有等到統一布置、集體出警時，才能解決問題。但這樣的機會並沒有出現。

一九八〇年代，上峰下令，突擊嚴打，這群孩子正好也剛長到十七八歲，先後有幾個被判了刑，算是暫時穩定了一方社會秩序。其中有一件事是一個做手錶生意的南方人告發的。這個南方人，並沒有固定的店鋪，而是在縣城大街上流動銷售。他身上背著一個包，裡面裝著各式各樣的手錶。森森當時正在縣城上高中，有一次在下學回家的路上，正好和小撇子遇到一起，見到了躲在街頭一角這個賣手錶的。看到外包裝很精緻的手錶，小撇子就想買一塊。於是站在當街上開始議價，雙方經過討價還價，最後商定二十元成交。小撇子把手錶戴在胳膊上，象徵性地在身上掏錢，沒掏出來，他向森森使了眼色，隨後撒腿就跑。在小撇子看來，森森跟著他一跑，那塊手錶就歸自己了。

可森森不這樣想，森森做事，愛講個道理，雖然在小碼頭孩子對他這種愛講道理的習性都很反感，但這是他自己做人做事的準則。小孩子聚在一起做壞事或好事，就是一刹那決定的，哪有那麼多道理可講呢，可後來一遇事情還是想聽聽他的意見，他總能像模像樣地給孩子們講出些道理來。他讀的書多，好多道理都是從書上學來的。南方人看到小撇子這些潑皮無賴，打又打不過，追又追不上，當時眼裡已流出可憐的淚水。這更讓森森心生憐憫，於是他對南方人說：「你這錶走得準不準？」南方人把自己的衣袖一下捋起來，整個胳膊上都套著手錶，他讓森森挨個看每塊錶的指針，說：「你看準不準，不準我就把這所有的手錶全白給你。」森森身上正裝著爹娘給的準備上高中繳書費和學費的五十元錢。他狠狠心掏出四十元，又要了一塊錶，等於兩人兩塊錶的錢由他一個人付齊了。

下午，森森在小碼頭顯擺自己漂亮的手錶時，被大家奚落了好一陣子。原來他的那塊錶已經停擺了。再一看小撇子的那塊，也不走了。他倆買了兩塊假錶。這時，森森的父親找到他們，當場就搧了森森幾個耳光，同時勒令：明天再不去上課，回家後就用繩子捆起來鞭打。隨後去學校重新給森森繳了書費和學費。小撇子看著朋友因為自己惹事而被連累，立時怒火中燒，揚言一定要給南方人些厲害瞧瞧。當晚，他就召集了碼頭夥伴，在南街一個小巷裡找到了那個南方人的住處，不僅痛打了這個售假錶的南方人，而且還把所有的手錶全都搶走了。

南方人一氣之下，連夜向公安局報了案，自己也跑得不見蹤影了。

第二天，小撇子一夥作案人便被公安一網打盡。正趕上國家「從重從快從嚴」的判案形勢，沒幾天，公判大會就宣判了他們幾個的罪行，幾個同案犯以「搶劫罪」定性，主犯重判，次犯嚴罰，三年、五年等，以罪論處。這樣，剛開始人生之春的小撇子等過上了鐵窗生活。森森雖躲過了這一劫，卻從心底裡覺得有愧，畢竟，這事與自己有直接關係。以後，逢年過節，他都要回村裡去這些髮小朋友的家裡走走，送些簡單的禮品，出力流汗的活兒盡量多做一些。

# 三

小撇子從裡面出來是最晚的一個，已是近三十歲的年齡了，就這，也算幸運，他差點加了刑。監獄裡那些年有獄霸，正像人們知道的一樣，一個獄室的囚犯都是有潛規則的，特別是對剛進來的年輕囚犯，必須經過馴服期。蹲在牆角，眾人朝著你撒尿，跪著向頭兒喊爺爺，重活髒活都是你幹，想解氣就朝著你搧耳光，等等。小撇子不懂這些，自然遭遇了更為嚴重的欺負。能當頭兒的人，都長得五大三粗，且有能置人於死地的膽量。小撇子雖長得不怎麼彪悍，卻在小碼頭是個出手又快又狠的主兒，比他個頭高力氣大的人也占不了他的便宜。在當了一段時間的縮頭烏龜後，小撇子就再也忍不住了。終於找到一次與頭兒一決高下的機會，就在頭兒讓他倒馬桶的時候，一舉手就把一桶屎尿全都扣在頭兒的腦袋上，隨後一手抓住頭兒的大鬍子，一手卡住頭兒的脖子，要往死裡掐。幸虧及時來獄警，才避免了一場大禍發生。獄警剛一走，小撇子繼續對頭兒實施暴打，直到對方喊爹叫娘徹底軟癱在那兒，小撇子才肯喘出一口氣。等頭兒稍稍緩過來一些的時候，小撇子再一次走到對方面前，再一次抓住對方的長鬍鬚，問他服不服，在對方俯首稱臣之後，小撇子臨了還是揪下一把對方的鬍鬚。

別的囚犯從此以小撇子為頭兒。也正是因此，警方開始在他加刑的問題上做出研究。後來，他所在的獄室，囚犯在他的帶領和影響下，做出了全獄最好的業績，每個同室囚犯都有上佳的表現，甚至有幾個做了減刑處理。這樣，小撇子的加刑決定才取消了。不過，小撇子好像有了一種頓悟，像變了一個人，人們再也看不見他稱霸鬥強的勢頭了。到最後出獄時，整個人像縮了一圈似的，看上去低矮猥瑣，走路時連步子都邁得細密短小了。

人的一生，是用加法與減法構成的。好多人從童年、少年到青年，一直到四十歲都是加法，分量在加，年齡在加，衣服在加，經歷在加，知識在加。到四十歲以後，牙開始掉，頭髮開始稀疏，力量開始降低，父母也有的開始老去，是減法了。對小撇子而言，剛到三十歲，銳氣減了，身重減了，卻有一點加了，唇沿下的臉幫，長出了一顆黑豆大的痳子。痳子中間無端長出一根長鬚。情緒不好時，長鬚往下披著，興致高時就上揚。他對人說：這是獄中送給他的唯一的加法禮物。

森森高中畢業後，父親安排他在二輕局屬下的五一大樓做小職員，但天生靈泛的他，是個八面神通的人物，人稱「城鄉路」，同時也被私下一些人入列縣城「十大路」之一。「十大路」歷數如下：之一，「通天路」，是一個既通官道又通民道的人士，專門做一些一般人難辦到的事情；之二，「鑽地路」，此人專門做不走正規管道的一些事；之三，「盤山路」，一個專門靠做林木買賣生意發財致富的人；之四，「海底路」，是一個明開髮廊暗設妓院的大胖子；之五，「土地路」，是以開發房地產建樓發家的南方人；之六，「陰府路」，是指專營花圈、壽木、墓碑、祭文的小老闆；之七，「過河路」，是政府機關第一個下海經商卻最終無功告退的「精明人」；之八，「笑天路」，一個整天胡轉亂侃愛編故事、愛損親朋的閒懶之人；之九，「鴛鴦路」，一個娶了六房女人還養著小情婦的大色鬼；之十，「城鄉路」，就是森森了，在商貿公司做著一份不值一提的工作，眼睛卻盯著四面八方，縣城裡沒有他不清楚又做不了的事。

「十大路」當中，數森森年齡最小，名字卻起得最霸氣，最有寬度。其他各「路」，人們明著暗著都叫得挺響，唯有森森不一樣。順心時叫叫也無所謂，不順心時立即制止，甚至手腳相跟著揍你一頓，所以一般人只敢背著他叫。森森無心在工作上細鑽深研，湊合能完成任務為原則，在要求進步方面也不做努力。也許與他看書太多有關，對單位的事得過且過。因為有他父親這個上屬的面子，領導和同事也不為難他。反倒是他的道理比領導講得還多，他的規則比單位的制度還全。父親曾多次勸他，做出些業績證明自己，日後好有個被提拔升職的機會。可他明上應承，背過父親仍游裡擺外的，過著很閒適自由的生活。一有機會，就把著一本書看。

這天傍晚，小撇子裹著髒破的棉大衣來到森森家，像個落寞的乞丐似的，一進大門就被森森家照門的黃狗吼叫住，不得前行。森森父親打開院門，一看見是小撇子，忙把他引進院子的西房。西房是準備給大兒子森森結婚用的一間平房，房子已裝修過，傢俱電器一應俱全地擺了滿滿一屋子。此時，森森一個人蜷在綿軟的沙發上正看著一部電視劇。

打發走父親，森森把小撇子推坐到沙發上，自己一個人一聲不吭地出去了。不一會兒，森森提回兩瓶白酒和幾個小菜來，展開小菜塑膠袋擺在茶几上，又把酒蓋打開，一人一瓶。森森的意思是，不用酒杯，各自往各自的喉嚨裡倒，俗稱「掌號」。沒用多長時間，兩人的酒已灌至瓶底。突然之間，森森發現了小撇子的一根鬚，很有感慨地說：「不知道你在裡邊長了見識沒有，鬍子倒是多長了一根，再粗一點，就是吸酒的小管了。」小撇子眨了眨眼，回應：「回來幾天了，它一直往下長，見到你開始向上長了，我知道它遇到福音了。這不，我還沒醉，它先醉得蹦蹦直跳了。」森森細一看，果真見那一根鬍鬚左右顫抖，就伸手去摸了一下。那長鬚跳得更歡了。森森嘿嘿一笑，問小撇子：「回來準備做些啥活兒？」小撇子說：「只要能給碗飯吃的活兒就幹。」森森一錘定音：「不能再走邪了，你的事我包了。」

當晚，兩人便來到橋頭老溫澡堂。

「叔哥，這是我朋友，剛從裡邊出來，明天開始正式在你這澡堂上班。」

老溫正在猶豫，森森一股火氣上來，話頭把老溫往死裡掘：「我這是高看你老不死的哩，沒有商量的餘地，不僅班要上，活兒還不能太累，工資還要是員工裡最高的。就這樣吧，定了！」

老溫只好順著森森說：「上就上吧，還用你這小老爺發這麼大的火。」

森森順勢倒軟：「叔哥，對不住了，是我不好，讓您生氣了。」

這一個常不用的「您」字，把老溫和小撇子一下子逗樂了。氣氛一下子多雲轉晴。

與此同時，「定了」這個詞也成了老溫每每見到森森的一句口頭禪。就這樣，小撇子開始在橋頭澡堂上班，且一做就是兩年。

# 四

期間，發生了不少事情。最讓森森糾結的一件事是：小撇子父親的去世。

也與小撇子坐監有一定的關係，父親的病是有氣根的。為了讓小撇子盡快歸攏身心，父親在小撇子回來的一兩年，四處托人讓給自己的兒子找物件，可人家一聽說這小夥子是從監獄裡出來的，都搖著頭避開了。連窮鄉僻壤的姑娘們，都沒有一個答應要嫁給他的。眼看著小撇子的年齡一天一天地大踏步地邁到了三十的門檻。有兩個二婚女人，還都帶著孩子，在到過一次小撇子的家以後，就再無下文了。

小撇子的兩個弟弟在等了一段哥哥的婚事之後，也不再敢耽擱了，先後都結婚成家了。小撇子索性不再著急，心甘情願地做著一個剩男的角色。父母心裡生著氣，背著小撇子常常唉聲嘆氣，卻不願在小撇子面前再給這個大兒子添堵加怨。這一前一後的憋屈，把兩個老人積攢出了氣血不順、內臟失調的毛病。

父母多年前就體弱多病，哼哼唧唧的，家裡窮困不堪，家外缺力少氣。孩子卻一個一個接著出生，大的抱著小的，小的拽著幼的，鼻涕口水，補丁疙瘩，冬天沒個棉的，夏天沒個單的，吃飯時，大大小小排成一溜。睡覺時，長長短短滾滿一炕。一個大鍋，倒進粗糧和雜菜，抓進一把鹽，熬成熟飯，一碗一碗地端走，蹲在院外撥進嘴裡，飽了沒飽，不管，沒有第二碗了。父母輪到最後，有多少吃多少，實在餓得不行，去酸菜缸裡夾一筷子酸菜，加些熱水，喝進肚裡，就算一頓飯。一個大炕，就那樣兩張大被子，女的一張，男的一張，從上往下一蓋，都有了。哪個半夜被擠出被窩了，就早點穿衣服起炕，再在哪個角落靠靠，迷迷糊糊地等天亮。枕頭是那種兩米長的圓柱體，沒有枕巾，油亮油亮的。炕上的一張油布，被尿漬汗溼浸得起皮，有幾處已經開洞，能看見下面墊著的破席。富家寶貝一顆顆，窮人孩子一窩窩。兔腦腦一個個跳進蹦出，誰穿了誰的衣服，誰搶了誰的吃食，沒有人維持公道。剛還痛哭流涕地爭鬧，一會就含著淚蛋蛋戲耍。真要有哪個不在，有時父母也不一定知道。就這，糧菜也常出現斷頓，衣服也連補丁都漏洞。原本困逼的生活，因添人加口就更加貧窮。鎮痛片，止疼藥，隨處放著，有時吃錯了，也不知是誰吃的。連吃穿都難維持，哪有餘錢到大醫院看病，就那樣頭疼治頭牙痛醫牙地湊合著。每年年終，他家都能被評為救濟戶。父母見人低人一等，凡事不爭。有善心有慈悲的人，常幫襯他家。隊裡過節分肉，發放的人總要給個秤上的高頭。誰家有剩餘棉衣、布鞋，也主動送去一些。村裡長舌婦人要說起玩笑話，也愛從他家開談。

小撇子少年時，主動找到方師傅加入村裡的拳幫，學得很入竅。再大一點時，越來越不想回到家裡了。公社趕會唱戲，他一個人就跑去了。從人擠人的老街，穿過一條小巷，他來到開闊的廣場，見一群人正圍著一個南方人，就湊了過去。這南方人長得文靜高挑，眼前架著一副眼鏡，正在給學校的一位老師治牙疼。一邊用一根筷子在老師嘴裡撥弄，一邊向圍觀的人講述。南方人對觀眾說：「這是一顆蟲牙，蟲牙蟲牙，就是牙裡有蟲，所以疼起來要命。」說著說著，南方人把筷子慢慢從老師嘴裡移出嘴邊。讓老師和跟前的幾個人細看，果真，筷子尖有小白蟲蠕動。站在小撇子跟前的一個青年悄悄說：「假的，騙人的，肯定筷子裡有文章。」小撇子一時性急，就衝過去，指著南

# 四

方人說：「你要賣藥到別處賣，不要在這裡糊弄人。」南方人爭辯：「啥叫糊弄人，我這是治病救人哩。」這時有不少人想把小撇子推出圈外，還有人罵他亂攪局。那位老師也擺起了對學生的樣子，字正腔圓地訓斥小撇子。很快，小撇子就被眾人逐出圈外，臉上還不知被誰打出五個指印。也不知從哪兒來的一股蠻力，小撇子爬起來，衝進人群，奪下南方人手中的那根筷子，一掰兩瓣。原來，筷子是空心的，裡邊裝滿了白色小蟲子。大家這才恍然大悟。這個江湖騙子，一下子癱倒在地。人群裡站著的幾個民兵，很快就把這個南方人捆綁起來，押回公社去了。

這一下，小撇子出名了。一個趕會場上，到處都在講他懲治江湖騙子的故事。同時，小撇子被幾個當地「主事人」收留，順便讓他維持了幾天的社會秩序，走到哪兒，都有人稱讚他。各種特色小吃攤，都搶著爭著想讓他嚐嚐美食。那時，人們對「英雄」的概念特別強，他小撇子就是看得見摸得著的現實中的英雄。此後，他在鄉里也成為人見人熟的好人強人。那些被哄騙了的窮人，那些被偷盜了的弱者，總要找到他去明辨是非，擺平麻煩。他從心底裡有一種平民情結。這些事情被傳揚著，好多人對他豎起拇指。在回頭峰村，有人給他父母講這些事時，家人都不相信這是真的。他一反父母為人做事的常態，另立起一副主持公平正義的形象。

小撇子進城後，遇見小碼頭的痞霸淘主，幾個開口便說「早有耳聞」，很快就融為一體。小撇子心裡有數，這些人重情重義，卻沒輕沒重，笑貧不笑娼，劫富不濟窮，相處不可太疏，也不可太密。回頭峰離城不遠，兩頭隔時走動。搶錶一事，是他看到髮小好友森森受氣，一時頭腦發熱，做出了傻事。這教訓，他終生難忘。

這天，小撇子正要下班回家，被老溫叫住了。他隨著老溫來到澡堂的一間辦公室，裡面坐著一個女人。這女人蓬頭垢面，看上去有三四十歲，一臉悽楚。老溫說：「這是我的一個外甥女，這兩天尋死覓活的，這不，現在找到我頭上了，我要再不幫，就有可能出大事。我正想和你與森森商量商量，該怎麼辦？」

小撇子趕忙給森森撥通了電話，要他盡快來一下。

森森來到澡堂，馬上與老溫和小撇子躲在一間小屋裡商量對策。

這女人叫史雙莉，是回頭峰行政村屬下的一個自然村的，村名叫黃坡，只有幾戶人家。小撇子他們小的時候聽說過這個村有個小美女史雙莉，但沒等史雙莉來回頭峰小學念書，他們就都進城了。史雙莉的娘與老溫女人是姨姊妹。史雙莉父親過世後，有一個男人來到她家，甜言蜜語地說服了她娘，成了她的繼父。生活過一段日子後，才知道這男人有一身的壞毛病，最要命的是他嗜賭成性，整夜整夜地不歸家。有錢沒錢，什麼樣的賭局都敢上。沒錢先賒著，改天再變賣家產還上，把本來還有點積餘的家，折騰得四壁徒空。她娘雖然也是一個乾淨俐落的女人，自從男人去世後，家裡失去了頂梁柱，對待一切事態，老表現出逆來順受，眼睜睜看著這只入室之狼把生活一步步逼向絕境。

這次，繼父手氣大敗，卻惱羞著不願離開賭場。身無分文，賭場的人誰也不願與他搭茬。情急之下，口出狂言，要拿女兒史雙莉作為賭注，一把定輸贏，贏了對方押在桌上的五百元歸他，輸了自家年輕貌美的女兒歸對方。當場立了字據，各位賭徒作證。對方是個大賭家，賭中詭詐爛熟於心，先前也常以輸局吸引不少賭徒上癮入夥，關鍵賭局才貌似意外地一網打盡。這一賭，以大額人質為賭注，他自然不會粗心大意。結果可想而知。還在睡夢中熟睡的史雙莉，就神不知鬼不覺地已經成為一個男人的桌上菜了。

## 四

突然之間，那賭徒領著一班打手來娶史雙莉，當然，遭遇了母女倆的拚死抵抗。母親一條腿被打折，再往下發展，很可能命都難保，無奈之下，史雙莉屈從隨嫁。結婚那個晚上，史雙莉堅守貞潔，儘管被對方打得遍體鱗傷，仍不屈從。第二天過門回家，她便再也不跟著男人回去了。男人單槍匹馬，不便再逞凶發威，覺得此事再鬧下去，不僅得不到人，還怕出現更多的麻煩，臨走放下狠話：五天以後，要麼史雙莉順利跟他回去，要麼把那五百元錢退還出來。那男人走後，按娘的吩咐，史雙莉進城找姨父老溫幫忙。

聽完老溫的講述，小撇子和森森都火氣沖天，現在都什麼年代了，還有這逼親搶人的事發生！表示一定要把身處水深火熱之中的史雙莉救出來。兩人摩拳擦掌地抖擻了一番，要對這個十惡不赦的賭徒繼父懲治一下。思來想去，賭債立了字據，雖然性質惡劣，可白紙黑字寫在那兒，走到哪兒，這理好像也說不過去。於是，三人就在這五百元上做起文章來。五百元，差不多是當時公職人員一年的薪水啊，從哪兒借？而且只有五天的期限。

也是天助人心，連小撇子和森森都沒想到，兩人只用了一天時間，就把五百元借到手了。兩人分頭行動，所到之處，都沒有空跑，毛票整票，零零拉拉地硬著湊夠了五百元。老溫十分感激，有這兩個朋友幫忙，他也讓自己的老婆正兒八經地驕傲了一回。這樣，史雙莉就被順利地贖回來了。

事後，老溫與老婆商量，想把史雙莉介紹給小撇子做媳婦，兩人一拍即合。再與史雙莉娘倆一碰頭，都覺得可以。與小撇子合計，小撇子卻搖頭否決，說這是乘人之危，別人還以為咱這解救史雙莉原來是別有用心。再與森森協商，森森的意思和小撇子差不多，不過留下一個話口，他讓史雙莉先養傷，如果有更合適的人選，史雙莉可以為自己一生的幸福考慮擇偶。五百元的事，由他和小撇子共同承受，不必把這個當成一個負擔。真要是小撇子的姻緣，也不會跑掉的。

這話，說得史雙莉一把鼻涕一把淚的，她娘也十分感動。此後一段時間，史雙莉便來到老溫的澡堂，一邊養傷，一邊也幫忙做些事。與小撇子也就有了比較多的接觸和了解。

森森看著兩人的關係越來越親近，就單獨與史雙莉認真談了一次。他毫不隱諱地談了小撇子的許多缺點和不足。然後帶著史雙莉來到小撇子的家。在毫無準備的情況下，小撇子家裡的貧困窘迫和老弱雙親的一番景象就一覽無餘地展現在了史雙莉面前。從森森這個角度來講，是想來個徹底了斷，真實的情況如此，你史雙莉真要是從心裡愛小撇子，要和這個坐過監的人過一輩子，就必須要有受苦受累的心理準備。原先見到史雙莉時，蓬頭垢面的像個三四十歲的女人，稍作梳理裝扮之後，才知她是一個很有姿色的姑娘。小撇子的父母見森森帶著一個姑娘來到他家，一下子亂了陣腳，手忙腳亂地找蜂蜜尋糖果，但被森森阻止住了。小撇子沒想到森森突然來了這樣一手，心裡惱恨卻不便發作，很不自在地愣在一旁，直用眼光觀察史雙莉的表情。

從小撇子家回來，史雙莉蒙頭大哭了一場。

好幾天，史雙莉不想和人說話，常常一個人孤悶著。小撇子見到森森，也表現出不冷不熱，與史雙莉的關係也暫時「停電」了。這種事不必牽強，小撇子也沒有再去和史雙莉多接觸，兩人見面，都低著頭匆匆走過。

史雙莉沒有和老溫打招呼，突然不見了。大家都覺得她回到村裡了。老溫當天就打發老婆回了一趟村裡，老婆晚上回來告訴老溫，說沒見史雙莉。正在老溫著急之際，小撇子告訴他，史雙莉在回頭峰小撇子的家。

## 四

晚上，史雙莉回到澡堂住宿，一大早就又跑到回頭峰村了。她在小撇子家給二老收拾家務，洗碗刷鍋，像個親閨女似的裡裡外外地忙個不停，並且一口一個「爹」，一口一個「娘」地叫上了。

森森見此情景，又找到史雙莉交談。

「你這樣不明不白地在小撇子家勞累，又叫爹又叫娘的，算個什麼角色呢？」

「小撇子這個家，父母體弱多病，家境這麼差，合起來也值頂不了五百元，他能用一顆心來暖我救我，我就不能做點自己能做的事？」

「那你要名正言順地嫁給小撇子，才能讓事情有個結局。」

「我的舉動還證明不了我的心思？人家不吐口，我也不能強迫人家吧？」

「這個狗日的小撇子，真是一隻笨熊，打著燈籠也找不到這麼漂亮賢慧的媳婦，還擺什麼架子哩！這事就這麼定了，我來操辦。」

森森見到小撇子先是一頓臭罵，接下來談結婚辦喜事的具體事宜。小撇子沒有立馬答應森森，他另有想法。森森口上罵著小撇子，話頭卻不再往談婚弄嫁上接茬了。這種事是一輩子的大事，強拉硬扯也不合適。

小撇子雖然命運不濟，坐監出來，又在社會最底層的澡堂工作，但他骨子裡有股孤傲之氣。史雙莉這種際遇，是值得同情，但這樣主動跑到小撇子家操勞而且又叫爹又叫娘的舉動，很有點逼婚的意味。誰知道她以前的經歷又有什麼樣的污點呢？

史雙莉的娘見姑娘這邊進展不大，就跑來縣城老溫澡堂，想了解一下情況，適逢一個穿著花枝招展的城市姑娘也來到這裡。雙莉娘還沒見到老溫和姨妹，先遭到這城市姑娘的一番歧視。又聽說是和小撇子相親的，雙莉娘就先堵了一肚子的疙瘩。第一眼見到史雙莉時，心裡就更不好受。雙莉還是那樣純樸實在，與這位城市姑娘形成一個鮮明的對比。話沒說了一句，她拉著雙莉就往澡堂外走。

在臨街的門口，娘倆才碰到老溫的女人。雙莉娘拒絕了姨妹的熱情，執意要拉著雙莉走。史雙莉被娘拽著，腳下卻使著勁拖著。雙莉娘喊：「這城裡人咱不稀罕，光景再窮，咱自己過，回家吧。」

史雙莉哭著對娘說：「再窮再累我也不怕，可那五百塊錢，我要還人家呀。你先回，等我還完了錢，就回去了。」

就這樣，雙莉娘連一口水也沒喝，一個人掉頭走了。

那城市姑娘早聽說過史雙莉的事，她追上史雙莉的背影，說：「你也不照照鏡子看看自己是個什麼貨色，憑一張臉蛋就能在城裡混？」

史雙莉並不搭話，急匆匆地往澡堂外走，正好碰上剛從門外走進來的森森。森森把史雙莉擋回來，當著她的面與城市姑娘對話。

「誰介紹你來的？有何貴幹？」

「我和小撇子有過交往，今天是來和他相親的。」

「小撇子剛和我說過，他家裡還有五萬塊錢的外債，城裡的姑娘就不做重點考慮了。除非你先拿上五萬塊錢來，先還上外債，再說。」

「喲喲嘴，這麼多呢，沒聽他說過，我哪有那麼多錢呢？」

# 四

「忘告你了，他身上還背著一樁人命官司呢，現在公安正要找他呢，要不你進去先等等，也許馬上就能見到他。」

「你是他什麼人？這麼清楚情況？」

「我是他哥，這一點你不要懷疑。」

「那好吧，我就先不等他了，下次來再說吧。」

說完話，城市姑娘一陣風似的飄走了。

森森對史雙莉說：「你別看她穿著花裡胡哨的，實際長著一身臭肉，看著都噁心。」

史雙莉對森森說：「森森哥，你是個好人，小撇子真有五萬塊的外債？還背著一樁人命官司？」

森森回答：「你也真是的，我不那樣說，那城市姑娘能馬上走開？」

史雙莉說：「欠你和小撇子的錢，我會想辦法還上的。」隨後跑出了澡堂。

當天傍晚，森森把小撇子叫到回頭峰村。在村邊的樹蔭下，兩人拉開陣勢談婚事。

「今天下午，那位有名的城市花來找你了，說要與你相親。這潭臭水，污染了不少人，包括那些愛尋花問柳的國家幹部和有錢老闆，這下，找住你了，你就踵這潭渾水吧。」

「這個不要臉的女人，誰招她惹她了？」

「我不管你招過她惹過她沒有，反正現在人家纏住你了。你說怎麼辦吧？她在澡堂羞辱了史雙莉，差點沒把雙莉氣死，被我攆走了。現在，這兩個女人你選一個吧。」

「你是不是把我看成一堆牛屎了，非要娶這個敗家城市花？」

「我不知道這史雙莉要想什麼辦法，她說她一定要還上那五百塊錢，你要真不喜歡她，給我一個痛快話，不要這樣不死不活的。現在史雙莉喜不喜歡你，還是兩可，我也沒踩準人家的心思。」

「妖裡妖氣的城市花，肯定不是我的選擇。雙莉這邊，我也說不上來，人是個好人，可……」

「不要可什麼了，行還是不行？」

小撇子囁嚅著，麻上的長鬍鬚亂抖，不知該說什麼好。

兩人一邊說一邊走，涼風呼呼地吹著。

這時對面走過三個人來，走到跟前一看，是小撇子的娘和史雙莉正攙著他爹在村邊遛彎。

看見一直也沒什麼好生活的父親現在變成這個樣子，小撇子一時心痛，就地一下跪在二老面前。

森森走到史雙莉面前，說：「你也不要再這樣受苦受累了，對我們，你也實在做得夠意思了，你也不要再想還什麼五百塊錢的事了。明天，你就回家吧，找個比小撇子更有出息的人嫁出去吧。」

說著，森森拉著史雙莉離開了兩位老人，向相反的方向走去。

失去攙扶的老人，一下子跌坐在地上，一隻手卻無力地伸向史雙莉。

小撇子站起來，上前一步，去攙扶父親，被父親一個巴掌打過來，力量雖然不大，聲音卻響得脆亮。

小撇子像突然醒悟過來似的，從父親身邊站起來，不顧一切地向森森追去。

兩人在不遠處的曾經是方師傅教他們練拳的空地上扭打起來。史雙莉趕忙又回到兩位老人跟前，扶起老人。

小撇子與森森從土場上打鬥到草堆裡，又從草堆裡打鬥到土場上。最後兩人疲憊地抱在了一起。

當天晚上，父親對小撇子說：「兒啊，你這是傷天理呀，怎麼這樣不識好歹，娶雙莉做媳婦是你

## 四

的福分，這種姑娘打著燈籠也不好找，是不是人家有什麼條件把你嚇住了？不怕，爹就是砸鍋賣鐵也要給你張羅。森森和你打鬥，是不是因為這事？」

小撇子聽著老父親有點顫抖的聲音，忙說：「爹，啥也不要說了，這事都怨我，我明天一早就和雙莉談這事。」

眼看著父母日漸顯老態，再看自己眼下的窘困潦倒，能有史雙莉這樣的媳婦，小撇子沒理由不高興。至於史雙莉身上那些略帶拙樸的習性，小撇子也只有忽略不計了。

小撇子不好意思直接和史雙莉談婚事，托森森去問。森森一本正經地說：「雙莉是個窮姑娘，她的表現你也看清楚了，這是天上掉下來的一個好女人，被你這個臭小子遇上了，再錯過，你就後悔死了。我現在告訴你，不管她提什麼條件，你都要答應下來，有什麼困難我都給你扛著，前提是，你要一生一世對人家好，你要是變了心，我這關先過不去。」

小撇子說：「行，一切按你說的辦。」

森森又說：「你也老大不小了，咱好事快辦，以免夜長夢多。」

「我也是這麼想的。我爹娘更著急。」

幾天以後，小撇子與史雙莉完婚。婚事辦得簡約而隆重，整個過程由森森一人總體策劃落實。

小撇子雖然從小有犯事作亂的毛病，在家裡卻對父母很孝敬。從監獄回來之後，看著一家人常常唉聲嘆氣的樣子，小撇子就想找機會加倍補償一下自己的父母。現在，有了史雙莉，這有點遲來的愛，他感到無比愉悅。

父親的病先是表現在肝臟上，隨著延及肺部，最後到心臟。媳婦史雙莉一直表現得非常感人，知冷知暖，知軟知硬，床前灶頭，全力服侍。每天天不亮，小撇子還在被窩裡睡著，史雙莉就起來了。她把炕灶挖空，把柴炭掘在灶膛裡點著，先讓一鍋水漸漸加熱。她把昨晚發酵起好的麵，從盆裡挖到灶臺的麵案上，揉進鹼麵，並不斷地用舌頭嘗試著。等到完全揉歡實揉均勻，在鍋裡撒一把小米，醒好的玉米麵窩頭就被一一放進籠罩，上鍋開蒸。然後再去甕罐裡夾些酸菜鹹菜。這就是一家人的早飯。

聽到動靜，婆婆也從另一孔窯洞裡起來。等婆婆那邊把被褥收拾到差不多，史雙莉這邊給公公單另做的白麵雞蛋拌湯已端到炕前。開始公公還能勉強拿著湯匙自己吃喝，後來就得婆婆餵了。餵吃完，公公靠在炕頭養神，婆婆和史雙莉才回到小撇子的窯洞一起吃那熱騰騰的窩頭。一家人的光景過得緊緊逼逼的。給父親另做的一點白麵，還是森森托人在糧食局偷偷兌換的。那個時代，只有逢年過節的時候，人們才能吃上一點白麵。

小撇子貪著漸漸升溫的熱炕頭，遲遲不起。常常被娘用擀麵杖或雞毛彈打著才能起床。為此，小撇子曾多次埋怨媳婦史雙莉：「你不早起，娘就不用這麼早過來吃飯，我就能多睡一會兒。」吵得急了，史雙莉也頂撞幾句，雖是頂撞，可說出來的話卻是貼心貼肺的：「你爹病成這樣，也不早些想辦法找個好醫生治治，你睡覺能睡出看病的錢來？我早起做點細軟湯麵讓老人家進些吃食，身上就能有點力氣。要我也像你貪睡，老人家就只有倒楣了。再說，家裡的白麵也給爹吃不了幾頓了，你得趕緊再張羅點。就怕我想早起做飯連麵也沒有了，想做也做不了啦。」

聽到吵鬧聲，婆婆總是及時趕到，當著媳婦的面，痛責兒子小撇子。說的話，也是讓史雙莉感動萬分的：「你娶上雙莉這樣的媳婦，算修了八輩子德了，天不亮就給你趙家當牛做馬的，哪輩子欠

# 四

下你的了？再讓我聽到俺媳婦受屈，我可不讓你！你還嫌你糟蹋得這個家不夠？」

史雙莉把婆婆當親娘看，兩人在一起總是話稠情濃。在公公面前，史雙莉也從不避諱什麼，她甚至常給公公倒尿盆、洗內衣，像對自己的生身父親一樣。公婆有點什麼稀罕吃的，也常給她留著。有什麼事也想和她商量商量，兒子小撇子倒像個外人似的。

病情發展到要到大醫院診治時，錢成了大問題。

小撇子想著自己的親朋好友，開始了緊鑼密鼓的借錢行動。

他來到一家人都是工薪階層的姑姑家，姑姑聽說自己的哥哥病情加重，渾身慌躁不安，從箱子底層的手巾包包裡翻出五百塊錢來，遞給小撇子。嘴上說：「這是我多年的積存，只有這麼多了，可這太少了，這還能救下你爹的命？咋辦呢？這可咋辦呀！」說著說著，姑姑竟泣不成聲地哭起來。

姑父看著姑姑淒慘難忍的樣子，心裡也不好受，他對姑姑說：「哥是個好人，從小你倆相依為命的，這個時候咱不幫誰幫，要不，把我上班的那輛半新不舊的自行車賣了吧，添一個是一個。再有，我到單位看看，能不能預支一兩個月的工資。」

姑父這話讓姑姑冷靜下來，她擦了一把淚，說：「只有這辦法了。只要能救下我哥的命，讓我出去賣血都行。」

臨走，姑姑又追到院門口，對小撇子說：「你到你表兄那兒看看，我估計他那兒能給你湊點。」

小撇子又來到表兄家。這是一座剛剛修起沒幾年的六層樓房，是焦化廠的單位宿舍。表兄在廠裡是個中層幹部，按資歷地位分在四層。小撇子按姑姑說的門牌，找到了表兄的家裡。小撇子在坐監的那幾年，正是表兄事業發達的時候，表兄也曾隨同父母到獄中看過他。他與表兄屬於髮小，小時兩人相處得挺好。小撇子想，表兄雖多日不見了，他覺得表兄不可能一點面子也不給他。

窗明几淨的寬大客廳，擺著沙發、電視、冰箱，透明的魚缸裡自由自在地游著七八條觀賞魚。表嫂正在裡裡外外地抹擦著傢俱。小撇子坐到沙發的一角，表嫂也沒有停下手頭的活計。逮住表嫂走出客廳的一點機會，小撇子趕忙問：「我表兄不在家？我想和他商量個事。」

表嫂說：「當了個芝麻大的一個小官，一天到晚顧不上家，這會兒也不知又加哪門子的班。」

小撇子看著表嫂有點怨憤的表情，心想該不該說出要借錢的事，他和表嫂不是太慣，一旦開出口遭到拒絕怎麼辦。可父親的病情不等人，反正來也來了，借錢不能怕傷自尊，你今天就是低人一等的孫子，只要能借到錢，什麼也顧不上了。於是他用很低的聲音說：「我爹要到省城看病，我想向你們借點錢。」

表嫂的反應很迅速，好像早已猜出了小撇子的來意，他話音剛落地，表嫂馬上就介面說：「家裡剛買了冰箱，前幾年買房借的錢還沒還完哩，你表兄只知道死眉愣眼地上班，掙的就那點死工資。這單位領導也真不是東西，加班的時候緊著喊人，輪到發獎金就像貓摳摳似的捨不得，像花他祖上的錢似的。錢這東西是個硬東西，一分錢逼倒英雄漢……」

表嫂絮絮叨叨地把話拉得很長，小撇子趁表嫂不注意，一溜身走出了表兄的樓門。他不想聽這些毫無意義的寡話，本質的內容是：「不借給你錢，並讓你理解她的難處。」

小撇子找遍至近的親戚借錢，大多以自身難保推辭，只有幾家象徵性地拿出一點，加上已結婚成家的弟弟妹妹借到的錢，總共也就兩千來塊，這與幾萬塊的手術費用相差甚遠。

森森的母親前幾年已從回頭峰村搬到縣城，一家人總算團圓了。可他隔幾天總要回一趟村裡，

## 四

來看看小撇子的父母，與小撇子的父母聊上一會兒，把能做的事想辦法做好。有時也去去大馬司家，看看有什麼事，幫著做做。小撇子父親到省城看病的事，他第一時間就知道了。雖是好弟兄，小撇子也不願再難為森森了，他已經幫得太多了。況且，他只是一個小職員，手頭也沒有多少餘錢。

這天晚上，森森來到小撇子家。小撇子坐在炕沿上，史雙莉靠在灶臺前，母親正在給父親鋪炕。森森看一眼小撇子，說：「長鬍鬚又披下來了，沒借到多少錢吧？」

小撇子搖了搖頭，眼裡竟溢出無奈的淚水，森森拍著他的肩膀，說：「不要怕，活人還能讓尿憋死？錢的事我來想辦法吧。」

這一句話，把小撇子說得號啕大哭起來。他緊緊抱著森森，很長時間不願鬆手。

森森再一次發揮出自己「城鄉路」的才能，向社會各界討借，總算湊夠了去省城大醫院就診的費用。其中，森森一筆就借到兩萬元現金。

可結果是：人沒保住，錢也花光了，人財兩空。小撇子父親體內的癌細胞已大範圍擴散，錢的作用只是多維持了兩個月的生命。說起來小撇子和森森也算問心無愧了。

事過之後，幾萬元的借款，漸漸成為兩人頭漲腦熱的大事。

# 五

森森從小生活在相對優越的家庭，從沒因錢而煩惱過。現在，錢是他借的，小撇子在澡堂掙的工資剛夠小家日常的低標準開銷。

森森真正感到錢這個東西的厲害了。

接著，小撇子的母親神經出現異常，整天絮絮叨叨，言不及義，行不知向。媳婦一人已無法招架，晚上睡不安穩，她怕婆婆一覺醒來，開門出走了。白天除了給老小做飯，還得時常看著婆婆，陪著她說話，拖著她回家。小撇子在澡堂的工作也難以保證按時保質完成，好在老溫分配給他的工作是相對自由的，遲到早退也不多去過問。這樣，小撇子一溜煙就回村裡了。

無奈之下，森森從那個兩萬元借主那裡給小撇子領回一份兼職工作。人不用去坐班，得空去看看就行，每月工資卻十分可觀。

也許是那兩萬元借主怕森森和小撇子還不上錢而出的一個主意，也許是森森主動給這位借主想出的一個辦法。借主是縣營鐵廠的副廠長，鐵廠從生產到銷售，從一般工人到廠級領導，都非常平順和諧，但體現在帳面上的成效卻很不樂觀。原因很簡單，煉出來的鐵塊成批成批地被盜。被盜鐵塊連成本帶工資都記在公家的帳面上，前者一夜之間就會不翼而飛，而後者卻要一分不少地賠進去。廠裡先後換過幾茬保安，但收效甚微。

鐵廠地處城郊地帶，廠牆之外就是野地，野地再往周圍是幾個不大不小的村莊。村民中有手腳不乾淨的，不想晒一天日頭也沒多少收穫地死受，想著法子在城郊這個特殊的地段尋點討巧的活兒。鐵廠的鐵，是近在嘴邊的肉，不吃白不吃。撐死膽大的，餓死膽小的。有了第一次，不愁第二次。屢次得手的村民，一夜之間就有置辦年貨的錢幣了。那些苦熬死受的人，看著別人這樣幹，心裡也直癢癢，在風聲小的時候，也心驚肉跳地嘗試過幾回。不出多少力就能來錢，就能活得挺滋潤，效仿偷鐵的人也漸漸地多起來了。鐵廠的失盜案越來越多，而且這種案子不大不小的，公安有時插手一下，也不做重點處理。當然也有從外面來的野賊。聽說還有趕著小馬車的人，借著月黑夜深停在牆外等著運鐵。廠牆就一人多高，進去出來對於盜竊者們並不是什麼大事。更有甚者，乾脆把牆體挖個洞口，直進直出。那些放在廠院裡的成堆的鐵塊，成了盜賊賣出掙錢的不盡源泉。也有一種說法是，廠裡的保安私通外賊，睜眼閉眼之間得些利益。總之，縱然「糧谷滿倉」，也經不住「碩鼠」細小連續地「蠶食」。

最開始的「小口流出」，廠領導並沒當成大事來抓，私下也有「靠山吃山，靠水吃水」的縱容姑息。後來，此類鬧劇表演越演越盛，直到一任廠長被縣上調走，這件事才成為大家關注的焦點。但盜鐵者和鐵廠玩起了「遊擊戰術」，敵進我退，敵疲我擾，這些不乏小智商小能耐的盜鐵者，終究沒有歇業洗手。廠領導和被調派下來的公安人員即便在村民家裡發現廠裡的鐵塊，也是零零散散的幾塊，並不足以抓捕歸案。分點窩藏，小點賣出。打擊太嚴厲了，又怕激化廠村矛盾。經常要打交道的村民村幹部，真要生出怨憤，怕以後的日子更不好過，搞不好就會出現聚眾堵路、租金加大、水電停擺等大麻煩。

以前的保安十個八個，晝夜值班，也沒解決了這個問題。現在，森森對廠領導說：「我只要兩個

# 五

保安即可。一個值夜班，一個值白班，不配警棒、警服也行，只管『見到』，不管『制止』。」禁不住盜鐵一分錢不要，能禁止了盜鐵按以前所用保安人數工資付足付齊。經廠方上會研究，由那位副廠長正式通知森森：「從即日起簽訂協定。」

澡堂工資雖不太高，但小撇子沒有辭掉。森森下班之後就來到這裡，一面替老溫做些無償的打理，另一面保持與小撇子的緊密聯繫。

那時沒有手機，只有座機。一有鐵廠的電話打進澡堂，森森和小撇子就在第一時間接到了。那邊值夜班的保安說：「今晚有盜鐵現象，盜竊者兩人，都是附近村的。」小撇子看看森森，森森對著電話喊：「我要具體的情況，哪個村的，姓甚名誰，得給我搞清，不然的話，你一分錢的工資別想拿到！」

隔了個把小時，鐵廠保安又打來電話，說：「盜鐵者是小北莊的，父子倆，父親叫張大拿，兒子叫張小拿，今晚九點半作的案。」

森森即刻接通了派出所的值班電話，說明情況，並做出請求。派出所同意派出一輛警車前往捉拿偷盜者。森森對小撇子說：「不要老是那樣窩身低頭的，哪像個頂天立地的男子漢，一次挫折就把你弄成這麼個熊樣，看你也成不了個大事。今晚你要做得強硬一些，第一次出馬就砸了，以後就別玩了。據我估計，對方肯定不是一個善茬子，說不定還是一個地頭蛇，你要壓不住他，他就可能反撲過來。」

兩人隨著警車連夜趕到小北莊村，找到張大拿的院子。院子裡有狗，人還沒走近院門，狗就在裡面狂吠起來，與森森他們叫陣。森森看了一眼小撇子，說：「聽出來了沒有？惡人餵惡狗，下一步就看你的了。」

小撇子徑直走到大門前，一腳就踹開了從裡邊鎖著的門板。一隻牛犢般的大黑狗迎面撲出來。小撇子迅速把預先準備好的棉大衣張開，連頭帶身裹住了狗，然後用足蠻力扛了起來，照著門壁摔去，把門板也掛落下一塊來，接著，把門板扣在黑狗的身上。那狗有氣無力地哼哼幾聲，再沒有了聲響。這時，院子裡的燈亮了。張大拿和張小拿一個手裡握著菜刀一個揮著木棍，衝向小撇子。

小撇子一個人站在院門靠裡的門板上，不知什麼時候已脫掉了上衣，赤臂光膀的，露出胸前一道偏長的刀疤，在寒冷凜冽的深夜裡顯得咄咄逼人。那根長鬍鬚，尖針似的，橫展出去。

張大拿擋在兒子的面前，停住腳步。看著這個能把自己家惡狗弄死的來者，憑經驗，知道碰上了一個不要命的主兒。再一細看，院門外還停著一輛警車。正要問清情況，森森從門外穿了一身幹部服走了進來。森森走到張大拿父子面前，對父子倆沒有來得及收起的手中凶器熟視無睹，口氣十分強硬地說：「啥話也不要說，說了也沒用，要想不惹麻煩，在天亮以前，把你們偷來的鐵送回原地去！就這樣，定了！」說完，森森轉身走人。

小撇子意猶未盡地站在門口不想走。他一個人照直走到張大拿和張小拿面前，低聲吼道：你認清我的眉眼，說不定還要打交道哩。說完，走到亮燈的東窯門前，站了站，又走到中窯門前，又走到西窯門前，然後才不捨地走出院門，順勢撿了自己脫在一旁的衣服，走出院門，鑽進了警車。警車發出尖利的警笛，消失在黑夜中。

只這一次，小北莊的人都知道了小撇子其人。接著，消息不脛而走，附近所有村莊的人都知道了小撇子。以後，縣營鐵廠的鐵很少再丟了。偶爾有些不知深淺的人還來偷鐵，小撇子只要打個電話事就辦了。

年終，縣營鐵廠的效益，受到政府的高度認可，廠長還披紅掛彩地到臺上領了大獎。這樣，小撇子負責的保安這一塊不僅工資照額全付，而且還得到一筆可觀的獎金。不久，還被招錄為鐵廠的一名正式職工。

山不轉水轉，水不轉人轉。小撇子的光景有了很大的改觀。接下來，縣營鐵廠延伸出來一個自辦焦化廠，小撇子被公推為廠長。浪子回頭，潮頭造勢，小撇子的聰明才智得到了充分的調動，焦化廠運營得非常順利。時間不長，小撇子又正式申辦了一座煤礦，煤礦就選在了自己的家鄉回頭峰。小撇子他們從小就在這座鷹嘴崖下掏過黑炭洞洞，供家裡生火做飯。現在經專家勘探，煤的儲存量確實很大。煤炭挖出來，就地建起了洗煤廠，洗出的精煤直接拉到焦化廠煉焦，煉成的焦炭，再拉往鐵廠，供煉鐵用。一條龍作業，連骨頭帶肉一起吃，這樣效益大大提高了。辭掉橋頭澡堂工作，小撇子一心一意做起自己的企業家夢來。

鐵打的營盤流水的兵。小碼頭這個特殊的地段，又出現了一批比小撇子他們那一茬更渾更潮的小混混來。不過，這些小混混對小撇子他們那一茬的幾個代表性人物還是心生敬畏的，有事沒事也到他們跟前湊湊，說些恭維奉承的話。

大馬司在裡面待足八年後出來，並沒有改變本質的野性，仍在小碼頭這城郊帶耍橫逞強，私下的行道裡有一種不成文的規定，「二進宮」的鬥不過「三進宮」的，監獄裡待了三年的比不上待了五年的。人一旦有了破罐子破摔的想法，就天不怕地不怕了。大馬司整天被那批小混混追捧著使刀弄棒。市民百姓見著這些人便躲，怕沾上晦氣。他們也常常在縣城大街製造出一些邪事彩事。公安

## 五

局的黑名單上列著長長的一串，每個人都建著檔案，等一有號令發出，就能出警抓捕。每個人都知道，這是社會的一塊「毒瘤」，不盡快割除，後患無窮。

小撇子長著一顆能頓悟的腦袋，聽了森森的勸告，再不與邪事沾邊。但他有他自己的一套理論和處事原則。一天，他把大馬司與大馬司以及手下的幾個代表性人物，招集到自己的廠裡，擺了一桌宴席招待。席間，他趁著酒勁對大馬司說：「你也老大不小了，找個姑娘成家立業吧？不要再瞎搬胡扯了。」大馬司並不買他的帳，瞪大眼睛反駁：「你以為我身邊缺姑娘嗎？你要幾個我現在就給叫來幾個，你信不信？你鳴鑼收場了，你做你的發財夢了，我還沒玩夠呢。」大馬司說到興奮處，竟拍響了擺滿了酒菜的桌子，把那些盤盤碗碗震得左右搖晃。小撇子沒有硬碰硬地較勁，把話降低了八度，說：「好好好，你玩你的，我只是作為曾經的好朋友勸勸，但我有兩句話還是要說給你，一是不要去學校胡鬧，尤其是小碼頭學校。二是不要欺負老弱病殘窮。」大馬司立刻回應：「我不管那些，誰對我不仁，我就對誰不義，不能讓小弟兄們跟著我受氣，也不能讓小弟兄們跟著我沒飯吃。」小撇子順勢應對：「你英雄你英雄，兄弟我盼望你有榮華富貴的一天。」宴會不歡而散。

飯後，各行其是。不過，小撇子說過的兩條，大馬司還是聽進去了，不再涉及學校和老弱病殘窮諸事。

小撇子從澡堂辭職以後，森森就不與他多接觸了。常在縣電視臺看到小撇子廉上的長鬍鬚頻繁抖動，森森就能猜到他正在經濟中心的勢頭上高歌猛進。他繼續過起自己風平浪靜的平凡生活，但還保留著常去老溫澡堂洗澡閒聊的習慣。

# 六

小碼頭學校的大門，正對著馬路，馬路再往外走，就是鐵路，鐵路再往外便是汾河了。經常有不少的家庭婦女牽著大孩子抱著小孩子在這裡逗留。門口路邊，擺著小吃小玩的地攤。來來往往的車輛和行人，不時地通過。

學校門房是個潑辣的中年女人，正與一個要強行闖入校園的男青年拌嘴。這男青年已年近三十歲了，卻長得只有課桌高低，人稱墊墊。墊墊常穿一件成人上衣，從上到下，蓋住了基本可以忽略不計的褲子，一雙皮鞋拖著地面行走，上面布滿了塵土。墊墊臉色偏黑，一說話露出滿口的金牙。他從小碼頭出來，隨便在哪兒一站，不管是擺攤的還是賣餅的，都得給面子。瓜棚前殺吃一顆西瓜，烤爐邊撿啃一個油餅，都不用花錢。就是走進宴請親朋的酒店，總管也得給他一瓶酒、兩盒菸的。

他行無定處，走到哪兒，總得有所收穫。主人要哄他趕他，他就使出一股頑皮勁兒，死攪蠻纏的，不達目的絕不甘休。你要和他來硬的，改日不定什麼時候，砸你一塊玻璃、推你一張擋板，搞得你吃睡不寧。你要敢對他來更硬的手段，他後面的靠山就會整得你坐臥不安。靠山是誰？有人說是大馬司，也有人說是比大馬司更厲害的。

這次，在學校門口，墊墊看見一個漂亮姑娘，一時春心萌動，就上去拽了一把姑娘的長辮子，臉上綻著淫邪，嘴上撩逗著：「小美人，咱倆處個物件吧。」

# 六

年輕姑娘擺脫墊墊跑進學校院裡，墊墊氣急心慌，也要跟著追進去，卻被女門房擋住了。

「你不要多管閒事，你要不使眼色，我讓你甕裡起火，你信不信？」

女門房把聲音提高了八度：「這姑娘是我們學校的老師，我放你進去就是我的失職。小黑球，小墊墊，你再罵我，小心撕爛你的嘴。」

兩人對罵著，一個要衝進去，一個堅決不讓，拉著拽著就揪扯在一起。

墊墊從小和那些好打架的碼頭混混攪在一起，再比他個大的男人也不怕，更不要說眼前這個女人了。三纏兩纏，墊墊突然向前伸出一腿，順勢把門房推絆在地上，正要踏一隻腳上去解恨，被一個男人攔脖扭住，差點摔倒。

「你媽的吃豹子膽了，敢對小爺爺動手！」墊墊一邊罵著，一邊回頭看這男人。

這男人是森森。他剛見過自己以前的一個老師，路經校門，正好碰上這事。

「你娘的森森，你不認得小爺爺？你敢欺負我？你長幾個腦袋？」

「小黑球，小墊墊，我告訴你，趁早從學校滾出去，這裡不是你活動的地方。」

「這是你家？這個姑娘是你的小嫩娘？你不要管爺！」

「你在學校鬧事我就要管。你再瞎鬧，我把你扔到汾河裡，你信不信？」

「你牛！我這就找我哥大馬司來收拾你。有本事你不要走。」

「好的，我就在這校門口等。」

正好這時校門口停下一輛小車，大馬司戴著黑墨鏡從車裡鑽出來。圍觀的人騰開一條路，大馬司大步流星地走進校門。

森森拽了拽被墊墊撕破的上衣，站直身子。墊墊一身灰土滾身而起，向走到他跟前的大馬司號哭起來。接著，又一次向森森反撲過來。森森一把擰住墊墊的胸口，把他定立在半米以外。

大馬司走近森森，問：「咋回事？」

森森不作回答，對大馬司視而不見。

門房女人指著墊墊對大馬司說：「墊墊這小黑球拽著年輕女老師的長辮子不放，還要跑到校園裡鬧事，我怎麼擋也擋不住，還把我打倒在地。不是這位大哥，還不定惹出什麼大事來呢。」

與此同時，墊墊用皮鞋探著朝森森的小腹踢過來。森森躲過這一腳，一隻手一把掐住墊墊的喉嚨。由於墊墊前傾的身子太猛，上邊被一隻手卡著，身體一下子向後栽倒。森森還要上前痛打這個纏皮的小黑球，被大馬司擋住了。

墊墊翻身再要向森森反撲時，被大馬司一個響亮的耳光打得轉起了身子。再撲過來時，大馬司又給了一個耳光。

「你這個小黑球，整天打著我的旗號，到處欺男霸女白吃白拿，現在來學校欺負老師來了。再讓我知道了，劈死你！」

「你好？你好？你好？」墊墊口裡也嘟囔個不停。

大馬司繼續教訓墊墊：「你小子不知道這位爺是誰？我見他都讓三分哩，你這不是在太歲頭上動土嗎？」

墊墊嘴上的髒話又對準森森：「啥你娘的太歲哩，不就是個城鄉路森森小龜孫子！老爺今晚後半夜也要收拾了你。」

六

森森一個箭步躍到墊墊面前，一把抓住墊墊的腦袋，轉了兩圈，說：「你小子是不見棺材不掉淚，今天不弄死你是過不去了。」

森森轉到墊墊的正面，蹲下身子來，一個耳光搧過去，墊墊的臉被打得扭向一邊，等轉過來時，又一個耳光打上去。這次用力較大，墊墊整個人原地轉了一圈，轉到森森面前時，臉上又挨一巴掌。再轉再打，直到把臉打到一邊不再往過轉，才停住。

森森對著墊墊說：「你再罵一句讓我聽聽。」

大馬司走過來，對森森說：「行了，教訓教訓就行了。」

森森連看也沒看大馬司，說：「不行，我還要看看這小碼頭的小混混還有什麼招數哩。猴球似的一個小黑球，到處白吃白拿稱王稱霸，現在來碼頭學校作亂來了。治不住你，咱碼頭學校還散了架哩，誰家孩子還敢在這學校上學，哪個老師還敢在這學校上課？門房管不了你，校長管不了你，我來管。看我一腳踢不到你家瓦簷上哩！不為民除了你這一害，我就不是從小碼頭混出來的呢！」

這時，圍觀的婦女有人插話：「實在該治治了，我們每天送孩子來上學，就怕碰上這小黑球，見誰欺負誰，再要這樣擔驚害怕，我們就要考慮轉學哩。」

墊墊兩手捂著臉，還在那兒低聲嘟囔，眼裡射出仇恨的邪光。

森森把墊墊拽到自己跟前，用一根手指掂著墊墊的下巴，探著腦袋問：「你還不服氣，是不是？你再罵我一句，讓我聽聽。」

墊墊口無遮攔地又罵出一句：「日你娘。」

森森站起來，一手卡了墊墊的後脖子，一手卡了下腿，把墊墊舉了起來，往學校門外走去。

大馬司上前阻攔，被森森一個肘子頂靠到一邊。他舉著墊墊不顧一切地繼續往前走。翻過鐵路就是汾河，森森的走向很明確。

大馬司對著墊墊喊：「你這個死不了的小黑球，今天就要見閻王爺哩。不趕緊倒軟！」

這時，墊墊似乎也意識到自己面臨的危險，馬上渾身軟塌下來。嘴上也開始求饒起來。

森森又走出一段距離，才放下墊墊，然後指著他的臉說：「老子今天不把你扔到汾河裡，就不算小碼頭走出來的人。」

墊墊渾身亂抖著，硬是從森森的手上掙扎下來。森森重新上手掐了墊墊的脖子，要拖著他往鐵路上邊走。墊墊撲通一聲跪在森森的面前，腦袋向地上猛磕，嘴裡連著喊：「爺爺饒命，爺爺饒命。」

「你不是要後半夜來收拾我？我看你還有幾個後半夜！」

「不敢了，不敢了！爺饒命，爺饒命。」

「你以後不要讓我再在校門口碰上。你記住，我碰你一回打你一回。聽清楚了沒有？」

「好爺爺哩，我聽清楚了聽清楚了。」

墊墊一團爛泥似的蜷在鐵道下的土坡前，渾身灰黑。

森森站起身拍了拍身上的浮土，回頭對著大馬司雙手握拳示意了一下，轉身走了。

# 七

森森帶著十萬塊錢來到老溫家，還沒安排完辦理喪事的各項雜務，已有消息傳來，說那個肇事者已被找到。森森放下手頭的事，第一時間把電話打到了交警隊。交警隊回應：「我們正在調查，還沒有準確的消息。」森森又問旁近的人，才有人說，是小撇子他們找到的。而且已經與肇事者見了面，肇事者也承認了是自己幹的。森森一時語塞，心下想：我這城鄉路竟沒有小撇子路寬眼闊。

原來，森森冒膽横闖豐盛昌公司之後，小撇子就聞訊而動了。經過幾年的商場打拚，又有多年江湖歷練，小撇子智商得到大大的提高。他的問號只在腦子裡轉了幾個圈圈，就找到了切入點。澡堂老溫對他小撇子有過知遇之恩，這一點他至死都不能忘。在他最疲軟最落魄的時段，老溫接濟過他，當然這當中森森起了大作用。這兩年雖不怎麼接觸森森，但他心裡清楚，這個人是他的莫逆之交。也只有森森，才敢這麼單槍匹馬横闖他小撇子的豐盛昌公司的大門。也只有森森，才敢在他公司的辦公樓前揮錘砸車。森森一走，他就有了個大概的猜測，不到萬不得已，森森不會這麼心急火燎地來向他索要十萬塊錢。

證實是老溫家出事以後，他就讓眼線撒開大網。幾個電話打下來，肇事者就從幾個疑團裡漸漸篩漏出來。緊接著，他的車隊就出動了。

肇事者是距縣城三十華里以外的馬里鄉馮家莊的趙二狗。趙二狗三十多歲，近年來憑著一身彪悍體型和野莽習氣，不僅在村裡與村長頂牛較勁，凡事要有他的介入方可執行，而且在鄉里的街道上也屬一霸。他雖還沒在縣城一帶站穩腳跟，但與大馬司他們也多有接觸。有人看見他跟著大馬司拿杯提包地跑前跑後，唯命是從。開著一輛二手工具車在縣城各工地上到處跑動，接著他也不知從哪兒弄來兩輛大貨車，又拉沙又拉土的，專賺建築工地的錢。他和大馬司常常出入大小酒店，與負責工程的人喝得昏天黑地的。這些資訊，小撇子很快就掌握清楚了。

小撇子坐著小車來到趙二狗住的馮家莊村，正是傍晚時分。經村人指點，他們很容易就找到了趙二狗的院子。院子正面五孔弧形窯洞，兩邊各建有一排平房，超大面積的一幢大院子，橫臥在村子最黃金的地帶，院子裡有果樹、有菜園，比以前地主家的院子還氣派，在村子裡很是惹眼。高大寬綽的紅漆大門上方，「八方招財」門額醒然入目。

小撇子讓兩個手下先進院去看看，自己的小車停在大門外，他坐在小車後座上暗中指揮。手下回報：「大門從裡邊鎖著，叫又沒人應聲。」小撇子頓了頓，對兩名手下分頭部署。

天色即將暗下來時，馮家莊的村口開進十輛大卡車和一臺挖掘機。十輛卡車在趙二狗大門兩邊依次停穩，中間一臺挖掘機的鏟頭已經抵頂著紅漆大門頂端。只要一聲令下，紅漆大門就可能立刻被破開拱塌，兩排平房連帶正面窯洞都會在幾小時之內，變成殘磚破瓦被大卡車運走，一處在村子裡顯眼招目的住宅馬上就會夷為平地。

村民們在車燈恍惚中，都圍在院前院後看熱鬧。

「要不要驚動一下交警或派出所？」身邊的人問小撇子。

「先不要著急，稍等等。大小車輛的燈都打亮，地勢高點的車燈直接往院子裡照。」

天色完全黑下來時，手下人回報：「趙二狗家的平房有暗道直通後院的菜園子，剛才咱的人看見，好像是大馬司有兩人護送著從菜園子走後門出去了。」

「有沒有趙二狗？」

「好像沒有。」

「讓大馬司出村，不要管他，但再不允許任何人從此出入，派人盯緊點，要看到趙二狗立馬拿下。」

手下人退開。

大門開了。被挖掘機兩道強光罩住的，是兩位老人。

知情人告知，這是趙二狗年近七旬的父母。

兩位老人走出大門，撲通一聲跪在小撇子的小車面前。

「是哪位天爺駕到了？我們可是良民百姓啊……」

小撇子坐在車上紋絲不動。身邊人問：「怎麼辦？」

「別在我面前玩這一套，告訴老人，讓趙二狗出來，一切相安無事。」

話被傳過去，兩位老人又是一片討饒聲。這樣僵持了一段時間。又有人回報：「趙二狗在後院的菜園子裡被我們的人掘住了。」

「要的就是他，咱的人馬全部撤離吧。」

事情落實清楚之後，趙二狗當晚就被小撇子親自送到縣交警大隊。

## 七

# 八

小撇子來到老溫家，森森已把一切事宜安排得十分妥帖，只等交警大隊一個話頭。窄逼陰冷的院子裡，幫忙做事的人進進出出，小撇子一進院門，冷不防當胸就有人給了一拳，這一拳，結結實實的，打得他跌出一個趔趄。出拳人正是森森。隨著叫罵聲一同飛來：「你他娘狗日的，我差點被你那些野狗們撕咬著吃了。」小撇子回話：「你小子常不來看我，想給你抿兩盅也沒個機會，辦公樓院是新建的，手下人確實不認得你，也算是對你不關心我的一個懲罰吧。」

兩人走進低矮的平房，老溫從暗黑的裡間迎了出來，一臉的憔悴與悲戚。小撇子趕忙緊走幾步伸出雙臂抱住老溫。老溫的身子抽搐著，小撇子用手輕輕拍著老溫的後背：「對不起，對不起！我來遲了，我來遲了。」

這時，有人請示森森：「響器方面來人了，見見人家吧？」

森森把視線引向小撇子：「從現在開始，這位趙總是大總管，聽他的吧。」

小撇子轉頭問森森：「交警那邊，要不要告知一下，萬一有個驗屍什麼的，咱得提供破案依據。」

森森說：「屍體他們早驗過了，現在肇事者也被你捉拿在手了，基本可以定案了。不過，我再給他們通個電話吧。」

在老溫的小院子裡，有人把一張靠椅騰出來，讓小撇子坐在上面。負責響器的來人站在他面

## 八

前，聽他安排。

「你有多少號人馬？」

「十幾個吧。」

「不行，檯子搭得大一點，從全縣範圍內調一些精兵強將，至少得五十個人。頭天上午就開始，演得觀眾喝彩不走的，另加獎金。」

之後，森森把廚房師傅、購菜安桌人員、墳地陰陽先生、送葬車輛等方面的人都叫來，各人分別做了彙報之後，讓小撇子重新安排了一番。整個喪事的步驟、程序、陣容等，都得到了強化。

正式辦事那天，靈堂設置、花圈擺放、演出檯面、升空炮仗，以及長龍似的送葬車隊，都十分壯觀。縣城裡路過的人不知這是哪位大人物的喪事，都睜大眼睛擠著來看熱鬧。問知是一個小夥子的葬禮時，都有些蹊蹺不解。又問知是一個大老闆為此親自操辦時，更是滿頭霧水。老溫、澡堂、小溫、交通肇事、豐盛昌、小撇子，幾個關鍵片語成的故事，在縣城各個角落以各種版本流傳著。

老溫自始至終淚流滿面，泣不成聲。失子之痛與感激之情，同時湧蕩在胸腔。

小撇子可以說是傾其所有為小溫操辦喪事。小撇子個人這幾天全廠歇業，旁事不接，全天奔忙。

森森不離左右地緊隨著老溫，只管安慰情緒。

葬禮正式舉辦那天，大馬司出人意料地鄭重到場。

觀眾群中的故事鏈條，又被續接到了小碼頭的地盤上。

墊墊混在人群當中，不無誇張地講述著不知從哪兒聽來的關於老溫、小撇子和森森的故事。

# 九

縣城裡凡是有些規模的酒店，都設著比較隱蔽的包間。那時，城市建設的步伐比較快，大馬司與各個城建工隊都有或多或少的聯繫。飯點，他們有時會在一處酒店用餐，而且會有一兩個相關的官員參加酒宴。宴上，並不談及與工程用料有關的任何一句話，只管把特色菜種往桌上端，只管把名貴酒水往杯裡倒。這樣，工隊與負責工程的官員有了非正規的接觸，有了感情上的增進。工隊即使花錢買單也樂此不疲，官員即使有所顧忌也常願光臨。

在正式上菜前，酒店總有一個不穿制服的保安露面，大馬司把他引見到大家面前，說：「這是這個酒店的保安，是自己人。」隨後就被打發走了。言外之意，參宴者可以放開膽子豪飲豪吼，絕對安全。

幾乎每個酒店都有這樣一個保安。酒店是最容易招惹是非的地方，工商、稅務、衛生、消防、城建，包括地震、氣象、公安等部門前腳剛走後腳又來，前些年還有人來收保護費的，加上租賃費、水電費、取暖費等，酒店的光景並不好過。看上去，車水馬龍的，穿紅的走了穿綠的來，門庭若市。營業額也十分養眼，但蛇大窟窿粗，需要花錢的地方也多。該繳的不該繳的，明的暗的，四下裡流出。實際算下來，真正賺的錢也沒多少。自從有了這樣一個保安之後，許多事都好辦多了，最關鍵的是，酒店那些醉酒之徒找服務員無端鬧事甚至砸摔盤盤碗碗的麻煩事一下子沒有了，那些一抹嘴就要走人、一算帳就嫌錢多的地痞流氓沒有了。對這個保安，酒店自己願意主動花高工資聘

# 九

請，除了能省錢，還可以免生不少氣。這個保安平時不在酒店，但肯定在離酒店不遠的某個地方，酒店一旦有事，他總會及時趕到。那些工商稅務部門的人一看是這個保安，公事公辦、面無笑容的表情就有所改觀，即使有些非分的想法也不敢再在話頭上表露出來。那些酗酒滋事的酒鬼們一看見這個保安，都酒醒一半，各自收斂了。也有不知底細的人，沒把保安放在眼裡，繼續自命不凡地表演，結果都栽得不輕，最少也被掘在下水溝邊，嘴上沾滿污穢泥垢，然後落荒而逃。

這些保安大都是從小碼頭出來的，他們之間都保持著聯繫，平時各管各的地盤，要緊時刻相互也照應幫忙。他們悠閒自在地掙著一份可觀的工資，都知道一個沒有寫到紙面的潛規則，井水自管清澈，河水自管流淌。雖偶有接觸卻不輕易「串崗」，更不擅自無端去對方的地盤「攪水」。這當中，有一個人起著關鍵的作用，好像用一隻手牽著無數根風箏線頭似的，這個人便是大馬司。至於再從小碼頭出來的一批小混混，也必須得認得他們這幾個「老光棍」的牌號，真要耍得出了頭，也要受到必要的制裁。當然，要加入這個圈子也不是件容易的事。

保安中也有一位是吃「鐵」長大的，名叫非非。很早他就表現出桀驁不馴的個性，也算小一輩混混中一個小領袖，天生的一副硬骨頭。他對大馬司動輒就表現出來的霸氣惡煞很不滿意。不過也不願多惹晦氣，平時只是默默不語地應酬著。他在縣城占據著一個緊要位置的地盤——川味酒店，諸多事體他都能順當地處理下來。可這一次，「大馬司」把屎棍戳到他的頭上了，他便再也忍不下這口氣。

縣城五一商貿大樓的一層，圍著一圈人。圈子中心有一個老者爬在地上哭號，看上去有七十歲左右，渾身上下都是典型的農村人打扮。他剛剛丟了五千元錢，是賣了自己的老牛準備買年貨用的，更要緊的是年前兒子要結婚，全憑這點積蓄支撐。一眨眼之間，啥也沒有了。老者一邊拍著地面，一邊號哭。在場的人都十分氣憤，對猖獗的偷竊者表現出極大的憤怒。同時，也對這位老農表現出極大的同情。

「誰家不長屁眼的小子，做出這樣傷天害理的缺德事。」

說這話的人是大馬司。見大家都用一種異樣的眼光看著他，他心裡很不舒服。也不知從哪兒來的一股勁氣，他突然冒出一句：「有本事的來我這兒偷啊，我他娘這裡有錢啊」說著，就從口袋裡掏出一遝大面額鈔票，在眼跟前亂抖。

老者像抓住救命稻草似的爬到他面前，哭訴著：「你是好人，你是俺的救命恩人，你就行行善吧。兒子能不能打了光棍，就憑這幾千塊錢哩，你就幫幫俺吧。」

大馬司聽見旁邊有人在說：「看樣子這街面上的混混也有善心啊，也有行好積德的時候。」他俯身安慰老者：「老大爺，你不用擔心，這事包在我身上了。我一定給你找到這狼不吃的賴小子。」

老者一手抓著他的胳膊，一手支著地面，頭一個勁往地上磕，口中「謝」字說個不停。

大馬司情急之下，把手中那遝錢遞到了老者手上，並說：「你先用著，等我抓到那賊，再補足你丟的錢。」

大馬司這一舉動，讓在場的人都嘖嘖稱讚。

當天，大馬司就了解到是一個叫「亮亮」的中年人，近幾日在縣城大街上到處伸手，而且收益頗豐。其中最大一筆，就是從這位老農口袋裡偷來的。他的背後支持者是其表弟非非。

十

# 十

大馬司來到川味酒店，在保安室找到非非，一番訓話之後，提出兩點：一是讓亮亮把偷到的錢全部交出，二是要剁掉亮亮的手腕。

非非當即反應：「第一條我盡量努力說服，能交多少還說不定。第二條不可能，國家法律也沒有這麼嚴格，手腕怎麼說剁就剁了呢。再說，還是我的一個表哥呢，還能沒有一點面子？」

大馬司表現出強硬的口氣：「兩條必須照辦。至於你這面子，說你是一堆黃金你就是一堆黃金，說你是一堆狗屎你就是一堆狗屎。你表哥就是仗著你的氣勢胡來，你要想不通，你就再不要在酒店做保安，並且以後再不要出現在縣城的任何一個角落。」說完摔門而去。

非非先是很惱火，接著又鬱悶起來，想著該如何處理這件事。

非非想盡快找到表哥亮亮，一方面落實事情的真實與否，另一方面商量如何應對大馬司。

在五一商貿大樓的二樓拐角處，非非看到亮亮從人頭攢動的樓上走下來，一個手勢，他與正在朝他走近的亮亮打了招呼。與此同時，非非發現，大馬司也在離自己不遠的地方站著。大馬司手下的幾個人已經混進上樓的人群中，正在接近亮亮，而亮亮全然不知。此時要讓亮亮退走逃掉已不可能。非非心緒一時發緊，但馬上又重新調整好了自己的情緒。

等亮亮走到非非跟前時，雙臂已被兩個壯小夥架住，大馬司面露凶氣地聳在眼前。「到商場外面理論！」

剛出商場樓門，看到非非的亮亮言語上很狂野，行動上也極力掙扎，想擺脫身邊人的控制，但馬上遭到左右兩人的壓制。目無非非的大馬司發出狠話：「再要折騰，先削去一隻耳朵！」亮亮立刻表現得規矩聽話了。

非非把大馬司拉向一邊，說：「我表哥是罪有應得，今天你先饒過他，讓他跟我回去，兩天後我給你回話，行不行？」

大馬司眼睛斜視著非非，想了想，說：「後天下午六點前，我等你回話。」一個眼色送過去，兩個小夥便鬆了手。

# 十一

大馬司從小長得人高馬大，遺傳了父親大馬金刀、威震一方的性格，小時就敢與村幹部論理說事，為人義氣，凡事不推不讓，撲著身子向前衝，總要把事情弄出個水落石出，三句話不對茬，就來拳頭。跟著方師傅學了兩年拳腳，更有底氣了。儘管方師傅多次勸說凡事要理讓三分，萬不可滋生事端，無事找事，但他習性難改。方師傅不敢再在過多的拳路上給他破解，只教一些拳術的皮毛。大馬司在習練套路和基本功上雖然十分下苦，但走出的拳路卻笨拙生硬，沒有一點靈性和感覺。即便如此，大馬司嘴上會說好聽話，搞得師傅是教也不對，不教也不對。就那樣一知半解地學過兩年，大馬司就放棄了，可他是一個實踐大於理論的人，把學到的拳術到處嘗試。

在村裡，除了結拜兄弟森森和小撇子以外，誰的帳也不買。森森進城上學以後，他也隨後進城混世。剛進城時，就遇到一個不順心的事，差點要了他的命。小河水沖到大江裡，山溝裡的野性很快就可能被巨浪洪峰淹沒掉。他一個人在街上走著，莫名其妙地就被後面的一個青年蓋了一磚頭。回頭一看，是三個穿著流裡流氣的年輕人。他正在愣怔，對方說出了理由：他走路的步子太快，超過了他們三個。就因為這一點，他得受到懲治。他剛瞪起眼想爭個所以然，馬上就又遭遇了兩個巴掌。他跨出一個虛步準備反擊，對方掏出了一把菜刀。退著躲著，大馬司突然從旁邊賣雜物的攤位上拿起一把斧頭，不顧一切地朝迎面逼來的三個青年亂劈一通。有兩個躲到很遠，一個卻原地不動。一斧頭下去，正好砍中這個人的臂膀，頓時鮮血直流。人生地不熟，不宜久留，大馬司轉身跑向遠處。

他不知道，被他砍傷的這一個，正是當時小碼頭老大。這老大，豈是好惹的！小碼頭一幫人連續在街上轉悠了幾天，揚言：見到人，直接放氣斷喉。大馬司既不敢回村，又不敢在人多的地方逗留，四處躲藏著，趁著天黑人少，繞著汾河岸邊，到城郊地帶避身。沒想到，他正好來到了小碼頭的地段。不請自到，成了甕中之鱉。十幾個人把他圍在一幢破院子的殘牆下，面對施暴者，他只能做最後的垂死掙扎。一個不知深淺的少年剛一露頭接近，一條腿就被大馬司橫掃過來的鑲把打折了。大馬司破罐子破摔，心想：打死一個平帳，打死兩個賺一個，打死三個純賺。他腰裡別著斧頭，手上握著鑲把，遠打近砍，誰先上，先把誰弄死。那樣僵持了半天，老大才在院外向他發話：你跑是跑不掉的，四周都是我們的人，出來投降吧。不然就把你餓死在裡面。大馬司不做應答。又過了一陣，老大又送進話來：「你出來吧，咱們可以交個朋友。」大馬司這才說：「你讓人給我買兩個餅子，扔進來，吃過之後，我就出去。」不一會兒，有人給扔進兩個餅子來。大馬司騰出一隻手啃吃。吃完，他對外面的老大喊：「你進來吧，我走不動了。」老大猶豫了一下，徑直走進破院子。大馬司生怕老大兜圈子，哄騙他，最終還是要他的小命，就把腰裡的斧頭架在老大的脖子上，兩人一起走出了院門。碼頭的孩子見此情狀，都不敢輕易動手。大馬司讓人把自己的手腕與老大的手腕捆在一起，這樣，即使自己受到傷害，老大也躲不開，反正赤腳的不怕穿鞋的。老大見大馬司很有腦子，就不再想制他於死地了。最後，一群人竟然走進了一個飯店，老大讓碼頭孩子們認定了這個有勇有謀的「兄弟」，這頓飯就算大馬司入夥的開始。大馬司也清楚，這是老大的一個謀略，或者以後慢慢會收拾處理他，或者要他在以後的打鬥中做衝鋒陷陣的犧牲品。不管怎麼，他自己也正渴

# 十一

望有這樣一個能依靠又能發揮的「組織」，日後再見機行事。

也是天長眼，老大第二天就被縣公安局帶走了，他身上背著一起人命官司。沒多長時間，被判刑入獄了。漸漸地，經過幾件事，大馬司成為碼頭孩子心中的新老大。尤其是在各個酒店安排了碼頭孩子們的保安「工作」，更讓他的威信大大地提高了。以前那種撒野胡來滋事結怨的游轉稱霸言行，連各家家長都不放心。能心安理得地做一份不費多少勁就能掙到可觀工資的工作，都是沾了大馬司的光。

現在，大馬司的頭枕在一張大沙發上，眼睛半閉著，一條大腿斜伸在沙發扶手上，整個人埋在綿軟舒服的黑色真皮座窩裡。面前桌子上的電腦裡正播放著一段錄影。

一個穿緊腿褲寬上衣的女人給桌上的茶杯添滿水之後，又走到大書櫥旁整理東西。此人被大馬司叫作麗麗，專門負責天長順酒店大馬司辦公室的衛生工作。

麗麗原本是五一大樓的售貨員。初中畢業後經人介紹從農村來到縣城，剛開始，小白兔似的靦腆膽小，見人說話都臉紅。漸漸地，來逛商場的人有事沒事都願意湊在她面前說一些寡話，從躲著避著到主動搭腔，麗麗膽子大了起來。從一個小青年嘴裡有鹹沒淡的閒聊中，她突然悟知：自己是一個長得耐看的姑娘。於是，她也學著城裡的姑娘稍稍梳洗打扮了一番，還塗了一層淡淡的口紅，結果，效果出來了。來她面前說話買貨的人更多了，而且，連她自己都發現，那張長在她嘴裡的舌頭像安了彈簧似的靈動活巧多了。接著好事就來了，先是樓層經理的關注，有一次與她私聊，竟想把提拔她做副經理的話洩露出來，擺在桌面上的理由是：她有比別人更多更好的銷售效益。還沒等正式的通知下來，又一樁好事來了。天長順大酒店想聘她做大堂經理。這是一扇拿上豬頭都尋不見的廟門，哪有不去的道理！穿上整潔莊重的大堂經理服裝，更顯出她與眾不同的氣質。迎來送往，笑意盈盈，來吃飯喝酒的人，也有行政官員和執法人員，來的次數多了，就與她成了熟人，也免不了有打情罵俏的逢場作戲。有時她也被特邀到雅座裡，與客人對飲幾杯，既滿足了客人的情趣，也給酒店增加了收入。一個月下來，工資以及工資以外的獎金，竟然把四個衣兜撐得憋脹起來。

一次朋友相聚的夜宴，幾桌人來回串場，相互敬酒。正在酣暢淋漓之際，有人唱起了一曲民歌，整個場面越來越熱鬧。酒店老闆史經理讓服務員開通了音箱電源，同時送來兩個話筒。有幾個人躍躍欲試地接過話筒，助興演唱。在眾人的慫恿催促下，麗麗試著唱了一支流行歌曲。沒想到，一曲終了，竟贏來滿堂喝彩。她才發現，自己有一副百靈鳥般的嗓音。隨著境遇的改變，一個人的各種藝術潛質會被突然地爆發般挖掘出來。她的嗓音甜美溫婉，李谷一式的，低音磁性縈繞，高音彈力十足。這一次，現場許多人發出「高手在民間」的感嘆，麗麗也因此成為宴會的主角，眾人都表現出眾星捧月的熱情，一連幾曲唱下來，大家都還意猶未盡。只有大馬司在自己的座位上沉默，一言不發。

大馬司垂釣美女有其獨特的招數。他先托人讓麗麗來了一趟他設在天長順酒店的辦公室。這個比總經理辦公室還要富麗堂皇的地方，讓她第一次見識到了真正的富貴。然後，引她進來的酒店辦公室主任給「遠在北京」的大馬司打電話，他說正在談著一筆大買賣，改天再談酒店的事。不幾天，麗麗親眼看見了一次大馬司擺平了一起在酒店惡性鬧事事件。麗麗自有心得：自己真正要依靠的人正是大馬司這樣的人。不久，她就被調往大馬司的辦公室來工作，工資仍和酒店一樣，另有大馬司不定時不定點的比工資更工資的「工資」。自然，她也同時兼任著大馬司不算公開的情人。麗

## 十一

麗本人也十分清楚，像她這沒讀了幾頁書又來自山鄉小村的姑娘，能活得有點眉目，全靠爹娘給的那一點基礎。趁年輕憑著自己一張長得粉白的臉盤和一副妙曼的身姿，找到一個靠山，撈取一點資本，才是方向。一輩子憑本事活的人有，一輩子憑臉蛋和身材活的人也有，她不趁年輕漂亮找到支點，到頭來就會竹籃打水一場空。既然有不少男人好這一口，她就有施展和發揮的空間和餘地。

麗麗的出現，是一種正確，也是一種錯誤。在大馬司這裡，情人並不是好做的。不是你願不願意，而是能不能長期得寵。大馬司這樣的人不愁女人，情人也有被淘汰的危險，所以麗麗既要有嫵媚妖氣的一面，還得有個性自主的一面。她一改以往的正裝威儀，換上能顯身露骨的時尚麗裝，看上去既時尚妖冶，又貴族富麗，還兼含隱忍內斂，讓人近身迷戀有餘，離開又惦念不捨。做事野而不粗，談話綿而不俗。同時她也十分注重早午晚妝的變換。這種變身，自然被大馬司寵幸有加。細密處的精緻，真實中的幻覺，這讓早先粗鄙狂放的大馬司第一次感受到紅袖添香的浪漫，也讓他充滿了憐香惜玉的衝動。麗麗的後來居上，讓原先那幾個一直活躍在大馬司身邊的女人嫉妒不已。

這一段時間，大馬司基本不在場面上露面，深居潛藏在天長順酒店自己的辦公室裡閉門不出，盡情獨享麗麗這道醉心美餐。連辦公室裡的電話線也被他拔掉了。

在天長順酒店負責保安的張天寶，每天上午十點，準時來向大馬司彙報情況。

「第一，全縣各酒店保安的情況，汾河灣酒店昨天中午有一桌小混混白吃白喝了一頓，領頭一個自稱是來自碼頭的二酒瘋子。」

「告訴保安，讓酒店老闆把帳記在我的頭上，但保安要嚴密監視這群渾小子，不可過度囂張，必要時警告一下。非非在的那個川味酒店怎樣？」

「非非管的川味酒店一切安好，前些日子那個在縣城屢次得手的三隻手亮亮，每天就潛藏在那家酒店裡，外出行竊的次數是越來越少了。」

「這個非非不是個善茬子，那筆偷農村賣牛老漢的錢還沒繳齊，你去轉告一下，今天必須繳齊。另外不允許這個亮亮再出去偷竊了，尤其是不能對那些農村來的窮人。再不聽話，那隻偷人的手腕一定給我剁掉。」

「另外，珍珍和琴琴這幾天哭得紅鼻子紅臉的，說你真不想留她們，就給錢走人。」

「這兩個臭女人，吃醋了，先給上點安慰安慰吧。」

麗麗聽著這些話，不依不饒地跳出來，說：「給什麼錢，這兩個臭貨合起來擠對陷害我，差點沒把我氣死。」

說著，麗麗把頭一偏嘴一嘟，給了大馬司一眼怨中含嬌。

「看看看，又一個吃醋的。行行行，不給不給。」

麗麗邁出纖步，盤沿到大馬司跟前，用瀑布似的長髮香波拂掃了一下「大馬司」的臉面，順勢嬌柔地坐靠在他的大腿上。

趁麗麗不注意，大馬司給了張天寶一個蹊蹺的手勢。

張天寶領旨而去。

# 十二

豐盛昌總公司的經理辦公室正面，掛著一幅大型山水畫。濃墨重彩的山勢與茂密蔥蘢的松柏，巍峨綿延，剛勁聳立。中間一條飛瀑流泉懸空而下，在山腳樹叢邊逶迤迴旋，一汪湖水清澈透明。湖面上泛著一條席棚小舟，搖櫓漁人怡然自得。山間高空開闊遼遠，幾朵白雲輕蕩在天邊，一派悠然閒適之感。這是本縣美術家協會主席的手筆。

森森告訴小撇子：「就這一幅畫，就可以改變你的形象。你信不信？」

小撇子不置可否，嘴邊滑出一絲輕蔑。

森森進一步把小撇子往懸崖邊拉：「你以為你是什麼？在這些很有個性的文人眼裡，連根草都不如。你可不要覺得你有踢天的本領，憑幾個臭錢就能呼風喚雨！你現在見一個太陽就有幾十萬元的利潤，這些文人見幾十年的太陽都未必能畫到這種程度。反過來說，你一天可能丟掉幾十萬、幾百萬甚至幾千萬，到時候你還不幹人一根？討飯都不一定有人給。這些畫家們就是貧困到沒有一分錢，一樣可以有吃有喝，你信不信？你沒聽說過齊白石一幅畫能賣幾億元的事？」

小撇子正想反駁森森，辦公室主任有急事相告，話題便先搭下了。

「咱回頭峰煤礦的出口被村民堵上了。」

「什麼？你說得細緻點。」

「一大早，一群回頭峰的村民就找到礦上，說村裡要修學校、修水庫，向礦長要錢。礦長正忙於手頭的事，還沒來得及向您請示，村民們又是搬石頭又是填土的，把出山的公路給堵上了。」

「今年六一兒童節，咱礦上不是捐給回頭峰小學五萬塊錢？」

「他們說五萬塊錢只能算正常的辦公經費，連取暖用電都不夠。現在學校要改造危房，縣裡給的經費還有較大缺口。」

「水庫是怎麼回事？」

「村裡人吃水，一直在幾里地以外的井裡擔，現在要在村子的至高處修一座水庫，每家每戶要鋪管道安自來水，吃水要直接進院進家。」

「這些刁民，不知道姓甚了？小媳婦當成貴太太了。」

「現在路正堵著，出入大車都不能動。」

「他們一共要多少錢？」

「二百萬。」

「門也沒有，人民幣是土疙瘩？老子還沒見過這樣赤腳白臉要錢的人哩。」小撇子走到辦公桌前火氣衝衝地撥電話，被森森一把掘住了。

回頭對辦公室主任說：「你先回避一下，我和趙經理協商協商。」

辦公室主任看了看自己的主人，悄悄退了出去。

「小撇子，這張畫白掛你辦公室了，你怎麼沒有一點包容大度之心呢？一點事就把你急成這樣，日後我還指望你成大事業呢。看來，你真讓我大失所望。」

「不穿鞋不知道腳大小，你懂個屁？這能是個小事？眼看著有人斷你的財路，你就表現得像個

## 十二

軟南瓜？這等於太歲頭上動土哩，你知道不知道。你讓他一次，就可能倒楣十次，你信不信？」

「今天這事，你讓我來處理，你不要動肝火，沉住氣，我覺得這中間有貓膩。不過事情也得設身處地地想想，該辦的好事也不能推，沒有咱們回頭峰村子的這個煤礦，你才是真正斷了財路，急不得，咱得先了解清楚情況再說。」

「好吧，看看你小子的踢騰。」小撇子的火氣明顯降下來。

「你先把村長、書記叫到你礦上的辦公室，剩下的事我來辦。」

小撇子拿起了桌上的電話，撥起號碼來。

之後，森森和小撇子也立即動身，來到小撇子在回頭峰煤礦辦公樓的董事長辦公室。在人山路口，因路被堵著，他倆只能步行著走進礦區。

約莫十分鐘，村長和書記兩人來了。後面還跟著三個罵罵咧咧的年輕人。

幾個人一進門，口裡不乾淨的三個年輕人還沒有停止叫嚷：「二百萬一分不能少，就不信你們這強龍能壓住我們這地頭蛇，吃我們的山占我們的地，一年給上十萬八萬，還不夠給鬼的燒紙錢哩，是想把我們當二小子耍？」

森森一臉威嚴，對幾個人說：「回頭峰是你們村，也是我們的村啊，誰是地頭蛇？怎麼，大水沖了龍王廟，一家人不認一家人了？」

三個年輕人搶著說：「早聽說你們是回家發財來了，吃著祖先的肉，喝著子孫的血，有了錢裝在自己口袋裡吃香喝辣。你們有良心沒有，村裡怎麼就出了這兩個敗家子。」

森森忍住氣，對那個叫喊最凶的年輕人說：「你是村長？」

年輕人說：「你管我是村長還是書記哩，你哪來的神神哪裡去，我們這廟不多你一個貢爺。」

森森走到年輕人面前：「你說話注意點，說不好你要吃大虧的。今天這給不給錢的事，由我說了算！」

「扯淡，沒聽說過沒病攬傷寒的。哪家門神滾到哪一邊去。」

「我再說一遍，要想辦事，村長、書記留下，其他人出去！」

村長和書記連推帶擁，把三個年輕人退擋在了門外。

森森平靜了一下心情，問：「是你倆帶人堵了的路？」

村長接話：「不是，是村民們自發的行為。不過他們也是為村裡的大事著想。」

森森鄭重其事地說：「煤礦有政府部門批准開採的正式手續，每出一噸煤炭都在按章納稅，這些都有票據為證。豐盛昌公司是今年縣裡的納稅先進，而回頭峰煤礦是豐盛昌的實力企業，這你們應該清楚。你們違法私堵公路，影響的不僅僅是礦上的生產，也影響著納稅。縣裡有關部門不可能不過問，不過我們還沒有向有關部門反映情況。你們村裡辦學校、修水庫是好事，作為這個地盤上的一員，礦上出些錢辦點公益事情，也理所應當，這也是礦上早想辦的事。我會代表礦上給你們一個滿意的答覆的。如果這樣強行堵路造成停產，你們不僅一分錢也拿不到手，還要承擔一定的法律責任。或者你們還可能會有更大的損失，你們不可能不知道眼前這個趙經理是個什麼來歷吧。你倆雖然年齡小一些，但不應該不知道這個礦是誰開的，念你倆是咱村裡的父母官，我出面來辦這個事，是給你們解圍。事情要盡量往好裡辦，胡來亂搞，咱就硬碰硬地來，看最後倒楣的人是誰。道理講到這裡已經說清了，現在要辦好這件事，第一就是先把堵著的路開通。你倆掂量掂量，看我說的對

## 十二

不對？」

村長聽得一頭霧水，心裡只掛記著錢，開口就說：「那二百萬是不是就有著落了？」

森森回答：「也許幾十萬，也許比二百萬還多。我再給你簡單說一遍，這兩件事也是我們想辦的。培養後代的事耽誤不起，再苦不能苦孩子，再窮不能窮教育，這種積德行善的事，不僅要辦，還要辦好。水庫的事，也是好事，至少我們礦上工人食堂及辦公區用水也會很方便，我們有什麼理由推託？」

書記腦筋轉得快一些，介面說：「你的意思是，這兩件事除過縣鄉村三級投資部分，缺口有多大全由礦上來補，是這個意思吧？」

「一點都不錯。咱做事要用預算和實際投資來，不能胡亂冒來。」

「那好吧，這樣我倆也好向村民們有個交代。」

「前提是，現在立馬通路。」

書記看了看一直不說話的小撇子，有點不放心地對森森說：「我不知道，你這意見是代表你個人，還是也能代表回頭峰煤礦？」

森森一字一頓地回答：「我是代表趙總與公司和你們村委領導談事，當然說話要算數。」

村長、書記見小撇子沒有再做別的表態，轉身走了。

小撇子挺在森森面前，說：「這樣下來二百萬也打不住。這就是你的把戲？」

森森說：「咱村小學的情況我清楚，列入縣教育局維修範圍的只有鍋爐房和一個活動室。村裡修水庫，再加上管道鋪設，直到自來水流進每家每戶。兩項加起來除過縣鄉兩級掏的錢，你出一百萬是一疙瘩鐵，連抛冒灑漏，一百二十萬打住了。」

「那也不少。」

「我說的這個數，還包括能接到咱回頭峰煤礦的自來水管的費用哩。」

小撇子當胸搗了森森一拳頭，說：「你真是個活神仙啊。」

森森想了想，又對小撇子說：「和村長、書記一起進來的那個嚷得最凶的年輕人你熟不熟？他和咱們內部有什麼關係沒有？」

「這個年輕人叫志明。也算村裡一條棍，在我承包村裡這座煤礦時，就是他跳出來要參與競爭，差點沒攪了我的好事。現在，他的弟弟及妹夫養著兩輛大車，在咱礦上拉炭掙運輸費哩。」

「好，我看這個人不可能馬上安分下來。你讓辦公室主任現在就去辦兩件事：一，給縣煤炭執法大隊打個電話，讓過來三五個人，以防萬一；二，安排人盡快找到他的弟弟和妹夫，現場阻止他胡鬧，這叫作釜底抽薪。」

小撇子把辦公室主任叫來，安排下去。

快到中午時，森森平靜下來，穩穩坐在寬大厚軟的沙發上，對還在心神不寧的小撇子說：「咱現在說正經事吧？」

「下一件事該說喝酒的事了，你肚裡還有什麼花花腸子？」

「給你辦了這麼大的事情，喝酒的事你想推也推不掉。咱接著談文化的事。先說你辦公室那幅畫吧。」

「不就是點潤筆費，三五百夠了吧？」

## 十二

「不行，三五千也不行，至少得一萬。」

「你把我當成財神爺了？你說多少就多少？不就是一張紙幾筆墨嗎？」

「和你這種土包子打交道，還掉我的價哩。王媽媽玉媽媽，差一點差得天上地下。這樣吧，我現在給你掏兩萬，現場摘走，我收藏或倒賣，說不定還有個大賺頭哩。你就一分錢也不用花了。」

「你不是變著法套我的錢吧？」

「這個美協主席的作品，省裡和北京都掛著，你去看看就知道了。不是我這個城鄉路的關係，你八抬大轎不可能請到他一張大畫？你以為你的錢就是錢，畫家的畫就不是錢？你在山裡掏的是國家資源，你的命是好點，記不得你以前那個倒楣樣了？要讓你成為一個平民百姓，看你給人家拾鞋，人家要不要你？」

「你這人就是嘴損，損得我落渣渣哩。」

「連你辦公樓別處掛的書畫作品一起算，拿十萬塊，由我給人家說說情吧，說你這兩年經濟拮据，手頭也不寬裕，就算是點意思吧，算是對畫家書家們的尊重，而不是價值。這個人情債我先欠著。以後你就知道你討了多大的便宜了。」

「行了行了，你這個花邊邊嘴，我說不過你，就按你的意思辦吧。」

「我可和你說好，情我給你欠著，酒可不能將就。不是茅臺五糧液不要端上來，誰請我喝酒都沒下過這規格。」

「我這是請下爺爺了，給你準備一箱茅臺，喝不了兜著走。」

「你這個周扒皮，總算大方了一回。好吧，就這樣定了。」

# 十三

回頭峰煤礦堵路事件之後，小撇子給村裡把修學校的錢補齊，而且在原工程的基礎上把其他需要修理的校舍做了全面的加固和擴修。接著全村的自來水也進院入戶了。在這一點上，小撇子一下子想開了，他覺得還是森森比他想得遠，想得周到。既獲取了民心，又方便了自己，這錢花得值得。

這天，小撇子來到回頭峰的小學。一進校園，正好碰上分管教育的副縣長趙子民、教育局局長李志剛、本鄉鄉長張天運也在場。還有鄉里和局裡的一些具體項目負責人。村裡的書記、村長和工程隊的工頭等也一個不少地前來查驗工程。

「咱的大功臣親臨駕到，歡迎歡迎。」局長李志剛第一個發現了小撇子，立刻把嗓門提高了八度。所有人的目光馬上聚焦到小撇子身上。書記和村長也極力地附和起來。

副縣長不急不慌地走到小撇子跟前，鄭重地和他握了握手，輕輕說：「我還正想找你說事哩，說曹操曹操就到了。」

一群人對即將竣工的工程看了個差不多，教育局和鄉里的幹部說還有不少事要回去，被趙子民擋住了。「其他人可以回去，志剛局長和天運鄉長先留下，我有事。趙經理你也不能走，今天這場戲唱成唱不成你要當主角。」

小撇子不知這副縣長趙子民葫蘆裡賣的什麼藥，不過他也早想會會這個據說很有思想和個性的縣領導。他對趙子民說：「趙縣長，現在時間也不早了，能不能到我礦上邊吃飯邊談事？」

## 十三

「聰明人。」趙子民拍了拍小撇子的肩膀，「我也正這樣想著呢。好，咱就到趙經理的地盤說事吧。」

幾個人來到不遠處的回頭峰煤礦食堂，進到一個雅座裡，一個人已經等在那兒——森森。

趙子民愣了愣，小撇子馬上介紹：「這是我的臭軍師城鄉路，經常有事沒事到我這兒混飯吃。今天這又不請自到了。」

森森馬上回擊：「趙縣長不要見怪，我這個碼頭混混朋友能與縣領導一起談事，是他八輩子修下的福分。乞丐穿了個緞子衣，表面亮堂裡邊還是那格調。」

「正好，正好，今天你這個城鄉路，就正兒八經地給我們這全縣知名的企業納稅大戶、對教育事業做出貢獻的企業家支支招。我早聽說過你，今天這場合你也看清了，明人不用重錘敲，鄉長、局長都到了。咱把一切事都放下來，專心來討論一下回頭峰學校的事。」趙子民盡快把話題收攏到一個中心上來。

森森正了正身子，說：「前幾天我還和趙經理談起過這個話題。他也早有要扶持回頭峰學校的想法。各位領導可能還不知道，咱趙經理的愛人和趙經理本人也是從村裡的這個學校走出來的。他愛人孝敬公婆在我們周圍是出了名的，咱趙經理事業有成這內當家可是功不可沒，有一句話是怎麼說的，一個成功的男人背後肯定有一個偉大的女人。這個學校培養了這樣一個成功的男人，回報什麼的，應該應該。咱趙經理早有此心。」

森森的話，像一把火似的，把一個還沒明瞭的話題燃燒得直冒火苗，趙子民胸腔裡的急待噴湧而出的規畫，提前在森森的意念裡得到高度的共鳴。同時，小撇子的情緒也被現場的熱度激發得沸沸揚揚。趙子民從內心裡感謝森森，森森也十分佩服這個有想法有個性的縣長。所有議題一拍即合。一個宏偉的設想，在一個煤礦食堂的雅座裡平穩誕生。

臨走，趙子民特意走到森森跟前，說：「改日有時間，咱倆聊聊。」

# 十四

剛進入冬季，西北風就迫不及待地送來一場雪。這雪，下得很有意思，像變戲法似的，開始還是漫不經心地飄著幾片雪花，不久就成群結隊地滿天旋舞起來，直往行人的脖頸裡鑽，往還留著幾片葉子的樹杈上掛。沒有兩個時辰，地面上已是白花花厚厚的一層。河溝裡看不見流水的影子，卻隱隱傳來嘩啦啦的聲音。

溝腰上的公路，是土石路，不算太滑，汽車的輪子軋過去，兩道車印後，彈濺起尺把高的雪浪，遠遠望去，像兩隻奔跑進山的小兔子。小撇子讓司機把小車開到回頭峰小學門前時，雪下的形式又變花樣了。先前漫天旋舞的雪花，變成直線下落的硬粒狀。寒風像鞭子似的亂甩亂趕，即將落地和已經落地的雪，發出嗚嗚的哀鳴聲，毫無章法地亂掃亂揚。

小撇子徑直走進校長辦公室。校長四十多歲，名叫解小雲。正打著寒戰坐在辦公桌前翻資料，兩手還不停地揖著稀鼻涕。小撇子感到辦公室的氣溫比外邊高不到哪兒去，冷得他也打出一個響鼻來。解校長還沒來得及打招呼，小撇子已經走出院外。他掏出手機給回頭峰煤礦辦公室主任打電話。

「你到煤場看一下，不管誰家拉煤的車，截住一輛，裝一車疙瘩炭，讓副礦長老段親自押車，馬上往回頭峰小學拉送來。然後，你到我辦公室，把我門上的棉門簾摘下來，再把你門上的也摘下來，看還有誰辦公室的，摘十條棉門簾，一併送來回頭峰學校，從校長辦公室到學生教室，都給掛上。現在就去辦！」

解小雲走出院裡，忙著和小撇子說話：「趙經理，回屋裡坐吧？」小撇子說：「你家裡比外面還冷，待不住人。學生教室也是這樣吧？」

解小雲領著小撇子來到一個教室。教室裡有半教室的學生已經請病假了，另外一半的學生也像冷雞似的蜷縮在一起，聽站在講臺上同樣打著哆嗦的老師講課。小撇子走到窗臺下的暖氣管前，用手摸了摸，說：「和沒有暖氣差不多，不把學生凍壞才怪哩。」

解小雲忙說：「一是燒鍋爐的炭不行，更重要的是鍋爐也太舊了，帶不起來了。」

小撇子走出院外，一股寒風把一小撮雪掃在他的腳面上，他退回屋簷下，跐了一下腳。接著他又冒雪走了出去，嘴上自言自語：「就是下刀子也得把炭先拉過來。」

躲在車裡的司機正開著暖風避寒，看到坐進車裡的小撇子狠狠地把車門砰的一聲碰上，就猶猶豫豫地說：「趙經理，這雪下得大，怕不好下山哩。」

小撇子說：「我的命就不值錢？要不，你回學校暖和，我開車下山。」司機不再吭聲，緩緩啟動了車身。

掛著低速擋下坡，雖然也有局部的斜滑走偏，但在司機熟練的操作下，車身基本能平穩下移。在剛出回頭峰村不遠的地方，是一處較陡的上坡路。司機見小撇子沒有叫停的意思，就只能硬著頭皮往上開。

臨近頂端的路面時，小車開始打滑。

小撇子叫道：「不能加速，倒換一擋，稍稍打輪，讓車偏離原車道。」

小車漸漸穩住下滑局面，但還在微微後移。

## 十四

小撇子再喊：「前輪往左稍打，讓右後輪向路邊那塊大石頭邊靠停。」

等車身還沒停穩時，小撇子飛身從副駕位置奔下車外。小車的後輪被路邊的大石頭頂住，前輪卻還在懸浮不定中。正在司機慌亂之際，小撇子已經搶蹲在前輪跟前，一件棉大衣被緊緊地填塞在前輪下。車身穩穩斜橫在公路中間。這個場面太危險了，那塊大石頭就緊靠在路邊，後輪要是再往後靠得勁大一點，就有可能連車帶石頭滾下山溝裡。前輪下懸浮的雪層，根本沒有附著力，一旦形成下滑趨勢，小車會頭朝下拐去，後果同樣不堪設想。司機根本不知道小撇子什麼時候下的車，更不知道他是怎樣從後座上拽走的棉大衣。這神來之舉，讓司機真正領略了一次小撇子敏捷靈活的身手。

司機走出車外，從旁邊找了兩塊石頭，把稍稍停穩的兩個前輪分別支撐牢靠。

這時，兩個路過的村民來到車前，一看是小撇子，馬上在不遠處用手刨出些活土碎石，脫下自己身上的衣服，盛著兜著往車前的輪下運。

解小雲領著幾位女教師來了，一群小學生也趕來了，十幾個村民也聞訊趕來了。

村民帶著鍬、钁、籠、擔，不停地找土砂，填路面。師生們有帶木板的，有帶鐵鏟的，又是取雪，又是找土。

這自發地排雪救車的場景，把小撇子驚愣在一邊，不知所措。

最後，大家連抬帶扛，把小撇子的車推上了陡坡。

這場雪中救車的情景，讓小撇子永遠地記在了心中。

他自言自語地說：「我小撇子何德何能，讓這些女教師、小學生和村民們冒雪搶險？」

這時，山下的公路上，出現了一輛推土機，把上山路面上的雪清除到兩邊。隨後不遠處，跟著一輛拉炭車，在緩緩前行。為貨車開路的推土機，冒出一團一團的黑煙。

司機從車窗伸出腦袋來，對小撇子說：「這大雪天，根本不是出車的日子，這推土機為拉炭車費勁賣力地開路，實在是得不償失。」

小撇子斜了一眼司機，順口說：「要是你的孩子在回頭峰學校上學，就好了。」

司機來回抖了一下身子，再不吭聲了。

一會兒，推土機和拉炭車上來了。礦辦主任坐在推土機副駕位置，看見小撇子馬上讓司機停下來，問：「趙總，你這裡沒事吧？」

小撇子向前邊揮了揮手，說：「趕緊走吧，我這裡沒事。按我說的，立馬辦理。」

推土機又向前推進。

拉炭車隨後也停下車來，坐在副駕位置的段副礦長，伸出頭來，問小撇子什麼情況。小撇子說：「沒情況，你往前走吧。」

# 十五

石城一中傳來一個轟動全城的新聞：一個高三的女生被社會賴皮猥褻，同時與之同班的一個男生被打得頭破血流。

學校保衛科及時報知縣公安局，兩位公安員警進駐學校，全程偵破此事。在警方梳理調查案件過程中，又發生了一件與之相關的連鎖案：涉及此案的兩名賴皮被另一批人打成重傷。這兩名被打賴皮已經不作為警方重點調查的對象，但有目擊者說，警方的偵察方向是錯誤的，因為正是這兩名賴皮導演並策劃實施的這場事件。

知情社會人士傳：這兩個賴皮有強大的背景，一個是現任土地局局長的外甥，一位是黑社會頭目大馬司的部下，警方是人為規避主要案犯，放了西瓜抓芝麻。

一時間，全城範圍內各種版本迅速傳播。有人甚至直接說兩位辦案員警收受了巨額賄賂，在有意製造冤假錯案。也有人說，被警方重點查辦的打人者，自己承認了全部犯罪事實。

石城一中的這位高三女生叫閆蓉芳，學習品貌皆優，是所有代課老師十分看重的一個苗子。這天早上，班長徐輝跑到辦公室告訴班主任孔智：「看上去，閆蓉芳的情緒不大對勁，早讀時間把頭蒙在桌子上一言不發。」孔智問徐輝：「你聽到哪些有關閆蓉芳的情況？」徐輝說：「聽說這幾天晚自習後在回家的路上，有幾個社會賴皮堵截閆蓉芳。」

孔智把閆蓉芳叫到辦公室，打聽情況，閆蓉芳卻一直抽泣不止，不願說出真實的細節。沒辦法，孔智安排與閆蓉芳最要好的一個女同學私下和她了解情況。事情沒有像孔智想像的那麼嚴重，但發展延續下去，很可能是一樁大事件。三個賴皮躲在校門外忽明忽暗的街巷裡，專找漂亮女生撩逗，主動接近，說一些肉麻下流的話，也有推搡幾下的動作，最嚴重的是有一個賴皮抱著閆蓉芳親過嘴。

孔智是個很有責任心的班主任，他告訴班長徐輝說：「今天晚上開始，我親自護送幾個女生回家。」這個決定是孔智隨口說的，實際也有一種內心的衝動：他很想見識一下這些社會賴皮的真面目。

與孔智同行的有班長徐輝，還有同在城郊遠地住的楊寬志。被護送的有三個女生，都住距離一中較遠的地方。

一出校門不久，他們就遇上了幾個賴皮。第一撥是兩個青年，閆蓉芳在前面不遠的地方走著，兩個青年像鬼影一樣突然竄溜到她跟前，堵住去路。楊寬志的反應最快，指著兩個青年喊：「你們要幹什麼？」兩個青年聽著喊聲把視線轉到楊寬志身上：「你走你的路，這事與你無關。」楊寬志大步向兩青年走近，孔智和徐輝緊跟其後。兩青年看到形勢不利，罵罵咧咧地撤遠了。

第二撥有三個青年。這是在快要出城的一座橋上，三個青年看著走在人群中的閆蓉芳，先是嘴上挑逗：「閆蓉芳，你過來一下，哥們想你一天了，能過來和我們聊聊嗎？」

孔智讓楊寬志不要再招惹，幾個人就這樣相擁相伴著往過走。快走完橋面路程時，緊隨其後的三個青年突然站到了他們面前。「怎麼，今天帶上保鏢了？不肯給我們面子了？在石城街上還沒有不把我當回事的哩。」這位長得人高馬大的被稱作「溜子」的，說著就動手去拽閆蓉芳。孔智隨勢

## 十五

擋在他面前。徐輝和楊寬志也挺了過來，形成一堵人牆。

「怎麼，這是耍勢威哩？這閆蓉芳是你們三個的嫩娘？」他說著就用手抓住了孔智的胳膊，接著另兩個賴皮也擠靠過來，把他們三個的人牆陣營衝亂。

「我是他們的班主任孔智，我可以代表學校和你們對話，保護學生是一個老師的起碼職責，就是你的妹妹或親戚什麼的在我的班當學生，我也會一樣不差地保護她們。今天你們要有什麼事，對著我來就行了，與他們沒關係。」

「班主任？孔老師？這學校裡歸你管，這學校外也歸你管？還沒聽說哪個老師這麼不識世眼的。」

「咱把好話先說在前頭，看著你們三個都還年輕，要把事情鬧大，你們可想清後果。我這個班主任就是要愛護我的學生，不能讓他們受到傷害。」

「你這班主任還有來頭哩，四堵牆裡你說了算，四堵牆外老子說了算。今天這事還真要搞出個一二三來。」溜子抓著孔智胸部的手一直沒放開，說完這話，手上的勁更足了，像要把孔智掄倒。孔智一隻手掘住胸前對方的手，說：「是一對一來，還是一起來？」話剛說完，腳下主動迎進一步，另一隻手扳扭住對方已經抽不回去的手臂，同時也把一側的後腦留給對方一個空當。這個空當讓溜子的另一隻手順勢衝出一拳。不過因他的整個身子已被孔智掘偏在地面，這一拳的力度減弱了許多。

另兩個賴皮很快纏住孔智，因有楊寬志和徐輝招架著，兩個賴皮一時近不了孔智的身。孔智在制服溜子的同時，斜身伸腳，把一個賴皮的腳後跟勾住，一隻手順勢一推，這賴皮便倒在一邊。

眼看孔智他們占住主動，誰也不知道什麼時候有一個賴皮拔出了一把水果刀，朝著孔智他們亂捅。情急之下，孔智讓自己的兩個學生放手，三個賴皮也邊打邊撤地逃離了現場。

孔智左臂被刀扎了一個血口子，楊寬志的頭皮也破開一處。徐輝把他倆送進醫院急診室包紮時，閆蓉芳也一直跟著護理。

第二天，公安員警進駐石城一中調查此事。孔智與楊寬志住進縣人民醫院。前半天傳來消息：拿水果彈簧刀捅人的賴皮被捉拿歸案，其他兩人在逃。

深夜，又傳來另一個相關消息：溜子和另一個賴皮也被打成重傷，被轉移到省城醫院搶救去了。

# 十六

孔智被捅傷的胳膊經過包紮，幾天輸液消毒，下面墊了硬板，脖子上綁了一根帶子，吊著受傷的胳膊，回到了要備戰高考的高三教室。楊寬志的頭上縫了十針，因不願擠在人多味雜的醫院過夜，也被家人接回家裡養傷，每天由家裡派人接送到醫院輸液。

這天下午活動時間，孔智買了一些營養品帶著全班男女學生來看望楊寬志。

高大的紅漆大門緊閉著，裡邊有幾隻狗聲嘶力竭地狂吼著，孔智和學生們躲在遠處。不一會兒，裡邊有了響動，一個女人從門口的窺視洞看了看，才慢慢打開了大門。一隻高大威猛的牧羊犬躍躍欲試地做撲殺狀，被主人吆喝到身後，孔智他們還是猶豫著不敢進門。幾個女生尖聲叫吼著閃在一群男生的後面。從側面的廂房裡又出來一位眉目清秀的中年婦女，隨後又跟著頭上裹著綳帶的楊寬志，兩人將牧羊犬趕進鐵籠子關住，孔智他們才躡手躡腳地走進大門。

開門的女人是楊家的保姆，中年女人是楊寬志的母親。無論從哪個角度看，這都是一個大戶人家。寬大的院落，靠左一角停著一輛高級轎車。主體建築是三層，從外到內，舉目都是高檔華貴的氣象。這座住宅地處碼頭地盤的東側，依山傍水，占地寬大。

孔智他們被請進東廂房套間，沙發、電視、冰箱等一應俱全，牆上掛著名人書畫，大畫山水瀑布，行雲流水；小畫小橋亭欄，麗人花鳥。大小畫都有真草隸篆書體補白。男女同學紛紛對楊寬志噓寒問暖的，一片濃濃情誼。保姆忙前忙後地把茶水、水果等擺放到桌幾上，讓同學們吃喝。楊寬志的母親與孔智說過幾句感謝之類的話，便忙著和幾位認識的女同學搭腔。從表情上看，孔智感覺這個女人是個秀外慧中、幾經歷練的女主人。熱情中有冷峻，言語裡有含蓄。同時，孔智的視線在紛亂中作了一番掃描，他發現，在正屋的客廳裡還有幾個男人在談話。從長相上看，楊寬志的父親就在其中。

幾個年輕人從正屋走出來，行色匆匆地出了大門。楊寬志的父親躺在寬大厚重的沙發上，點燃了一支菸。孔智的心裡生出一絲不悅。孔智當老師有家訪的習慣，大多數家長都能做出配合，對學生的教育也往往能對症下藥。父母是孩子的第一任老師，要全面了解一個學生，家訪是一個必要的環節。掌握熟知學生的家庭環境以及習慣，對做好班主任工作是一個很管用的方法。從楊寬志在學校的表現看，這是一個誠實內向的學生，現在他被社會賴皮打傷，正需要一種撫慰，而師生的及時到位應該是更好的一種撫慰。從院外到屋內，孔智對這家的感覺一直不好。朱漆大門的排斥、惡狗凶猛的威逼、楊母虛偽的熱情、楊父避而不見的冷漠，都給孔智留下不好的印象。在孔智意識裡，他一貫鄙視大戶人家的清高傲慢。聽說楊父是一個重要部門的局長，幾個兒子也是社會上行走江湖的角色，孔智心裡隱隱生出一點點對楊寬志的質疑。

楊寬志看到班主任不言少語，走到孔智身邊，說：「對不起孔老師，我爸爸有事今天不在家，你不要多心。」

「好吧，同學們今天主要想來看看你，好好在家養傷吧。」

之後，孔智招呼學生們，離開了楊家。

就在孔智他們走出楊家不遠，那輛停在院內的高級小轎車開出來了。在途經一群熙熙攘攘男女

## 十六

學生時，儘管楊寬志的父親戴了一頂禮帽，孔智還是一眼看清楚他了，他坐在副駕位置上。而且孔智還看見楊寬志也坐在後面的位置上。

# 十七

小撇子是楊寬志的遠房表兄。楊寬志的父親是現任縣林業局局長，名叫楊安順。楊安順是典型的官場人物，所言所行也多是官場做派。小撇子坐監入獄那幾年，有同事拿小撇子來調侃他，他總是說：「這是一個八竿子也打不著的外甥，從小看就不是什麼好鳥，入獄判刑那是罪有應得。」對小撇子困窘緊逼的家從沒照顧過，生怕這怎麼也扶不起來的低門敗家給自己沾上晦氣。小撇子從裡邊出來時，他托人捎過話去，讓小撇子貴賤不要來找他，來也不接待。小撇子父親病重時，他也沒有探望，借錢的事自然無從談起。就連小撇子父親出殯安葬時，他也只打發兒子過去象徵性地露了個面。這些，小撇子心裡十分清楚，但在森森的勸導下，小撇子由原來的恨之人骨，變得表面上與這個遠房舅舅表現得不遠不近。至少，不要讓他在自己的發展上暗中伸腿，絆手絆腳。但一代人管不了兩代人的事，後來，小撇子私下與舅舅膝下的幾個兒子相處得還是比較貼近的。

在孔智和楊寬志被捅的第二天晚上，也就是在縣公安進駐一中一天以後，那兩個主謀賴皮在逃，而且公安員警的抓捕力度不大，看上去有縱容輕饒的意思，這個訊息一回饋回來，楊家就表現出極度的憤慨。

楊寬志的哥哥楊寬遠案發第二天就與小撇子手下的幾個人對全城進行搜尋，整整一夜，搜尋未果。第三天晚上繼續搜尋，最後，在城外一處簡易平房裡，兩個賴皮正在煮酒論英雄的時候，被開著兩輛麵包車的「打手」們堵了個正著。剛開始那個溜子還強撐硬頂，沒過多久就喊爹叫娘地倒軟，楊寬遠他們幾個沒有手下留情，兩個賴皮最後被送進了人民醫院的急診室。等家人趕到時，兩個賴皮已是奄奄一息，一二〇急救車啟動，他們打著吊瓶跟著醫生，一路急奔趕往省城醫院，命是保住了，但狀況令家人十分擔憂。

一個兒子被捅受傷，另一個兒子又捅傷了別人，差點搞出人命大事，作為父親的楊安順，這個屁股上的屎，得他來擦。

楊安順在土地局找到王朴局長，談後續事宜。

楊安順說：「人沒事就好，該怎麼處理你說說吧。」

王樸說：「你說得輕巧，人現在還在重症監護室呢，有事沒事還不清楚呢，現在根本不是談處理事情的時候。」

楊安順說：「我兒子就在你面前，你看，要不是我及時救治，再遲一點醫生說還得開顱哩。我們打你外甥是朝不要命的地方打，你這外甥打人是要人命的。你這是要我絕後的幹法，醫生建議我兒子要到省裡或北京去做手術，我看你是主犯的舅舅，力爭保守治療，也是為你省著點錢。你要真同意，明天我就帶我兒子到北京，好好治一下，治到不留一點後遺症為止。看你的外甥重要還是我兒重要？沒見過你這樣不講理的。你在世面上混，我也在世面上混。咱低頭不見抬頭見，要鬧翻了誰也不好看。現在我就要你的一個態度。」

王樸說：「要解決問題也行，你先墊付二十萬元，要我外甥看病做手術，然後咱再談後續事宜。」

「那我兒子的醫藥費誰掏？」

「你要這樣，咱就沒有再談的餘地了。」

「看在你這個當局長舅舅的面子上，我可以先掏十萬，但必須是一次性了斷。」

「那不行，萬一有個後遺症什麼的，我怎麼向我妹妹交代？」

「那好吧，你去天堂等那十萬吧。今天到此為止，事情是你外甥挑起的，我不信公安局就不問個前因後果，各打五十大板，你還得給我掏錢呢！還搞什麼後遺症？我還沒說我兒子的腦震盪後遺症呢。沒見你這個甲魚嘴，我現在就去找我兒子的醫藥費。」

「隨你的大小便！」

楊安順帶著楊寬志從土地局走出來，徑直奔向天長順酒店。

大馬司見楊安順進門，忙從沙發椅上站起來：「楊大局長光臨，有失遠迎。」

楊安順打住大馬司的虛招，直奔主題：「聽說打我兒子的一個賴皮是你的部下，我是來說這事的。」

「你楊大局長說，該怎麼辦，我聽你的。貴公子沒事吧？」

「都說你大馬司會打架，怎麼你的部下一出手就往要命的地方捅刀子？腦袋是什麼地方，你說沒事就沒事？現在還在觀察期呢。」

「局長說的是，這個沒屁眼的小子，一點事都不懂，就該千刀萬剮。打狗還得看主人，怎麼敢這樣膽大妄為。」

「你說什麼？誰是狗？誰是狗主人？」

## 十七

「你不要和我這沒文化的人計較，我說錯了。你說咋辦吧，咱好商量。要不，各負各責？」

「要說是你這方先挑的事，應該負全責。不過，念著這麼多年的交情，算我倒楣，倒上五萬吧。」

「楊局長大人有大量，給我面子，其餘的事我來料理。來，麗麗，給楊局長沏茶！」

「不喝了，我給你找錢去。」

楊安順走出房門，大馬司一把把麗麗摟進懷裡，口上卻說：「楊日驢的這個滑頭，五萬塊錢，打發叫花子哩。」

臨走，大馬司把自己珍藏多年的兩瓶好酒硬讓楊安順帶上。

楊安順又來到石城一中，正好兩位負責處理案件的公安員警也在校長辦公室。和校長打過招呼，楊安順便直逼那個公安負責人：「學生放學回家路上被社會賴皮打了，公安是維護一方穩定的保護神。我今天作為受害學生家長，想了解一下案子的進展情況。」

「一個主犯已經捉拿歸案。另兩個從犯在逃，聽說被人打傷住院了，我們正在進一步核實。」

「我聽說你說的這個主犯只是一個打手，另兩個才是主謀。你們沒有搞錯吧？」

「案子的定性是局務會決定的，我們只能按這個思路調查。」

「據我了解，你們公安局新宿舍地址選的是一塊耕地，土地局惹不起你們強行通過了。這其中一個主謀正是土地局局長的外甥，這是為了公報私恩，還是權權交易？我這裡可是有詳細的資料，你們作為為民辦事執法的機關，理應秉公執法，可不要在這些大事上失足啊。」

「楊局長你也是政府部門的領導，有些話可得言出有據啊。我們哪一件案子不是秉公執法了？」

「另一個主謀是黑社會一幫的主力成員，警匪一家是以前的事，我可不願意看到這個法治嚴明的社會再出現這種現象。」

「楊局長說話要負責任！作為受害家長，我們理解你此時此刻的心情，但法律是公正的，請你不要懷疑我們辦案的能力。」

楊安順把目光轉向校長，口氣一點也不軟：「我把孩子交到學校，是來學知識的，學校雖然主管學校校園內的事，但上學下學全過程都不在家裡，班主任護送學生回家，就是代表校方行使職責，現在老師和學生都挨了打，我們家長和學校都希望有一個公正的處理答案，是不是趙校長？」

校長接住話頭，說：「出了這樣的事，我們學校也很惶恐不安。楊局長，既然事情已經出了，只能面對，我們學校和你們家長一樣，都希望這事有個比較公正合理的結局。」

「我相信公安，只是提一點不成熟的想法，僅供參考。我和學校一樣，希望盡快了解事情的真相，並有一個公正的結局。」

事已至此，兩個公安也沒有再爭辯什麼，看著白紗布裹滿頭部的楊寬志，一身警服的威風也不必再抖了。兩個人低聲交流了一番，決定再給局領導匯報一下。

# 十八

公安局布出兩條線：一條線前往省城，了解兩個被打賴皮的傷情及事發經過；另一條線安排警力捉拿第二次打架主謀及其他罪犯。剛安排完事情不久，就有三個人前來自首投案。

小撇子讓司機把小車開到公安局院內，帶著回頭峰的兩個參與打架的四川籍礦工，徑直奔向刑偵室。

打人的原因有兩個：一是這兩個賴皮跑到回頭峰煤礦夥同村裡幾個別有用心的人參與堵路造成停工停產，想從中謀取錢財。二是閆蓉芳是豐盛昌公司掏錢資助的貧困子女，他們要給弱勢群體做主撐腰，不能讓黑惡勢力橫行霸道，危害社會。與楊寬志及其父親楊安順無關。錯誤是安排的兩個礦工出手太狠，本來是要教訓一下，沒想到遭到兩個賴皮的拚命反抗，打成了重傷。小撇子表態，所有醫療費用豐盛昌公司願意全部承擔。如果要找主謀，這個主謀就是他小撇子。好漢做事好漢當，他小撇子判刑坐監都能接受。最後，小撇子還表態：現在公安辦案工具和設備太落後，很受限制，罪犯作案後逃跑，坐的車比公安還跑得快。如果政策和規定允許，豐盛昌公司願意出錢無償贊助兩輛配置較高的辦案小車。

小撇子趙成武是縣人大代表，又是縣上備選的省勞模，豐盛昌公司在每年的全縣經濟工作會議上都是受表彰的納稅大戶，拘捕或扣押什麼的須請示縣委和人大。公安局局長在縣上開會時常常和小撇子同排就座，這是個在縣上很有影響的人物。最後，公安先讓兩礦工留下訓問，小撇子須請示後再做處理。

小撇子前腳剛出公安局，大馬司後腳就跟進來，兩人在門庭相遇。他倆心照不宣地打過招呼，各自朝相反的方向走去。

大馬司沒有到刑偵室，而是直接來到局長辦公室。

大馬司還沒等局長說話，就一屁股坐到皮沙發上，捏了一支茶几上的待客菸往嘴角送。局長正接一個電話，身邊站著刑偵隊長小王。聽口氣正是說著石城一中打架的案件。「你倆動作要快一點，幾天了案件進展還沒個頭緒。事態發展很快，如果不迅速偵破，對我們公安的形象很不好。現在社會上的動作比咱們還快，這件事情的連鎖案件還在延續著，我們太被動了，就會形成很大的壓力，我也沒法向縣上和社會交代。限你兩三天內辦結此案。」說完，把電話啪嚓一聲掘在座機上。

隨後，局長安排刑偵隊長小王：「你再派一名辦案高手，馬上進駐石城一中，盡快偵破此案。」

小王走出辦公室後，局長才發現了大馬司，口氣一下轉陰為晴：「是我們的保安大隊長啊，這可是個稀人，不在你天長順酒店享福，怎麼肯來我們這寒舍受苦受難？」

「大局長這是寒豫我哩，你這寶地我們老百姓也不敢輕易來啊。我想和你說的正是這石城一中的案件。」

「我還正要找你哩，聽說，兩個在逃犯，其中就有你的一個部下。膽子不小啊，開始與我們公安較勁了。」

「是啊，這個傻蛋盡給我惹事，不過現在也是受害者了，現在重傷在醫院，我就為這事來的。看

# 十八

在給我開了幾年車的面子上，我得給他討個公道吧。」

「大馬司我給你說清，這可不是小事情，你現在坐在什麼地方你知道嗎？是公安局。我的頭上頂的是國徽，我們是為民執法人員，我們的身後有千萬雙眼睛看著，這是不講私人交情的地方，誰也沒權力貪贓枉法。事有事在，人有人在，我們肯定會給你一個公正的答案的。」

「大局長這是在給我上課哩，我這個法盲以後還真應多來來你辦公室，聽你普及一下法律知識哩。」

「你少來這一套，你不僅是法盲，你每天幹的事都是違法的事，說得嚴重一點，你知道你這是什麼性質？你不要以為和我吃過兩頓飯就封住我嘴了，就堵住我的心了。這公安局不是你家的，也不是我家的，你坐到這個地方，就必須心中有黨紀國法，耍賴耍橫，胡攪蠻纏，都靠一邊去。你和小撇子不是一回事，你不要不尿人家，人家每天都在為工商稅務人錢，是給全縣所有工作人員提供工資，是為全縣人民要辦的大事鋪墊基礎，而你每天幹的事是要工商稅務虧錢，甚至還在給社會製造著不少麻煩。你養的這些社會混混，給我們公安製造了多少事端，你心裡不清楚？看在咱們還多少有點關係的這一點上，我正式提醒你，來到公安局身要坐直，心要放正，趕緊回去嚴懲你那些沒事找事的部下，不要再幹那些缺德傷民的壞事了。你放心，我不會給你那打老師打學生的賴皮說情的，不僅不會說情，而且要嚴格依法辦事。你也再不要充當幫凶了，再不要在搞關係託人情上白費工夫了。沒用！我也不會跟上你去知法犯法，去製造一些冤假錯案。話就說到這裡，你看著辦。」

大馬司正了正身子，站起來，雙手合抱，謙恭致意，慢慢退出局長辦公室。

坐進小車裡，大馬司對坐在一旁的麗麗說：「這些狗日的公安，狗眼看人低，翻臉就不認人了，我就不信你們沒有用到我的時候。」

車剛走出公安局大門，大馬司接到一個電話，是小撇子打來的。「我的車在你後邊呢，中午要沒事，請你吃個飯，老弟兄多日沒聚了。」

「你如今是紅人人了，還有工夫請我這社會地痞吃飯？我了解到是你的人打了我的部下了，早就告過你，井水不犯河水，你走你的陽關道，我走我的獨木橋。是不是看我活得不順眼了？」

「我早已偵察過了，你的人沒什麼大礙，有驚無險，我已把醫藥費墊上了，你放心。不過，你這話說得也沒由頭，是你這個不長眼的部下，跑到我的煤礦堵路瞎鬧來，你可能還不知道，他也不敢告訴你。斷我財路的人我不能不理吧？不是看著咱倆從小的交情上，我才不會對他客氣，這一鬧我最少也得損失十萬塊，也不會給你主動打電話。怎麼，一句話，中午給我面子不給，坐下來咱細聊。」

「你說的比唱的還好聽，打我的人，就是打我哩，輕易就沒事了？我還想打人哩，這事我要讓步了，我以後還怎麼混世。你這是黃鼠狼給雞拜年，沒安什麼好心吧？」

「隨你怎麼理解吧，我已做到仁至義盡了，你看著辦吧。」

小車快到天長順酒店時，大馬司突然把電話又打給小撇子，想問問他要在什麼地方請他吃飯。沒人接。

# 十九

被公安抓住的那個案犯叫虎子，他一口承認事情是自己幹的，沒別人什麼事，也不是誰指使他幹的，就是幾個朋友晚上喝過酒在街上瞎轉悠，正好遇上石城一中晚自習下了，又正好遇上走到巷子裡的閆蓉芳，見她姿色漂亮，不由就動了邪念，接著就與她的班主任和兩個學生打起來。預先沒有誰指使，也沒有誰命令，他們相跟的三個人與師生三個人糾纏在一起時，他覺得怕吃虧就隨身掏出了一把水果刀亂捅了一陣，根本沒想後果會是怎樣的。事端是他挑起的，凶器是他拿出來的，另兩個人只是隨他招架了幾下，主犯就是自己，主謀談不上，就是一時興起，釀成大禍。要判要逮，他一個人承擔。

筆錄寫好，虎子簽了字，兩個進駐一中的公安把案卷送到上峰手上，算作初步的結案。

這情況與另一前往省城醫院調查的情況略有出入，那邊的筆錄顯示，班主任孔智先上前推人，才引起事端。虎子是最後一個動手的。這與被打師生的說法也大不相同：孔智與楊寬志是在閆蓉芳被又拽又拉之後上前護衛的，三個賴皮見好事不成，惱羞成怒，大打出手，三個人基本是同時湧上來的，師生招架之中發現自己身上有血，才知道對方拿出了刀子，這個捅刀子的人是溜子。

事情一時定奪不下，只能再去落實。

# 二十

解校長打電話，把小撇子約到回頭峰小學，說有兩個骨幹教師提出要調走進城。聽說，與縣上有關方面已經達成協議，就差辦手續了。小撇子的長鬍鬚左右抖動了兩下，翻出電話本，接通分管教育的副縣長趙子民的電話，問他在什麼地方。趙子民說正在開一個出教育畫冊的會，馬上就結束了。正好他有事要找小撇子。小撇子約了趙縣長在回頭峰小學碰面，他在這裡死等。

小撇子開始向校長了解學校最近的辦學情況。不一會兒工夫，趙縣長的車已經開到學校院內。

小撇子開門見山：「當初趙縣長說，透過企業與學校聯手，打造一所辦學一流成績一流的全縣甚至全地區一流的學校，說得我是熱血沸騰、勁頭百倍，可現在你又要釜底抽薪、中途放血，你不是要辦我吧？」

趙子民臉色凝重，話裡藏著尖銳：「我不知道趙經理說這話的意思。」

小撇子蠕動了一下廉子，長鬍鬚前後左右繞了一個圈子：「兩個骨幹教師要離開學校調進縣城，聽說你們已經通過了。」

趙縣長不再說話，他掏出手機開始打電話。「喂——是李局長不是，請你放下手頭的事，先來一下回頭峰小學，有急事，我在這兒等你。」他把「請」字狠拖了一下，有強調「必須盡快」的意思。

「你和屬下談事，我是不是回避一下為好？」

## 二十

「不用，咱現場辨公。」

教育局李志剛局長風塵僕僕地趕來，一進校長辦公室，就被趙子民用話頭堵住：「回頭峰小學的教師，最近有沒有變動？」

李局長喘了一口氣，看了一眼站在一旁的解校長，回答：「沒有啊。新學期教師的安排還沒有上會研究哩。」

趙子民跟著說：「那就好。還是我們上次說的那句話，回頭峰小學的師資力量只能加強不能削弱，骨幹教師更不能隨意調走，這一點你心裡可得有數。」

「咱還等著跟上回頭峰小學戴紅花哩，是不是趙經理？」說著，李局長把目光對在了小撇子的臉上。

小撇子順著李志剛的話說：「李局長，我不會食言的，只要是回頭峰小學的事，我會大力幫助的。」

「像趙經理這樣有眼光、有思路、有能力，又尊師重教的人，我們是十分欽佩的，石城教育史上不留下這耀眼的一筆，我這分管縣長就算白當了，你這李局長也當不成個樣子。明明看見一顆夜明珠，卻不知道挖出來讓它閃光，那就是傻子。現在，咱們四個是四位一體，縣長、局長、校長，還有你這實力後盾趙經理，已經是上了一條船了，只能同舟共濟，不能退走倒行，一榮俱榮，一損俱損，你說是吧，趙經理？」

「最好是五位一體，把回頭峰所在鄉的張鄉長也加進來。」

「趙經理提議得對，他張鄉長也跑不了。」趙子民加重了強調的語氣。

「那今天中午咱回教育局吃個定心飯？我請客。」趙縣長徵求小撇子的意見。

「改日吧，我還真沒有吃過咱趙縣長的飯哩。今天還有點事。」

「那好吧，改日。」

趙子民說正好自己也有點急事，先走一步。剛要出門，趙子民又折回到小撇子跟前，說：「下次咱們撇開一切事，好好聊一聊。你那個好朋友森森，一同叫上，我想和他探討探討。」

小撇子說：「好的，沒問題。」

李志剛隨同趙子民一起走出校長辦公室，解校長跟著送出來。李志剛走慢一步，放低聲音對解校長說：「你看清了吧？你的腳下已經起風了，這縣長和趙老闆就是這回頭峰學校的兩隻翅膀，你想不飛起來都難哩。安穩好老師們的情緒，你不要多操工作以外的心。按趙縣長的意思，你這兒的師資力量只有加強不能削弱。」

解校長不置可否地笑了笑。

走出校門，趙子民把李志剛拉到一邊，悄悄問：「兩個骨幹教師要調走的事，是不是真的？」

李志剛湊近趙子民，聲音放低了八度：「分管人事的副局長跟我說了一句，我沒答應。不過聽說這兩個人有點背景，也許還要有人找我。」

「這事不是小事，再大的關係也不能讓步，你沒看見那小撇子的表情？長鬍鬚都快跳起來了，這人是個烈性子，搞好了鮮紅血也能給你吐出來，搞不好他敢和你玩命。咱聯手打造一所名校的初衷不能變，節骨眼上放血，這是大忌啊。實在推不過的關係，你可以答應，但明確告訴關係人，能連續三年所代學生在全縣考前三名的，才可能調出，就說是我定的規矩，誰也不能違犯。這個惡人我

## 二十

來做，你順水推舟即可。我隨時準備應酬他們。咱倆要口徑一致。」

李志剛心領神會。兩人各自上了自己的小車。

趙子民一行走後，小撇子讓解小雲把那兩個想調走的老師叫來。

小撇子一眼就認出其中一個是稅務局張局長的夫人，為了企業稅款的事，小撇子曾登過她家的門。他和張局長在客廳談事，她給沏出兩杯茶來，只說了兩句見面話就一陣風似的走進臥室了。記得張局長圍繞她還說了兩句不順心的話，對當時的教育局局長挺有怨氣的。張局長夫人當時還是一個民辦教師，考了幾次都沒有考上，轉不了正。可她的教學成績卻老排在全縣前幾位，這讓身居重位的稅務局局長很惱怒，他矛頭直指當時的國家教育體制，同時為了佐證自己的觀點，還特意舉了兩個教書教得一塌糊塗轉正考試卻榜上有名的例子。局長夫人看上去溫文爾雅，端莊清秀，再往細處看，年輕時肯定是一位大家閨秀式的淑女。這種女人，初一看去，不是什麼神采飄逸激情飛揚的美女，而你越往深處看越有看頭，越有韻味，是很有內涵的女人。第一次見面時，小撇子就很有心得，覺得這才是典型的好女人，既知情達理，又善解人意，既理家有方，又事業有成。微微發胖的身材，藏神於內的目光，讓人即刻就能感到家庭的穩妥、鄰里的和睦、工作的條理。他當時就很佩服局長的擇偶能力，怎麼這麼好的女人都跑到有位置有權力的局長家裡了！

這種感覺被隨後的事態證實了。小撇子沒有採用不少人慣常的當面送禮方式，免得雙方都有難堪。他空手赤腳地和稅務局長小坐了片刻之後，就走出來了。臨下樓，回頭對送他出來的張局長說：「快到中秋節了，你也工作挺累的，好好在家陪家人團聚團聚吧。」這話說得模稜兩可，把個張局長說得站在樓梯口愣怔了半天。

等小撇子剛拐下樓角，張局長也準備入室關門時，小撇子的司機扛著一個大紙箱擠進了家門，紙箱裡邊裝著月餅、酥梨、蘋果、葡萄以及菸酒之類的過節禮品。張局長立即制止，說：「請你馬上拿走這些東西，我不是你們想像的那種人，該辦的事按規矩辦，不能辦的事送禮也不頂事。」一頭大汗的司機，把箱子強行放到地上，眼眶裡已溢出瑩瑩的淚花。「張局長，你還是讓我有份工作吧，我要是被趙經理開除了，我娘看病的錢就沒有著落了。」說完，轉身向門口走去。走出門後，自己又主動伸回手來捏住門把手，把門關上了。司機最後回來說了一句話：「張局長，箱裡那張卡記得收起。」

事隔一天之後，張局長的祕書把那張卡還給小撇子。隨即張局長的電話打了過來。「趙經理，謝謝你的一片好意，這些年來，我愛人很注重我的廉政作風建設，絕對不允許我在原則面前收錢讓步。你們經營企業挺不容易的，這我理解，況且你照章納稅，又不出什麼格。蘋果、葡萄這些東西先放下，也不能全駁了你的面子，顯得我六親不認似的，但這會讓我心理不順當，改日有機會還報。卡的事是絕對不可以的，夫人這一關先過不了，你不會讓我因為這個卡就後院起火吧？你好好經營你的企業吧，你是咱縣上的納稅大戶，我還得好好謝謝你哩。」

想到這兒，小撇子笑了笑，心想這夫人真是家裡一根頂梁柱，難怪張局長這麼多年下來，社會口碑一直挺好的。廉上的長鬍鬚跳了兩跳。

另一個女教師，小撇子也好像在哪裡見過似的，他在一瞬間努力尋找自己記憶中的場面，但搜索無果。

面對兩個教師，小撇子先講了自己的一段故事：從小在回頭峰小學沒有好好念書，整天不上課

## 二十

在村裡淘氣搗蛋，曾被老師多次訓斥批評，而自己的父母是提起來一條條放下來一攤攤的那種，不管，也管不了，雖然當著老師的面也說過自己幾回，但事過後，又哄著騙著老師家長在村裡作亂打架。那次唱戲趕會，因懲治了一個江湖騙子而有了點好名聲，但後來進城後就又與小碼頭那些狐朋狗友做了不少無賴事。而好朋友森森是學習玩耍兩不誤。因假錶事件被南蠻子哄騙之後，同是受騙人，人家森森理智能忍，自己卻組織了一幫同夥大打出手，釀出一場大禍。遇上嚴打重處形勢，結果被判刑改造。回來後，在森森幫忙下，謀得一個最下層的澡堂工作，算是湊合能養家糊口，但父母已年老體衰，家境已是十分破敗。然後到了大齡青年，一說是個坐過監的人，連二婚女人都不願見。我為什麼要感謝回頭峰村？回頭峰煤礦給我財富這是後話，就在我最倒楣的時候，史雙莉不顧別人的反對，嫁給了我，我總算沒有打了光棍。雙莉進了我家門，盡心竭力伺候二老，直至先後離開人世。臨終前，二老不是要見我，而是要看著她，並摸著她的手戀戀不捨地閉上眼。我沒有給回頭峰母校爭了光，可比我小兩屆的史雙莉不顧前嫌，嫁給了我。這個學校給我培養了一個好老婆，就為這一點，我也要把回頭峰學校辦好。你倆不要笑話我，像個小孩子似的，這算是我的一點私心吧，我就是要做出個樣子，讓我的老丈母看看我這個坐過監的人，也一樣是個對社會有貢獻的漢子，他的閨女史雙莉是個有眼光、有素養、有福氣的人。

小撇子看著校長和兩位女教師聽自己的經歷，好像自己現在成了一個講課的老師，覺得挺好笑。說起史雙莉，他有點動感情，那根長鬍鬚像個小指揮棒似的，引導他把一幕一幕的話簾打開。突然，他的思維有點走偏，看著在一旁像小學生一樣認真聽講的那「另一個」，他突然想起這正是他娶媳婦時站在院子裡給他這個新郎官套柳圈圈的那個女人。當時她表現得很纏皮，雖然是混在人群中，但她的命中率挺高，有兩次把柳圈圈遠遠地扔過來，正好都套在他的身上。為此她在之後的嬉鬧爭辯中特別地得到了兩盒香菸。後來史雙莉告訴他，這是她家遠房親戚的一個表姐，一眼看上去就是一個村裡人常愛說的能尖尖。這種人做啥都能做得乾巴利脆，屬於快手快腳的一類人。

這表姐似乎看出了小撇子的心思，但不願打斷他聲情並茂的講述。兩人只那樣心照不宣地一瞥，小撇子再沒有了下文。也許，在這位史雙莉的髮小面前再口無遮攔地說下去，連自己都覺得有點不好意思了。

校長和兩位老師正聽得入迷時，小撇子突然頓住了，只看見他眼裡隱隱閃著淚花。兩位教師好像剛聽完一堂課似的，渾身表現出一種釋然的狀態。

小撇子問兩位老師有什麼困難和問題，對方一時也說不上具體的內容。解小雲開口了，她說：一個好教師最渴望的是什麼，說實在話，首先是在最能體現自己價值的學校工作，在自己最好的年齡，把最大的聰明才智、最大的內在能量發揮出來。其次，作為一個女教師，還要承擔一份女人的責任，比如子女教育問題、夫妻感情問題、生活品質問題，等等。兩位教師連連點頭稱是。

小撇子最後表態：凡是能把成績考在全鄉甚至全縣前三名的，年終獎金兌現時，回頭峰小學必須是全縣最高的，這個你解校長出規畫，咱對照落實。每年暑假由公司出錢，所有回頭峰學校的老師出去旅遊一趟。凡是在縣城居住的老師，在週末或平時有急事時，公司專門派一輛車負責接送。凡是回頭峰學校集體或個人在縣上或省市拿過獎的，模範教師也好，賽講優秀教師也好，學生考試前幾名的也好，教師發表獲獎論文也好，年終統一登記清楚，由公司加倍獎勵。

兩位女教師相視一笑，又轉向解小雲，各自眼裡都有一些不便言說的含義。

## 二十

小撇子像鑽進兩位教師心裡似的，把她倆的所有心思都猜測到了。當即，兩位教師表示，願意和解校長同甘共苦，共同為回頭峰小學添磚加瓦，奉獻自己的聰明才智。看上去，這好像應該是一種必然的表態，以不負小撇子一番真心實意的表白。

臨走，小撇子讓解校長盡快制定出一套激勵和獎勵措施給他，他要拿上在公司經理會議上通過。校長和兩位女教師把小撇子送走，又回到校長辦公室。那位張局長的夫人對校長說：「這煤礦老闆的話不可能是颱風吧？」

另一位也說：「是風是雨誰能猜透呢？」

解小雲說：「真是颱風，先受害的是我，我這校長的承諾一落空，老師們怎麼看？村裡人怎麼看？要風後真有雨，獲利的是你們，誰的學生考得好，誰的課講得好，只要有憑證，人民幣兌現，而我只是個組織者罷了。」

兩位女教師不由地笑起來。

「你校長領導有方啊，到時候上臺戴紅花領大獎的還不是你？上報紙上電視的，還不都是你？即使有我們的鏡頭也只是陪襯。」

「算了吧，我不丟人敗興就行了。」

局長夫人說：「我與這姓趙的有過一面之交，他別的方面我不太了解，說話辦事應該還是言出必行的。」

那位史雙莉的表姐也說：「開始我對這號男人也不怎麼看好，自從他與我表妹成親後，家族裡的人對他的感覺還是不錯的。」

頓了頓，校長突然說：「差點忘問你倆了，調動的事辦得怎樣了？」

兩位女教師把校長左右摻了起來，嘴裡說：「怎麼，有好事就想往外推我倆？」

「好兩位親疙瘩哩，我燒高香都想讓你倆留下來哩，哪有往外推的理哩。要走的事，可是你倆口對口對我說的呀。」

「我倆這舌頭是主動塞到你嘴裡了，你隨便咬吧。我倆這手腕是伸到你案板上了，隨便剁吧。」

「你這是拐驢得了上坡的勁，把我倆往死裡撐。」

三人一邊說一邊笑，滿屋裡暖意融融。

這時，校長辦公室的座機響起來。解小雲把還在鬧騰的兩個女教師止住，接起電話來。

「喂——」

「喂，是解校長吧，我已走到路上了，那兩個教師還在你辦公室吧，你把免提掘開，電話放下，我想和她倆說說話。」

解小雲用另一隻手掩住話筒，招呼兩個意猶未盡的女教師走近辦公桌，然後掘開免提鍵。

「二位教師好，我是剛和你們說過話的回頭峰煤礦的趙成武，我剛才接到一個電話，是教育局內部的一個同志打過來的，說你倆想從回頭峰學校調往縣城，開始我聽得有點納悶，再一想，覺得也很正常。人嘛，誰不想生活和工作的環境好一點？能從鄉村調進縣城，是好事啊，我聽解校長說你倆都是好老師，才學和人品都讓人敬佩，別的更多的理論我講不上來，但我知道，小水養不住大魚，每個人都有選擇自己生活方式的自由。這樣吧，就念在你們曾為咱回頭峰學校做過貢獻這一點上，在回城這件事上，有用到我幫忙的地方我一定盡最大努力，掏錢跑腿找關係，加油跑車攻難關，都沒問題。不是我吹，在縣城辦點事情，我還真不含糊哩。」

兩位教師相互望望，一時不知如何對答。解小雲面無表情地僵在一邊。那位雙莉表姐湊近解小雲，在她臂上捅了一下，示意她不要裝傻，趕快幫她倆解圍。

解小雲對著座機說：「趙經理，這兩位老師讓我給你說，謝謝你的一片好意，關於調動的事，先緩一緩再說。趙經理真要對她倆不滿意，到時候再解雇不遲。我想，這個能力你也是有的。」

座機裡傳出：「沒有那個意思，我相信解校長的工作能力，也敬佩兩位好老師的才學。你替我謝謝她倆。」

結束通話後，兩位女教師對解小雲又是親嘴摟腰，又是捶背擊胯。三個中年女人，像小孩子似的嬉鬧了好長時間。

# 二十一

人有時候把難忘的回憶用嘴講出來，本身就是一種自我陶醉的過程，而且，能更加有意識地珍惜一些應該珍惜的東西。小撇子對解校長和兩位老師講的話，很長時間一直感動著自己。人在用感情說話時，往往能調動起自己更深的感情，連自己都沒想到，話能說得那麼流暢、那麼動情。小撇子被自己感動著，感動這種情感能讓他不止一次地重複自己講話的情境。情境又在一次又一次的再現中強化感動。好長時間以來，他對部下對別人，一直表現出強悍剛健，那種潛藏於心底的柔弱質樸一旦被一個點觸動，那平靜壓抑的情感便會像鬧海狂潮般地掀動起來。那天，他一個人開著小車回到家，老婆史雙莉正在收拾家什。他一個人坐在寬敞明亮的沙發上，閉目靜思。

老婆轉身看著他一個人發痴，便問他：「又有什麼不順心的事了？」

小撇子伸出一隻手懸在空中，示意老婆不要再說話。史雙莉沖了一杯咖啡放到小撇子面前的茶几上，不再說話。隨後停下手頭的活計，坐在小撇子的身邊。

小撇子的眼淚便下來了，翻江倒海的那種。史雙莉去衛生間取了毛巾，遞給他。在接到毛巾的一瞬間，小撇子抓住史雙莉的手，站起來把她拽到門外，拽到樓梯口。史雙莉忙說：「我還穿著圍裙哩，你這是發哪根神經哩，老夫老妻了，不怕外人看見笑話？」小撇子說：「就穿上這圍裙，門也不用關了，現在就跟我走！」

小撇子把史雙莉拽到樓下的小車裡，一直拉到回頭峰他倆結婚時住過的老院子。一進窯門，父

## 二十一

母親晚年和他倆在一起生活的鏡頭迅速閃現在腦海，兄弟幾個沒吃少穿的往事恍若昨天。父親重病在床，母親神志錯亂，外債累累，生活入不敷出。父母拚死掙扎，裡外奔波，生活依舊是食不飽肚、衣不遮體，到最後也沒有享受過一天好生活。由於他的犯科入獄，父母在村裡見人都抬不起頭來。就在自己老大不小的年齡時，那頂「犯人」的帽子一直在左鄰右舍嘴裡喋喋不休。這時，史雙莉走進窮困低落的家，她精心侍奉二老的細節，反反覆覆地在小撇子眼前晃動，從此他小撇子漸漸走出困頓抑鬱的窘境。

小撇子一下子抱住史雙莉，看著她日漸顯老的面容，用雙手輕輕撫著史雙莉的額頭，突然號啕大哭起來。他帶著憐惜的口氣質問：「你就不會去做做美容？」

史雙莉默默地承受著自己男人的哭鬧，聽小撇子把一腔情感痛痛快快地哭號出來，聽小撇子把心裡的話語無倫次地傾訴出來。這是她第一次見小撇子這麼對著她動情。

天色即將暗下來時，史雙莉把二老掛在牆上的相框摘下來，用一塊布包了，與小撇子走出舊院老屋。

回頭峰學校門前高掛著一盞螢光燈，與正對面的回頭峰煤礦辦公樓頂的那流光溢彩的看板相互映襯。史雙莉問小撇子，到不到礦上和學校了？小撇子攬著老婆鑽進小車裡，驅車回家。

# 二十二

回頭峰小學新修了兩間教室，翻蓋了鍋爐房和灶房，所有辦公室和教室也都換上了新暖氣，又粉刷了所有的內外牆。「回頭峰小學」五個大字用鍍銅牌子掛在了大門上。在張鄉長和李局長的提議下，召開新校址落成慶典大會。

校園內外站滿了豐盛昌公司來的不少員工和回頭峰村的百姓。萬里碧空，陽光普照，八個大氣球高高地懸掛在校園上空。幾十個人的鑼鼓隊正震天撼地地表演。校園外臨時推開的一塊場地，被先後到達的小汽車占滿。縣上四套班子的分管領導、鄉里所有大小幹部職員、教育局的班子成員及股室領導，還有不少被小撇子特意邀請的幾家知名企業經理，都依次被請到主席臺前的座位上。主席臺設在學校院內，分三排，每一排的桌面上都鋪了紅毯。五個定位話筒擺放在正中位置。慶典儀式由縣政府趙子民副縣長親自主持。

村裡人三三五五地聚在一起談論著同一個話題。「那個前排靠右位置的女人是誰？」「看上去像黃坡村的史雙莉。」「你別說，俺以前還真沒注意這雙莉哩，打扮起來真有點像第一夫人的派頭哩。」「她和俺是同學，在學校時學習就不錯，今天可真露臉了。」「聽說他嫁給了一個坐過監的賴皮。」「這話不敢再說了，人家如今是大老闆了，這回頭峰學校內外裝修布置都是人家花的錢。那不是，就坐在雙莉隔一個的那個位置上。」

會議開始了。主持人趙子民是經過認真「備課」的，主持稿開篇就是一首詩：「秋高氣爽陽光

## 二十二

明，萬壑齊望回頭峰。校企聯手創佳績，他日山花別樣紅。」開場詞之後介紹來賓，之後是來賓依次講話。解校長講話內容主要介紹學校師資、學校規制及辦公設施情況。李局長側重講教育局對偏遠山區學校的政策傾斜。張鄉長講本地企業家對學校的支援力度及投資修建情況。小撇子講企業回報社會應盡的責任。地區教育局一位高副局長對企業支援教育大加讚賞，揚言要向全地區推廣。最後講話的是縣委副書記，他對企業和學校提出了持久辦學、密切合作、多創成績的殷切期望。

最後為新校址的落成剪綵，一條繫著紅花的長紅綢拉在主席臺前各位領導面前，等主持人話音一落，剪到布落，先前連在一起的紅綢帶子，現在變成每個領導手上捧著的一朵花。掌聲響起，鑼鼓齊鳴。新校落成典禮儀式在趙縣長詩情洋溢的主持中圓滿結束。

省市縣報紙、電視臺的新聞媒體記者，從會前的花絮採擷，到會議多角度抓拍搶景，再到會後的現場採訪，忙得不亦樂乎。

回頭峰小學的裡裡外外，都圍滿了前來看熱鬧的村民，會議結束後，這些抱孩子的、扛钁頭的、串門看親的村民，都還沒有離開的意思，紛紛打問誰誰誰是縣裡哪個領導，誰誰誰是給農村孩子花錢辦學校的老闆，指指點點，竊竊私語。電視臺的記者有不少把鏡頭對準了村民，其中有一老一少還對著鏡頭談了他們的感受。

史雙莉被同鄉村民們紛紛圍住，多日不見的鄰里鄉親，噓長問短的，都為她給村裡人辦的好事稱讚不已。

一位曾給史雙莉小學代課的老者，也趕到現場，神情興奮地握著雙莉的手，久久不肯放開。

# 二十三

自從小溫出事以後，森森來橋頭澡堂的次數更多了。根據形勢的發展，單開澡堂已經有些落伍了，森森幫助老溫重新規劃了澡堂的有限面積，原來的澡池只保留了小的那一方，牆上增加了淋浴的噴頭，休息用的小床立綫也取走了，擺了幾排厚厚的沙發。空出兩塊較大的地盤，一塊引進山城特色速食小吃，一塊擺放了幾張檯球桌，都用出租外包的方式。這樣，年輕人喜歡長時間玩的需求有了，玩睏了填肚子的美餐，以及全身心放鬆的洗浴，也都有了，享用不享用，隨便。老少兼顧，連鎖帶動，漸趨蕭條的人氣一下子又回升起來。閒下事餘，森森就和老溫對酌幾盅。生意的忙累，讓老溫兩口子的悲傷情緒舒緩了許多。

這天，兩人邊喝邊聊，對面牆上的電視裡播出本縣新聞聯播，報導了回頭峰小學新校落成儀式的情況，小撇子的特寫鏡頭多次出現。森森對老溫說：「這小子如今成氣候了，我得抽時間去敲敲他。那得意忘形的樣子，一看那根長鬍鬚就清楚，翹到天上了。小撇子的確不是小碼頭小賴皮了，變成趙成武總經理了，再變就成趙武靈王了。」老溫說：「人各有志，也該輪咱小撇子出頭幾天了，看著他人前人後地被捧著，咱倆高興還來不及呢。畢竟是咱的患難兄弟。」「這小子腦子是不錯，但書沒念下，我怕他打得了江山守不住江山，一頭大就容易出事。」「如今不比從前，他也是有臉有面的人了，你不看縣裡領導都十分器重他？」「不行，我現在就打電話，讓他來一下，就咱這小店小酒，看他肯不肯來。」「人家事挺多的，現在來不合適吧？」

## 二十三

森森掏出手機開始掘號碼。接電話的是一個女聲。「是不是史雙莉，我是森森，小撇子不在家？那好，你能來一下嗎？我正和老溫在澡堂喝酒呢。好吧，我們等你。」

老溫蹊蹺地問：「你怎麼給她打？」

森森沒回話，隨後又撥通了小撇子的電話。剛響，就被掘了。再打，又被掘了。森森罵道：「真你娘的耍大了，學會不接爺的電話了。」

等了一會兒，小撇子的電話打過來了。森森同樣很有脾氣地回絕了兩次。第三次，森森才接起來，開口便罵：「耍得你連『趙』字也不知道怎麼寫了吧，乞丐穿了個大馬褂，變成貴人了？你娘生下來就教會你不接別人的電話了？是不是得我抬上豬頭、羊頭的貢品才能請動你哩。」

小撇子回話：「正開著一個小會，是我安排工作哩。你總得讓我擦完屁股再抽褲子吧！急成這樣，是不是泡小姐被公安捉姦了，還是賭博欠下錢走不脫了？你說吧，我現在走出會議室了，你開罵吧，我家祖宗三代等著你過嘴癮哩。」

「不和你多嘴，我和老溫在澡堂等著你，來不來隨你，就這樣，定了。」說完森森就關機了。

森森轉頭和老溫繼續喝酒。

小撇子走進來的時候，兩人的酒已差不多喝到尾聲。

「這麼窄小的地方，兩位爺爺，到我府上喝酒，行不行？」

森森斜眼看了一眼小撇子，話頭直往死裡掘：「我就知道你小子這副德行，你府上的酒又高檔又好喝，是吧？等著讓高人喝吧，要飯時躺在垃圾堆也能睡，發了財有根頭髮絲也睡不著了吧。今天就在這，不願喝調頭走人，要想和我們喝也行，你先補上半斤，不然沒有權力說話。」

「行，請拿一個碗來，倒上。你倆要覺得我還不夠意思，今天我還特意帶了一個陪酒員。」

老溫和森森這時才發現，小撇子身後站著一位年輕漂亮的姑娘。

森森不由自主地站起來，繞過桌子，來到這位姑娘面前，把她叫到了門外，對她說：「哪裡來的尼姑到哪個庵裡，今天這個場合不是你待的地方。最好現在就馬上離開。」

姑娘說：「是趙經理讓我來的。」

「我不管是趙經理還是李經理，還是王經理，你必須現在馬上走人。最好走得徹底一些。」

這時，小撇子也來到院外，見森森一臉的惱怒，又見姑娘滿眼的委屈，就拽著姑娘要重返室內，被森森一把攔住。森森殺氣橫衝的聲音，聽上去有點變調：「這位姑娘，識相的趕緊離開，你要敢再踏進門去，我不會讓你站著出來的。」隨後又轉身對著小撇子說：「你牛是不是？你要不打發走她，我現在就揪下你這根長鬍鬚，再讓你揚眉吐氣！」說著，就把手伸向小撇子的下巴，被小撇子一手擋開。

森森把大門口站著的司機叫過來，直接安排：「你把她先送走吧。」

司機看著站在一旁的小撇子，不知所措。

「你倆先回公司吧。」

看著他倆走出院外，森森才把一臉的仇恨射向小撇子，自顧自地回到飯桌。

小撇子站著把一碗酒倒進肚裡，才落座。酒碗扔到一邊，換成了能盛一兩酒的玻璃杯。一坐，把個凳子壓得吱吱作響。森森順便說：「屁股大了，身子重了，話也衝了，真成一個大人物了。」

小撇子還口：「一抬起屁股就知道你放什麼屁，我出人頭地，傷著你啦？還是惹著你啦，這麼

## 二十三

恨我。你說吧，怎麼個喝法？」

「先敬叔哥三杯。同起。」

小撇子與老溫同喝了三杯。森森又說：「再敬我三杯。」

「不行。」一個女聲喊道。「要喝也行，我替他。」史雙莉從裡間端著一碗剛炒好的菜走出來。

「你們這老弟兄，常不見面，見面就掐，有意思嗎？」

「你看看，援兵來了吧。一日夫妻百日恩啊。」森森把史雙莉拽到自己身邊，「今天是這樣，不是我呢，你也嫁不給這個大人物，你還是我從黃坡村接來的呢。這小撇子，人雖野點，但還不算壞到哪裡，有賊心沒賊膽，心裡掛著你呢，這一點我清楚，就是把他剁成塊塊撕成片片磨成粉粉我也認得他。也算咱倆沒有屁衝了眼，現在大大小小也是英雄人物了，平時他身邊不缺的就是領導和美女，今天你不能再靠著他了，你應該靠著我。不要讓這個人物眼睛長在額頭上，看不起咱們。」

「行，森森你說，俺今天就靠著你。俺和小撇子可千萬不能虧待了你這個好弟兄。」

「這才是我的好妹妹哩，我和小撇子溼屁股長大，他是什麼德行我清楚。你的到來，不僅讓他的家庭添了福氣，而且讓他的事業成功了。一個好女人確實能培養出一個好男人。現在你代表我，和他喝個兩好，行不行？」

「行，哥的話一句頂一萬句。」

小撇子沒話。森森和他碰過酒杯，把喝酒的主動權就交到史雙莉手中。喝到第二杯酒時，史雙莉的嗓門突然變得有點哽咽起來。森森接過酒杯，一轉身把酒潑到了地上，回頭對著滿桌人說：「這叫覆水難收。」

酒桌出現短暫的停頓，大家不知道森森這句話的含義是什麼。森森用視角的餘威，剜了一眼小撇子。

接下來，小撇子又敬老溫兩杯。兩人又把酒杯舉到空中，這時史雙莉搶了小撇子手中的杯子，對老溫說：「叔哥是小撇子的救命恩人，我從心底裡感謝和敬佩你倆，這酒裡也應該有我謝恩的成分。」說完先自喝了下去。老溫隨後也喝進肚去。

史雙莉主動出擊，又倒了一杯，說：「叔哥和大哥，都是我和小撇子最不能忘記的人，請允許我代表小撇子敬一個酒。」

這話說得小撇子也有些激動，眼淚汪汪的，長鬍鬚晶瑩透亮，也不知是淚滴還是酒水，他也默默地倒滿自己的杯子，站了起來，四個人的杯子在空中啜地碰在一起。

這酒，喝得有點沉重了。

# 二十四

一陣轟隆隆的雷聲，像被天公扔出去的幾顆炸雷，隨著一道撕裂烏雲的閃電，在石城上空一波一波地滾動。接著，那包裹在厚重的烏雲後面的雨，就從那被撕裂的烏雲間傾瀉下來。擁擠叫囂的雨，不甘心在規定的區域表演，不斷撕裂著雲層的面積，一發而不可收地整個把雲層給壓塌了，房頂公路、河面田野、街道大橋，到處都是暴雨捶打敲擊的聲音。

小撇子和森森同時被雷雨驚醒，從老溫澡堂的臥床上翻身起來，酒已醒來一半。小撇子的司機趕忙倒過來兩杯熱熱的濃茶，兩人不言不語地端起來喝了幾口。

森森的話音有點沉悶：「每人至少喝了一瓶吧？」

小撇子說：「多少年沒有這樣喝了。我剛從裡邊出來在你家那是一次，這次是第二次。」

「那次酒喝得人鬱悶難受，這次酒喝得人痛快淋漓。」

「我沒說錯什麼話吧？」

「你那德行，二兩貓尿進肚就發作，哪有我這樣的好酒性，一瓶下去，章法不亂。」

「你就會吹牛，滿嘴都是臊氣了，還說沒事。」

小撇子看看外面的雨勢，說：「咱回家吧。我先送你。」

森森把站在遠處的司機用手勢招過來，問：「老溫沒事吧？」

司機說：「沒事，正在裡間睡著呢。」

「那兩個女人呢？」

「看你們都睡著了，她們兩個和另外兩個女人正在那邊練習著摸麻將呢。」

「咱誰也不要驚動，先走吧。」

小撇子坐在後座，森森坐到副駕位置，司機發動了小車，拐出澡堂的小院。

外面的雨，還在下。森森告訴司機：「穿過縣城往東面開，然後上高速。下行。」

在後面坐著的小撇子問：「你要去哪兒？」

森森說：「去了你就知道了。」

大約有四十分鐘左右，小車開到一個全縣最偏僻的鄉鎮所在地，接著森森指揮著繼續往前開。

一直到一座大山根底才停住車。

「下車吧。」森森催促小撇子。

「外面下著大雨，你就不知道？都要淋成落湯雞？」

「大白天做夢，淨瞎說，外面連地面都沒有溼，哪來的雨。」

小撇子走下車來，果然，一點雨意也沒有。

森森感嘆著說：「這就叫『人間四月芳菲盡，山寺桃花始盛開』。縣城裡雨下得是熱火朝天，這山裡卻清爽涼快。」

「你這是讓我跑上幾十里地來看山景來了？」

「是啊，這山景不美嗎？你看，那遠處還有幾處瀑布呢。」

小撇子順著森森的手指望去，幾處野山瀑布橫空流下，真像是在畫中呢。森森鄭重地對小撇子

# 二十四

說：「我想讓你開發這座山，不知你有興趣沒有？」

「沒有。我對開煤窯賺錢有興趣，對開發山賠錢沒興趣。」

「山包子就是山包子，土財主就是土財主，永遠登不了大雅之堂。」兩人坐回車上，往縣城返。森森的話題才上了正本。

「總有一天，一煤獨大的局面會改變。也許再過幾年，你賺下的一堆錢都是廢紙。多種經營，聯合造勢，多點開花，綜合發展，極早謀劃，考慮轉型，你現在就應想到了。煤炭是有限資源，越挖越少，煤炭挖完幹什麼？聰明的人今天想明天的事，愚蠢的人今天只想今天。死幹的人一條道走到黑，活做的人多渠道奔流。從道義上講，你挖煤是吃祖先給你留下的東西，同時你也應該給子孫後代留下點什麼東西吧？開發景區，轉型綠色，這是大勢所趨。回歸自然，親近生態，這是現代理念。錢上無錢，是死水，耗乾就沒有了；錢上有錢，是活水，花了還有。錢，只是錢，毫無意義，你能花錢吃多少喝多少？錢，變成資源，才是真錢，既能回收賺取更高利潤，更能造福社會。消費買享受，花錢養心境，山水自然美景是首選。社會成了不再是吃飽喝足的社會，而是到了要活出品質活出幸福指數的社會。社會文明，人文生態，肯定是未來的精彩。等你死了，後代子孫、百姓大眾都能記掛著你，你的豐功偉績會變成經久不衰的經典，永世流傳。只有錢，就是你的頭底枕著錢、身下鋪著錢，又能咋樣，弄不好你的屍骨還可能被盜墓賊扔到狼都不吃的野溝裡。要把大錢都留給後代，不出三代，你的家庭裡不培養幾個嫖娼賭博吸毒作惡的人才怪哩。有錢白花，誰願意再苦熬？就會遊手好閒，遊手好閒有幾個不出事的？錢用不好都是害，都是禍源災頭，你不信？」

小撇子見森森這樣說，心裡很不是滋味，反擊道：「撐死的總比餓死的強。」

「那你不要做一個餓死鬼，爭取當一個吃死鬼吧。」

車開到縣城郊外的汾河邊時，森森讓司機停下車。外面的雨，仍然沒有停下來的意思，看上去這雨要連夜作戰。跨汾大橋上的路燈，已陸陸續續地亮起來。

森森向汾河方向敲響了車玻璃，示意小撇子往遠處看。

小撇子說：「這天天看慣了的破縣城有什麼看頭？」

森森說：「就是要你看這破縣城哩。你沒看見？只有這一塊低矮老建築，差不多都成危房了。蜘蛛網似的電線，攔汾大壩也潰塌了不少，一下雨，家戶裡的人，連腳都下不到地面，到處都是泥濘水坑。相比那些已經建成的花園樓群，這些老住戶真是苦不堪言。有辦法的都搬走了，剩下的都是窮苦人。」

小撇子說：「這一片連著咱小碼頭，確實該改造改造了。」

森森說：「縣上已有明確的規畫，只是現在還沒有人承頭來改造。」

小撇子說：「你不是又出這個饃主意吧，讓我來改做房地產生意？」

森森說：「是啊，這個事你小撇子不做誰做？古人講，『窮則獨善其身，達則兼濟天下』，你現在是什麼人？你是縣上的名人，已經不是三十年前那個窮酸無賴了；你是大老闆，是經常在電視螢幕上亮相的新聞人物。你還是半個小碼頭的人，不要再把自己圈在那個小巷巷裡了。你今天是有話語權的人，你從縣委大院走過，當官的都得高看你一眼。既造福百姓，又有利可圖，你傻子呀你？真要是一分錢也沒賺到，可你賺的是比錢更大的利潤，民生。你知道民生這詞吧，不是誰有錢，誰就能賺到民生的，你要想清楚這個大道理。」

## 二十四

「這拆遷費就是一筆大錢，搞不好惹一屁股騷，還要壓進去一大筆錢，真要挨罵，罵你的可都是曾經的街坊鄰居啊。」

「可要是喊你萬歲，也是這些街坊鄰居呀。衣錦還鄉，你知道這個詞吧？古人都懂得做了官發了財要回到家鄉，修建家園，造福桑梓，不負生你養你的故土。現在回頭峰因你而富裕了，村民的生活也大大改善了。小碼頭呢，咱倆都在小碼頭生活過，你現在是誰啊？你是能為小碼頭做大事的人物啊。我初步核算了一下，在這個地方起幾棟二十多層的高樓，安排拆遷戶最多也就用三分之一，其餘的都可以進入市場出售。這濱河花園，面山臨水，噴泉綠茵，學區寶地，不可能沒有人來。我不敢說你能賺多少，可賠錢是絕對不可能的。最起碼，窮人老百姓的老住戶會一生感謝你的，縣委、縣政府也會更高看你一眼的。你也徹底改變了小碼頭人對你的評價，成為小碼頭孩子們學習的榜樣。」

小撇子的情緒被調動起來了，說：「改日，咱和趙縣長坐坐，探探口氣。」

森森說：「不用和趙縣長坐，趙縣長分管的是文教衛生，咱直接和書記、縣長見面，到時候分管城建的副縣長，規劃局、城建局等相關單位都會在場，一切繁雜手續，有關拆遷的麻煩事體，都有人給你來做。你真有興趣，我來具體聯繫。」

小撇子笑了笑，說：「你這個城鄉路啊，鬼點子就是多。那你就連那個開發景區的事，也給操操心吧。」

森森一本正經地強調：「你要知道，我這是沒病攬傷寒哩。千萬不敢把這好心當成驢肝肺，咱可說清楚，我的建議只供你決策參考，不要到時候你一旦不高興或弄不成事了，把屎盆子往我腦袋上扣。出力再不討好的事，咱可不幹。」

小撇子說：「就這樣定了，現在你還想喝酒不想？」

森森說：「不喝了。你這錢都穿在筋上啦，省著點吧。」

密密的雨絲，從黑黑的夜空中下垂到跨汾大橋上，被路燈照著，發著金黃的光亮。

小撇子的小車馳過大橋。

臨下車，森森對小撇子說：「善待雙莉，好事辦好。」

# 二十五

被打成重傷的那兩個人，經過手術，病情恢復得很快。在省城醫院兩個人相處得挺好。那個大馬司的部下叫成成，外號溜子；那個土地局局長的外甥叫明明，兩個人住在一個病房，幾乎無話不談。成成透過這次打架事件，悟出一個道理：誰也靠不住。他不恨打他的人，反倒恨起他的主子大馬司來。他認為大馬司其實是一個外強中乾的人，平時看起來耀武揚威的，吃香的喝辣的，靠著一群部下左衝右突，稱王稱霸，一遇大事，也是一個局的比尿的稀的人，到頭來倒楣的還是自己。明明也有感悟，多年來他一直是靠著這個當著局長的舅舅活著，現在闖下這麼大的禍，在多種事體錯綜複雜的情況下，他這個舅舅也只能是打爛牙往肚子裡咽。在特大事件面前，舅舅也只能以先保住自己的位置為重。在明明與官場之間，舅舅肯定首先顧及的是官場，甚至可以生命為代價。小撇子也是他倆常常談及的話題，這人雖然有點野，但總體上是個敢作敢當的人，他倆甚至感謝起小撇子的有情有義來。

在成成、明明出院的時候，大馬司與王朴連面都沒露，小撇子派了一輛高級轎車，把他倆從幾百里外的省城一直送回到各自的家。臨走還給每個人留下一萬元，作為後期營養費用。

時隔不久，成成收到大馬司的電話，要他去天長順酒店一趟。成成推託自己還在養病沒有去。又隔了幾天，大馬司拎著一包禮品登門來看成成。他說：「這事還沒有完，再等幾天，一定要對你有個徹底交代。我大馬司的人，還沒見過有受屈的哩。」隨後，徵求成成的意見，成成沒有明確表態。

成成心裡清楚，大馬司要調動他心急的報復情緒，想繼續充當他幕後主子的角色，到頭來，受傷的還是自己。一個人要想強大和自主，還是得靠自己。等大馬司走後，他竟朝著大馬司的背影碎了一口。

成成這幾天，一邊在家裡養傷，一邊腦子打轉轉。他的院子外面就是車站裝貨的月臺，他以前曾和看守月臺的老郭聊過，老郭告訴他，你別看這月臺烏煙瘴氣的，跟上這月臺發了財的人可不少。成成想見自己交警隊還有一個本家親戚，多多少少也許還能幫點忙。他把這兩者往一起想想，頓生一個發財的念頭。

這天，他來到月臺老郭這裡。等老郭料理完煤場的事，就尾隨著老郭走進值班室。值班室挺小，裡面還擺著老郭吃飯用的盆盆碗碗，一片狼藉。成成順口說：「看你這生活亂成這樣，以後就住在我家吧，反正離你這月臺也不算遠。看這做飯用的電線，蜘蛛網似的，不小心就觸電了，鬧不好還要引發火災哩。碗裡鍋裡哪兒也是煤面子，吃到肚裡能不生病？我家有現成的鍋灶，你要方便還可以帶上你的老婆、孩子。老婆給你做飯，孩子也可以就近上學。一家人團團圓圓的，多好。」

老郭看成成話說得誠懇，定住眼睛盯著成成，心裡猶猶疑疑的。

成成說：「別看我年齡小，在家裡說了話是算數的。」

「你小子是有什麼事求我吧？」

「其實也沒什麼事，前些日子我來你這兒轉悠，看你對我挺實誠的，就覺得你這人可處。你說得也對，我是有些想法，如果可能的話，我也想往你月臺上進一些煤，你手頭不是也有點小指標？但前提是，你得到我家住，不過，進煤的事成不成另說，只要你能幫這點小忙，我心裡就熨帖了。」

## 二十五

「照你這一說，你這忙我還幫定了。看你們年輕人給家裡幫忙做事，我心裡高興。好吧，你明天過來，我今晚掐點掐點，看最近還有多少空額指標。」

「好吧，我一定不辜負老前輩的期望。」

成成撤出老郭的小屋，通過煙塵彌漫的煤場，往家裡走。

回到家裡，他心裡也沒有個眉目，要上站得有煤源，既沒車又沒炭，真要明天老郭說可以進煤，從哪裡找去？八字還沒一撇，就把話冒出口去了，自己也不知怎麼突然就產生了這個想法。

成成又到自己院子裡的平房轉了轉，這是父母給自己結婚準備用的房子，住老郭一家人沒問題，有灶有床有沙發。成成想這事應該盡快和父母說一下。

# 二十六

石城一中師生被捅一案，時間不長就做了了結。那個一人做事一人擔的虎子，被拘留了，並做了罰款。孔智和楊寬志的醫療費和保養費都按標準足額到位。案件卷宗，很快就入列檔案室了。

另兩個參與打架的成成和明明，又成了新的受害者，本來是被審理的主體，後又成了被補償的對象。作為打人者，公安按照《治安管理處罰條例》對二人做了以教育改造為主的處理。作為受害者，二人傷病痊癒後沒有再做申訴要求，公安這邊也沒做立案偵查。其醫療費用小撇子這邊做了全程付款。楊安順和王朴兩位局長也沒有再往下細究，一方面自己這一邊也理虧，另一方面縣政府領導知道事情後對其二人的談話也起了一定的作用。二人在大會小會相遇時，彼此心照不宣，互不搭話。各人都專心致志地做自己局長的一份工作。

大馬司只是充當了成成的一個暗中保護傘，成成表現出被動，他也不便跳出來要把事情搞出個一二三。大馬司對這些有一方權勢的局長和一說理就「公事公辦」的公安，也不想再涉水太深。即便搞清了問題，就是勝利了，他大馬司算大帳也等於是輸了。這些人都不是好惹的，玩不好，不一定在哪個關口上，自己還可能被掘個死不死活不活的。心裡有點窩火，但也只能如此。

在整個事件處理過程中，小撇子的努力起了很大的作用。

此事過後，石城一中加強了門房保衛制度，充實了保安人員，對距離學校較遠的跑校生做了勸其住校的安排。

## 二十六

虎子被正式拘留那天，石城一中招集全校師生在校園廣場舉行了法制教育大會，縣公安部門的人當場宣布了拘留批示決定，現場把人帶走。這個會議，讓全校師生大大提高了自身保護的安全意識，也在社會上引起一定的反響。那些平時喜歡撩雞鬥狗的社會無賴和好事青年，也再不敢輕舉妄動，收起了狂野無忌的言行。

校長對晚自習後護送學生回家的孔智，沒有說表揚，也沒有說批評，這種不溫不火的處理，其中深義，大家也是心知肚明。孔智帶著學生與社會無賴打鬥致傷，給石城一中帶來許多無中生有的麻煩，也給學校的形象造成了一定程度上的不好的影響。校方藉故孔智還在養傷，其班主任的職務由另一個老師擔任。既然是在養傷，這又是為了保護學生而負的傷，就應該是工傷性質，校領導就應該前來撫慰。可始終沒有一個人前來看望，哪怕是一個年級主任。孔智所帶的學生，倒是表現出極大的熱忱，每天都有三五成群的男女學生前來看望。

正值高三階段，孔智撬著胳膊堅持每天到教室上課。孔智是高三的把關教師，校方見他如此敬業愛崗，和學生捆綁在了一輛衝刺高考的戰車上，也沒再做別的調整。石城一中的教學秩序恢復到井然有序的狀態。

# 二十七

事情來得特別順利，煤場老郭第二天就對成成說：「我掐點了一下，這個月沒啥指標了，你如果這兩天想進煤也行，我從豐盛昌公司的指標裡調出兩車來，不過這事得跟他們管調度的人說說。」

「人家能買你的帳？」

「他們常常用我，巴不得我有點什麼事求他們。你回去準備煤車吧，這事我來辦。」

成成來到交警隊，尋見那個本家親戚，想讓他協調一輛拉煤大車。那個親戚問他：「早就想幫幫你家，可惜你這個不爭氣的小子，整天打打殺殺的，淨是惹事。這下好了，走正路了，能給家裡謀點事了。你讓我尋車，你有煤源嗎？」

「還沒有，先找車吧。」

「這次的煤源我給你找，以後我就不管了。看你爹娘的面子，給你先開個好頭，以後的事情就看你了。」

成成屁顛屁顛地跑回家，讓娘給炒了兩個菜，暖了兩壺酒，喝了起來。

兩車上站，煤第二天就進了火車站的煤場裡，結帳也十分順利。

成成打死也不敢相信，自己這麼一轉悠，一倒騰，兩千元就到手了。為了表現自己的能耐，他用這靠自己賺取到的第一桶金，先給爹娘買回兩袋麵、十斤豬肉。還花錢雇了一輛長廂工具車，親自把老郭一家從村裡接到自己家的平房。又是生火暖房，又是挪床搬箱，成成一身灰塵滿面汙汗，

## 二十七

幹得十分賣力，也顧不上自己隱隱作痛的傷口了。

老郭又給成成張羅了幾車指標，這錢像一團發亮泛紅的金火，燒得成成有點心疼。人一行，知一行。成成天生有賺錢的腦子，他透過各種關係，貸出一筆款，購置了一輛拉煤大車，又在車站托人批出了固定的指標，順風順水地賺了一大筆錢。接著，又購置了兩輛大車，聘用了三個可靠而又靈敏的司機。就這，大車還是不夠用，還要常常外租。

那時，煤窯黑口子到處開，煤礦監管人員顧了這頭顧不了那頭，黑口子投資小利潤大，好多公職人員也把自己平時存下的錢紛紛投進黑口子，以求更大的利潤。各個煤窯都有專門的偵察人員，發現煤管站的執法人員要來，一個電話就打到窯主那裡，半小時之內，黑口子就被自己填埋了。等執法人員走後再挖開進人。有的白天在進煤窯的溝口路段堵一堆小山似的土石，執法人員的車無法通過，晚上再推開路進入出炭。執法人員裡也有睜一隻眼閉一隻眼的，自己暗中再問窯主索要好處費，有的乾脆自己暗中入了某個煤窯的股份，參加分錢。

這是一個到處都布滿煤炭的地域，一道溝裡成百個煤窯口子，一個老農民帶上自己一家人進窯挖煤，幾個月賺幾十萬，絕不是神話。大小車輛滿山滿溝亂跑，煤炭價格一路飆升，一噸炭從開始的幾十元到幾百元，再到千元左右。成成的炭源根本不是問題。司機哪兒路近跑哪兒，朵拉快跑猛掙。有時窯主都給司機小費，讓朵拉他的煤。

成成對交警隊那個本家親戚說：「這三輛車我經營著，但有一輛車賺的錢歸你，關鍵時刻你說說話就行。」

司機以效益結算工資，多拉多掙，以票據為證。三輛大車在煤礦和車站之間日夜瘋跑，司機喜顏悅色地每天往自己的口袋裡大把大把地裝錢。成成有時在路上跟著跑，有時在煤礦請吃請喝，有時又在車站貨運處送小費，忙得不亦樂乎。對辛苦勞累的三個司機，成成採用當天兌現工資的方式，直接製造樂到心頭的刺激。

賺錢，是個讓心開花的活兒。各種賺錢的法子隨時都能被成成調度出來。有一次，成成坐在一輛臨時雇用的大車副駕室裡押車，路經一處垃圾堆時，成成讓司機停下車。他下車把垃圾堆裡幾塊報廢的石膏板扔上蓋著篷布的汽車頂，然後用石膏塊在汽車兩側寫了一排字：石膏環保，家家享用。路經煤炭運銷營業站檢測站時，成成告訴司機，不進煤檢站口過泵，直接從大路通過，速度不要減。結果，在煤檢站幾位檢測人員的視線前，大車順利通過。成成心裡竊喜，不由掏出兩支菸，點著，遞給司機一支，自己吸了一支，口上說：「咱們這是拉石膏板環保材料的車，煤檢營業站不管這。記著凡給我拉煤，都可以這樣過，自己心裡不要唐唐突突的，即使擋住被問也要表現出理直氣壯。出了問題歸我。」

那時，也有在營業站前專門幹這放黑車的人，專掙這黑錢。他透過私下關係打通營業站所有人，自己坐著頭車把四五輛拉煤車送過站口。送車的人按車輛按噸位收到錢以後再安排平衡事情，自己從中撈取高額利潤。過站的車輛、送站過關的人、營業站相關人，三家得利，虧的是公家。有時怕上峰在監控錄影上看到舞弊鏡頭，就製造一起人為停電事故。成成做過這種事，各個營業站的人也很多熟悉，心裡也不底虛，不過，這次成成是別出心裁，玩了新花樣，竟然蒙過去了。但這也是一種冒險，一旦被發現，讓時刻準備在站口的執法小車追上攔住，那種處罰是很可怕的。特別是最近有幾個營業站的舞弊行為被縣上發現以後，整鍋給端掉了。新來的一批人，執法很認真。逮住以後重處狠罰。要等到這一批人再被整鍋端掉，還得相當長一段時間。

成成另一個正當的賺錢手段是，空車到煤礦的時候，有時能聯繫到要賣坑木到礦上的人，順便拉上，賺的是運費，來回不空。不過這活是在指標完成得差不多、跑車次數相對少點的時段才做的。急拉快跑的時候，顧不上這些。

其間，大馬司也多次與成成通電話，但成成就是避而不見，或藉口推辭，或證編謊話，反正不去。成成一心一意做自己的發財夢。這不能不惹起大馬司的惱怒。他知道成成是有意躲避，透過眼線打聽，才知道成成養著拉煤大車，不甘受他的指使，一頭獨大地另立門面了。石城一中校門外打架風波的不了了之，無形中他大馬司成為一個敗家，連自己以前的貼身打手也不記仇不報復不靠攏，他大馬司像是一顆深秋柿樹上葉落風吹的乾紅果子，悽楚而孤苦。這點，大馬司受不了。而且各大酒店的「保安」也有很多不聽使喚的，「貢獻」他的份額也越來越少。他感到，自己的霸主地位，無形中在被削弱。他得想一個挽回局面的辦法。

# 二十八

小撇子被一種激情點燃了。他差不多每個禮拜都要到回頭峰學校一趟，還不算平時多次與解小雲校長的電話聯繫。

這天，小撇子剛走到回頭峰村邊那座鶴只山下，小車就被一個人擋住了。向他迎面走來的人，一跛一跌的，滿臉掛著笑意，大張的嘴，口水直流。身上穿的一件大衣，把小腿也蓋住了一半。

「俺能認得哥哥的車，俺能認得哥哥的車，俺的親哥哥……」

小撇子走下車，對著來人說：「你親哥哥是大馬司，他現在發財了，他有錢，老問我要錢不行。」

「大馬司是王八蛋，王八蛋是大馬司，你才是俺的親哥哥。」

這人是大馬司的三弟，名叫馬得水，從小患病，腦痴呆，村裡村外，到處流浪，飢一頓飽一頓的。馬得水，是個官名，名字起得又有祿又有福的，枉費了爹娘一番心意。人們只知道他叫馬寶，是回頭峰村的一寶滯著貶義。從小，小撇子和大馬司就很照顧他，有這兩個哥哥，村裡人誰也不敢欺負。他倆進城以後，馬寶就無依無靠了。大馬司發展壯大以後，再不想理會這個討厭又無用的弟弟了。小撇子每次見到他，都要給點錢。

小撇子從身上掏出所有的零票，遞給馬寶，覺得還不足意，就回到車上又向司機拿了一些，塞到馬寶髒黑的衣兜裡。馬寶拿了錢，又一跛一跌地走遠了。

## 二十八

回到座位上，小撇子突然對司機說：「快過年了，每年給村裡買麵買肉的錢，還沒辦哩。你回頭到財務科告告，這幾天就辦吧。另外，那幾戶特殊困難人家，咱都親自跑跑，你記得提醒我，不管大小，每人都得叫穿上一件新衣服。」

司機一邊應承，一邊發動了車，向回頭峰學校駛去。

解小雲安排好工作，就回到辦公室。

解小雲見到小撇子，第一句話就說：「這年終獎的事，我正想和你碰碰頭哩。咱開始的口子放得太大了。要按規定兌現，錢的數額就太大了。」

小撇子認真聽校長講起這方面的事來。

原來，有的教師像特意要與解小雲和小撇子較勁似的，在縣局組織的能手賽講活動中，拚勁十足，全縣十大小學教學能手，回頭峰學校就衝進兩個，另外還有幾位教師也在「優質課」評選中入圍。榮譽證的本本蓋著縣局的大印，工工整整地放在解小雲辦公室的桌上。小學高段與低段的老師在班裡發動學生進行小發明、小創造活動，也有數位學生在縣裡領回獲獎證書。有老師問校長：這能不能歸入獎金範圍？校長的解答是：待研究後再定。

解小雲的臉上，愁雲密布，話音不高不低地說：「按規定，就這一遝本本就要獎出幾萬塊錢。要不，咱把標準降低一點吧，照這樣下去，要是期末考試有的班再在全縣冒出幾個前六名，數額就更大了。看樣子，這是極有可能的事。」

小撇子說：「氣可鼓而不可洩，再說，嫁出去的女潑出去的水，收是收不回來了。你在老師會上說的事，又寫在學校制定的方案中，你要變動就是咱不守信用了。錢的事，你不用擔心了，該是多少就是多少。到時候，你把著本本定性，只要符合規定的一律獎金兌現。老師們弄個本本也不容易哩，都是心血和汗水，真要在咱學校出個全國優秀教師，我還要大獎特獎哩。你再給老師們開會時，就把這話搭明，讓他們大張旗鼓地弄模範本本，出學生成績。咱的話，說了就算數。我真把錢花光了，還能去借，憑我的社會關係張羅幾萬塊錢應該不是什麼問題。現在可不比前些年了，前些年我急用錢時連親戚都借不出來。錢是什麼東西？關鍵時刻一塊錢能救命，沒用的時候錢和土疙瘩差不多，咱的錢就要花在刀刃上。真要各科各年級都考成全縣第一，每個老師都是全縣賽講能手，你這個校長的名聲就大了，恐怕全村人都得喊你萬歲哩。我給咱當幕後英雄。」

解小雲又說：「企業尊師重教，盡一些社會責任，幫助教育做點事，誰也能理解，可像你這樣又修學校又買後勤設備又對教師獎勵的，全縣也是獨一無二的，真要搞得學校的教師也比你礦上的工人也拿得錢多，你那邊也不好交代吧？好像是本末倒置了。」

小撇子說：「你學校真要將來有從清華、北大走出來的學生，真要出一批碩士、博士、博士後，真要能培養出幾個錢學森、華羅庚來，真要能培養出幾個縣長、省長來，我就是把整個公司的資產全賣掉來資助也值得。趁現在還有幾個錢，多為咱後代出點力，心裡也是舒服的。你定出的規定我已經通過公司管理層和職代會了，沒有說的，你就按計畫實施吧。」

臨走，解小雲對小撇子說：「你可不敢做得塌了底，煤礦的錢也是四疙瘩石頭夾一疙瘩肉來的，票票可是個硬東西。」

小撇子扔下一句「你把你的事情辦好吧」，就走出了校長辦公室。

# 二十九

森森的家院，在一個算是城郊的位置，石城人常把這一片居住地叫南門外，與石城北面的小碼頭正好形成對角。順著同浦鐵路進縣城向南跨一個小溝橋就到了。父親曾是縣二輕系統飲食服務公司的書記，年輕時父親是部隊南下的幹部，後來轉業到鐵路部門工作，調回石城後縣上給安排了一個工資級別挺高卻沒有多少事可幹的閒職。每天把單位訂的書報看過之後，就到街上或屬下的一些部門遛遛，平時一般不對屬下的對與錯發表太多的意見，他知道，他不是具體管事的人。就是單位開會也是講一些政策性的話語，不涉及人和事。

森森上初中時，父親把母親和兄弟們從村裡接到了縣城。先是在交通便利商貿繁榮的小碼頭租住，後來發現這裡的環境對孩子成長不利，就選擇了離小碼頭最遠的南門外，得了一塊院子的地基。院子裡的窯洞和房屋修好後，全家很快就搬了過來。父親對森森他們採取內嚴外鬆的教育方式。家教很嚴，從小背古詩誦經典，作業完成要求一絲不苟。但他知道兒童淘玩的天性，孩子們在外交朋友的權力毫不剝奪。心的純正與身的自由，基礎的教育與天性的活躍，賢淑與個性，都應是兼而有之的需要。上進卻非升官唯一，護家而非求財必舉，自主但棄懶惰為要。平淡的外表，內心的強大，凡言須以書理求正，凡行須莫逆倫常綱要。家庭每月有定期的會議，尊長愛幼的氛圍一直保持著。嚴格中也有適當的自由，每個人都可以發表自己或對或錯的言論，然後再讓大家一起討論。

森森是家裡的第一個孩子，父親從小培養他良好的讀書習慣，遇事考量其內在的理喻能力。力求在紛繁複雜的事態裡形成自己獨特的拔冗通徑的思路。森森成人之後，身材隨了父親，高挑細瘦，其爆發力和敏銳性卻隨了母親，雖然創新求異的能力不高，但野性衝撞的習性卻時有體現。外人一眼看上去，文靜高瘦，文質彬彬，常常腋下夾著一本書，得空就看。而小碼頭的人都知道，他是一個出手快、身腳活的打鬥高手，內裡隱藏著一種不容侵凌、愛恨分明的倔強秉性。

成家以後，兩個弟弟和弟媳都從大院裡搬到離自己上班距離不遠的縣城中心區居住了，院子裡只有大兒子森森一家還住著。

一早起來，父親用電話把兩個弟弟和弟媳叫回大院裡。森森昨晚讀書差不多熬了個通夜，趁著禮拜天不上班，就貪在床上的被窩裡遲遲沒有起來。媳婦杜巧雲叫了幾次也沒叫醒，最後還是父親一聲訓斥才把他喝醒。他連衣服也沒來得及換，穿著睡衣和拖鞋就來到正面的中間窯洞裡。一看弟弟、弟媳、父親、母親一大家人都齊楚楚地端坐在各個角落，才夢醒了一半，但這時退出去已不可能了。這個家庭會議，父親原本有別的一些事情需要敘述通報，結果森森的表現讓父親的情緒一直扭不過來，這樣，整個家庭會議成了以森森一個人為中心的批評教育會。

父親是個當過幹部的人，曾是領導過幾十個人的大領導，他很藝術又委婉地數說了森森近期的種種劣跡，語氣聽上去不溫不火的，效果卻是辛辣而嚴厲的。作為家中的長子，又有弟媳和老婆在場，森森內心憋屈著，表面上卻不敢有一點悖逆反抗的意味，只能坐在一隻低矮的小板凳上裝聾作啞，讓父親多日不曾發揮的講話藝術盡情地展現，眼睛卻似睡非睡地小瞇著。

父親見森森逆來順受中又有點玩忽不規，便有意讓他說兩句，以便更好地抓住把柄加以發揮，從而達到警示全家的目的。

## 二十九

誰也沒想到，森森的話一出口，就把一家人給逗樂了。

森森說：「昨晚我看的那書上說，一九五六〇年代的人結婚是：皮鞋洋襪子，手錶金殼子，送禮掛鏡子，過事借車子。正是咱爸咱媽這一代人。我就想，爸穿的皮鞋，是部隊發的那雙沒有光亮的，媽戴著那條手錶，是臨時借的，那時咱家光景不行啊。可爸媽同甘共苦，一輩子都無悔無怨。一九七八〇年代結婚是：戴錶要戴羅馬的，騎車要騎飛鴿的，新房傢俱要六十四條腿的。好姑娘選擇物件的標準是：一軍二幹三工人，至死不嫁老農民。這差不多就是我們這代人了，咱家的情況在爸爸媽媽的辛苦努力下，羅馬錶、飛鴿車、六十四條腿全配著。一軍二幹雖差點，工人職員不誤點。我是說，咱家隨著社會的進步，條件已經有了較大的改觀。父母不容易啊！作為家中的長子，我代表兄弟姐妹向辛苦養育我們的二位父母表示感謝。同時咱家這多年來堅持定期召開家庭會議的好習慣，一定要延續下去。今天爸爸對我的問題做了不點名的批評教育，我誠懇接受。希望弟弟、弟媳及其他人引以為戒。

森森一邊看著父親的表情，一邊斟酌著說話的內容，掌握著話語的頻率和火候，隨時有把話頭打上句號的準備。

父親見森森一開口就說了這麼多，又是惱恨又是無奈，說得也不無道理，在維護了家長的絕對權威的同時，又承認了自己的錯誤，還不至於太失臉面。他只做了一個簡單的結束語，便散會了。他對著走出門外的森森發了一句感慨：這小子，學會溜貧嘴了。

會後，森森悄悄溜出了院門。

也是心有煩悶，也是久有所思，森森一個人提了一瓶白酒走進了天長順酒店。

一個長得有幾分姿色的服務員迎住森森，向他發出微笑。森森朝著服務員胡亂揮了一把手，腦袋不屑地扭了一下。服務員沒有理解了他這是什麼意思，便逼近一步，問他：「您幾個人？」

森森懶洋洋地回答：「十個人。」

「那上三樓包間吧。」

點好十幾個菜，服務員問：「現在上不上菜？」

「先上一半，待會兒我讓你上你再上。」

森森一個人就著先上來的菜，喝起酒來。

服務員多嘴一句：「先生，你的朋友還沒來？」

森森沒有回答服務員的問話，自己一個人喝自己的酒。

突然，森森把要走出包間的服務員叫住，問：「你們的馬董在不在，馬董就是大馬司，請你去叫叫他。」

服務員說：「我可不敢，這是我們酒店的一號人物，我們平時連話都不敢和他多說。那個大保安張天寶，我倒是能給你叫一叫。」

森森說：「不要，這個張天寶我不要。你去大馬司的辦公室走一趟，就說有個叫森森的朋友叫他來喝酒，他肯定來。另外，把你們的史經理也叫一叫。」

不一會兒，大馬司來到包間。一進屋，見森森一個人坐在那兒喝悶酒，就坐在圓桌的對面。森森把瓶子裡的酒倒了一杯放在玻璃轉盤上，轉到大馬司面前。這杯子是能盛一兩半酒的透明玻璃杯子。

## 二十九

兩人端起來，碰了一下，各自喝進嘴裡。

大馬司站起身走到森森面前，拿起瓶子往空杯裡倒酒，順便問：「怎麼，這兩天有不痛快的事？」

「確實很不痛快，這不是，來你這兒借酒澆愁來了。你這大忙人，今天也肯和我喝一頓酒？」

「什麼大忙人，服務員說你來了，我還敢不來？咱們有幾年沒在一起喝酒了吧？」

「你們這幾個，如今都是腰纏萬貫了，哪裡還能想起我這個當年的窮朋友？不過，咱可說清楚，我今天就帶了一瓶酒，還是從老頭子那櫥櫃裡偷來的。」

兩人正說著，史經理推門進來了。見大馬司也在，就先打個招呼，再轉向森森這邊。「你就是咱小碼頭的城鄉路吧？」

森森並不理會史經理，對著大馬司說：「聽見了吧，我連名字都沒有人能記起來，多虧還有一個十大路之一的城鄉路在這兒撐著，多多少少對人還有點印象。不管好印象還是壞印象，反正是一個印象。當然，天長順這大酒店的經理能這麼一喚，我也算夠幸運的了。」

大馬司對史經理說：「這大名鼎鼎的森森先生，你也不認得？」

史經理有點局促地說：「好像吃過一次飯。」

森森馬上糾正：「咱們一起吃過三頓飯。第一次是在川味，你們處理農村老漢被偷一事時，我在場。第二次是在太原，我出差時你和縣二輕局局長也在太原，無意中碰在一起了。第三次是在小碼頭的一個小吃鋪裡，那一次你把剛學炒菜的小廚師訓了一頓。」

史經理馬上反應過來，嘴上說：「真是好記性，我差點都忘了，來，賠罪賠罪。」說著就拿起酒瓶往自己面前的一個杯子裡倒酒。再往森森杯子裡倒酒時，只倒了一半，沒酒了。

森森的雙手往大馬司面前一攤，言外之意，你看怎麼辦？

大馬司帶著訓斥的口氣對史經理說：「快拿酒去！」

史經理把服務員叫回包間，讓拿酒。服務員看了看酒瓶，說：「咱酒店沒有這種杜康。」

史經理說：「比杜康好的酒總有吧？」

大馬司截住要走出包間的服務員，問：「你要拿什麼酒？」

服務員回答：「汾酒、五糧液、茅臺都有。」

大馬司用眼光徵求森森的意見。森森低聲說：「不喝。」

大家一時都愣在那兒。

森森掏出手機，撥通一個號碼，放在耳邊說話：「是小撇子吧，我正在天長順酒店喝酒哩，你馬上來一趟，今天我喝的是杜康，我不管你從哪裡買，拿過來一件，這個破酒店沒有這種酒，快一點，正乾耗著呢。」

大馬司一聽這話，臉色發紅，說：「他來，我就撤退吧。現在人家是社會上的紅人人哩，我這地痞無賴還是不陪為好。我倆現在不是一條道上跑的車。」

森森隨著話頭說：「他他媽算什麼紅人人，借著形勢好賺了點錢，辦了點事，要說到咱三個小時溼屁股耍的那時候，你大馬司還是老大哩。老大我可給你說清楚，現在咱是在你的地盤，他來不來還在兩可，今天我城鄉路就要給他出個難題，他要來，肯定也有屈身求全的意味，不過也說明他還是有點大家風度的，他要還認咱是弟兄們，就沒有不來的道理。他要是不來，正好，不要說你老大

## 二十九

大馬司，我這關他先過不去，你玩你的社會紅人人，我玩我的平民小職員，咱以後和他一刀兩斷，讓他一個人做他那什麼狗屁企業家的夢去。他要真來了，你要走掉，不要怪我看不起你這個老大。要走，你現在就走，你這是不折不扣的小家子氣，我同樣會把你看得不如大街上順便走過去的一隻狗、一隻貓。話說到這兒，你看著辦。」

大馬司走也不是，在也不是，猶豫了半天，還是決定留下來，嘴上也不好再說什麼。三個人坐下來繼續喝酒。史經理用別的酒，森森喝桌上剩下的杜康，大馬司用啤酒支應著。

半個小時以後，小撇子才來了。見大馬司也在場，神情有些猶豫。身後跟著的司機，端拿著一箱杜康酒進來，破箱，開瓶。小撇子被森森一把推坐下來。

森森看了看手錶，開始發話：「半小時，你小撇子對我的情分是半小時，你小撇子再一次叫我喝酒，我知道什麼時間到場了。不要在我面前玩什麼遲到也是風度，狗屁。森森我一輩子就是一個小職員，估計以後也好不到哪裡去，我也沒什麼奢求了。我這輩子說白了就是有你們兩個好朋友，也是從小死貼活貼的難兄難弟，你倆進去的那幾年，我一個人鬱悶著，三天兩頭一個人就喝醉了。星期天，逢年過節，到你們家幫助大人們做些力所能及的活兒，也算對自己的一種安慰。每年過大年，我是三家的兒子，年三十晚上在我家，初一早飯吃在大馬司家，初一午飯吃在小撇子家，有我在，各家大人的心情還能好些，我勤快地為大人們做事，我又佯裝快樂地陪大人們吃飯，我是什麼人啊？我這時的角色就是你們兩家的兒子，我就是大馬司，我就是小撇子。別的事我不敢吹嘴，你倆不在的日子，我至少沒有讓兩家老人缺吃少穿過，這些你們應該是清楚的。你倆在裡邊吃屈受制，我在外面好活嗎？現在好了，你倆都是腰纏萬貫的人了，我還是一個小職員，過著還是那鹹不鹹淡不淡的生活，但我心裡不服啊。我城鄉路哪一點比你們差？命啊，命該如此。好在，你倆還沒把我當外人，沒有小看我，還念著小時那一份情，這也就夠了，我森森也能在別人面前神侃幾句，別人也不會小看我。有我這兩位兄弟給我撐腰，我也算活得逍遙自在了。本來，我今天是想請兩位弟兄喝一頓酒，可我想，這不是給你倆難看嗎？小撇子的酒，大馬司的菜，再吃十頓八頓，也敢，誰讓你倆有我這個弟兄呢？鬱悶也好，高興也好，今天史經理作證，咱三個碰一個忘年交酒，誰要不喝，可以，撤出來，再不相認。我今天就耍這二杆子脾氣了。」

說著，森森站起來，端起酒杯。

三個人碰過杯之後，都一飲而盡了。

接下來，森森搖東晃西地又要分別敬酒，被眾人擋住了。小撇子與大馬司只得相互敬起酒來。跟著，史經理也加入其中。

森森坐在靠椅上小睇了一會兒，等他醒來時，桌前多了三個美女，正與三個男人喝得歡天喜地。他自言自語地說了一句「我他媽成了孤家寡人了」，就悄悄地站起來，離開酒桌，要往外走，但被舉著酒杯的大馬司喊住了。

「城鄉路，你不能走！幾位美女還沒敬你呢。」

森森重新走回酒桌，把桌上的酒瓶、每個人手中的酒杯，全都搶奪收拾到自己的面前。問：「今天這飯局，是誰請的？」

大馬司回應：「你剛才說清楚了，是你請客，我買單，小撇子提供酒。」森森說：「既然是我請客，我怎麼不知道我請的客人還有這三位？對不起啊，三位美女，今天是我們三個髮小的小聚，史

## 二十九

經理是我特邀的陪酒人，請自便吧。」

三個美女都僵在那兒。

森森對著站在大馬司身邊的美女說：「你叫麗麗，是吧？你會寫文章？」

麗麗回答：「不會。」

森森又對站在史經理旁邊站著的美女說：「你可能就是大名鼎鼎的小最最吧？你一定是個會計師什麼的吧？」

小最最回答：「我天生對數字不太敏感。」

接著，森森又對小撇子身邊的姑娘說：「你是不是既會寫文章又會當會計？」

小撇子對森森這一問話很反感，馬上反擊森森：「你這人怎麼這樣善於攪局呢？和縣長、局長吃飯，也沒有你這麼多麻煩。好不容易大家能聚在一起喝頓酒，就你能耐？」

森森對著小撇子喊：「你再說一句？」

小撇子的長鬍鬚向上飛揚著：「你就是攪茅棍，攪茅棍！」

森森一把抓住小撇子的胸衣，另一隻手挽成拳頭，快速地衝到小撇子的臉上。

小撇子返身掐住森森的脖頸，拳腳相加地撲倒森森。森森從下面攬住小撇子的雙腿，把對方橫空放倒。兩人廝打成一團。

空出身手的間隙，森森指著小撇子身邊那位姑娘，喊道：「上次沒有告清楚你，現在告訴你，三天之內從縣城消失掉。」

見兩個男人拚著命打鬥，三個美女都撤出去了。

大馬司費了半天勁，才把森森和小撇子分開，但兩人的對罵聲卻一時阻止不住。

森森似乎並不買大馬司的帳，回頭指著他說：「你們遲早要毀到這些女人手裡。有本事都你媽的去離婚，破鞋滿地都有，不被毒蛇纏死你們，你們就不知姓甚？」

大馬司一直忍著不想發出的火氣，被森森調動起來，他揩起袖口瞪大眼睛，正要與森森較個高低，被一旁的史經理擋住了。史經理低聲對大馬司說：「有手不打上門客，他心裡有火，發一發就痛快了。」

森森繼續自己漫無邊際的叫罵。

誰也再沒有接他的話茬，任森森一個人盡情發揮。

史經理讓服務員收拾乾淨一片狼藉的桌面，端了一壺濃茶來消酒。

幾個人從酒店包間走出來時，已是下午三點多。大馬司要扶森森回房間休息，不從。森森把史經理手中的水杯搶過來，往自己汙髒的褲子上潑了一片茶水，用手胡亂擦了幾下，沒想到越擦越髒，踉踉蹌蹌地走出酒店。小撇子要扶森森進小車，不從。森森把只留有兩個扣子的上衣一把撕爛，扔在酒店門口，只穿著裡面的白色背心，搖晃著往前走。三人來到縣城十字路口。

森森執意走到路口的中心位置，甩脫小撇子和大馬司的攙扶，一把搶過指揮員警的帽子，戴在自己頭上，對來往車輛指揮起來。員警對小撇子和大馬司都很熟悉，一時竟不知所措。

森森胡亂指揮著過往車輛，做著一些似是而非的動作，四面的車輛並沒有按他的手勢走停，而是按紅綠燈的規定行走。森森對不聽指揮的車輛開罵，語無倫次，滿嘴吐沫，身不由己地左搖右晃。不少過往司機都打開車窗，看著森森的形象發笑。

## 二十九

小撇子和大馬司把森森抱著扛著拖著，離開指揮崗，在酒店門前，強行把他掘進了小車的後座上，頭下墊了枕頭，躺下，一分鐘不到，睡著了。

# 三十

大馬司帶著天長順的保安張天寶和史經理來到遠在四十里以外的松柏溝村，找到給他打電話的本家堂兄馬思坡。隨後他們來到村後一條溝旁的荒山前。

馬思坡掀開一簇一簇的荊叢亂草，一個煤窯口子呈現在眼前。馬思坡說，這是他和兩個兒子用了一個冬天的功夫挖出的煤炭口子，明四尺，煤質挺好，買家不愁，肩挑背馱地運到溝外，已賣出去好幾車，都是現板買賣，一手交錢一手拉炭。可咱這是黑口子，鄉煤管站已經有口頭警告，不許再出炭了。要是縣煤管局再插手就不好辦了。我想到你在縣上有人脈，你說怎麼辦？

大馬司想了想，說：「兩種辦法：一種是給你三萬塊錢，一次性賣給我，由我單獨經營，賠賺都是我的；再一種辦法是兩家合營，你出你的炭，週邊的事我來做，煤炭的一切投資都是你，但要有一定的產量，我等於人個幹股，只管分錢。」

馬思坡說：「那不行，要有大產量得有大投資，得雇用工人，加固坑口與增加頂柱，挖煤工具和運煤工具都得買，還要平出煤場，我掏不出那麼多錢。一次性三萬買斷，我就更虧了，明明看著是一塊元寶，怎能隨便就扔了，看著是一車一車的黑疙瘩，都是一遝一遝的錢啊。」

大馬司雙手一攤：「那咋辦？」

馬思坡撓著腦袋來回轉圈子。張天寶和史經理從旁邊打勸：「這就是山溝溝裡的一個黑洞洞，就是被你發現了一下，給你三萬塊還不是天大的好事？你種十年地也不見得能有三萬。再說，這塊地有炭，隔幾米幾十米就沒炭？我們從另一處開個口子，一分錢也不要出，照樣能挖出炭來，真要是一條線的炭，我們要挖得快一點還不把你的去路吃掉了？」

這話把馬思坡說得原地跳起來，他帶著哭腔對大馬司說：「你哥我一輩子就是個吃屎的命，老婆孩子都罵我沒出息哩。叫你來，就是讓你這個能人想法子哩，我要哪一天真要被煤炭壓死在煤窯裡，怕連你個面都見不上哩。」

大馬司看著堂兄這樣狼狽，心裡也有點過意不去，說：「你看這樣行不行，煤窯由我經營，你一分錢也不要出，也算是合夥幹，每年淨給你三萬塊，你既不用花錢出力，又不用擔驚受怕。你只管種好你的地，每年年終我把三萬塊親自送到你的炕頭，足夠你給兒子娶個媳婦蓋個房什麼的，連平時的日子也能活得滋滋潤潤的。這開黑煤窯的事，你又不是不知道，傷人死人的事免不了，有許多麻煩，你要是沒有背景就是寸步難行了。我賺兩個錢也實在不容易，話就說到這裡，看在你是我兄弟這分上，一次性給你三萬變成每年給你三萬，這已經夠意思了。我把話撂到這裡，你只要搖搖頭，我立馬轉身走人，要是你同意，我明天就上手籌錢開這座煤窯。」

馬思坡皺了皺眉，說：「就這樣吧，反正我是再沒法幹了，就看老弟你了。」

大馬司他們與馬思坡來到鄉街的一個小飯店喝酒，共同祝賀雙方合作成功。正好遇上松柏溝村的村委主任也在這裡請鄉里的一位副鄉長吃飯。

小飯店空間不大，雖是隔了桌子，但話來話往中，村委主任聽出是自己的村民馬思坡要把煤窯轉租的消息，立馬來了火氣。仗著喝了二兩酒的豪氣，又有鄉領導在場的底氣，轉過身來就衝著馬思坡訓話，而且話頭上也表現出不依不饒：「這是村裡的地盤，怎麼能不明不白地就讓別人來折騰呢？不行，不行，我這關就過不了。」

張天寶和史經理正要發作，大馬司一隻手按住了他倆。村主任見自己的氣勢壓住了對方，威風繼續往下抖：「只聽過賣國賊，沒聽過賣地賊，村裡的寶地煤窯，村裡還要開發哩，哪裡能輪到野溜神來這裡胡搞亂弄。」

大馬司聲音不高不低地說：「這位神神，說完了沒有？」

村主任還想說什麼，被坐在一旁的副鄉長擋住了。村主任用手指著大馬司，嘴裡的肉菜蠕動了幾下，最終還是沒有發出聲來。

大馬司加重語氣說：「我現在明確告訴你，這煤窯就是在你家院子裡，我一樣照開不誤，明天就上馬，你信不信？」

村主任用手抹了一把額頭冒出的汗，正要發作，被副鄉長勸住了。他把村主任拉到飯店外面，悄悄說：「你不想死就不要再吭氣，你遇上硬貨了，你知不知道？這是個在縣城裡都平走橫耍的人，他手上就有幾條人命官司哩，不要說你這小豆芽菜，就是老虎肉你看他敢不敢吃？」

老半天，副鄉長一個人走回飯店，對著大馬司說：「不要見怪，他喝多了，都是自己人，一時話趕話，沒什麼大礙，該怎麼做，你按你的來。」臨走，副鄉長在大馬司肩上拍了拍，以示安慰和友好。

副鄉長和村主任一頓飯沒吃完，就無影無蹤了。

大馬司對史經理說：「這人看上去有點面熟，好像認識咱們。」

史經理回話：「在天長順喝過幾回酒，與土地局王局長私交不錯，是個副鄉長，具體名字我也記不清了。」

大馬司說：「改天請他吃頓飯，在這個地盤上做事，沒有他們不行。」

# 三十一

大馬司請了個陰陽先生來拆字，並給自己將要新開的煤窯起個名字。陰陽先生說：「司者，主持經營操作者也。馬乃牲畜之靈性動物，雖性烈心野，但多為驅使之物。你生就一身霸主性體，若駕馭得當，所屬當眾心歸一，百事順情。古有『大司馬』一職，屬一品大員，也可稱一人之下萬人之上。一字之差，詞解可不偏左右。你是馬姓，前又有『大』字加輔，當時無意叫出這個名字，或許就是能成大事的一個信號。」

大馬司心有旁騖，追問道：「若駕馭不當或馬有失控呢？」

陰陽先生說：「真要如此，也定有險情暗藏，此為另話。」

大馬司再問：「這煤窯前景如何？」

陰陽先生說：「山有烏金，源源不斷，但也須費些周折。前景肯定看好。」

大馬司接話：「起個什麼名字為好？」

對方答道：「馬姓聯手，馬到成功，當有一個『馬』字。馬聚則財湧，騾為一。馬走八方，八方順達，再取一字『八叫八騾如何？八簡騾繁，由少到多，漸次發展，不斷壯大。此外，還有八駿奔騰的意思。」

大馬司說：「就叫八騾吧。」

接著，大馬司又叫來天長順酒店的史經理，商量開煤窯的事。

## 三十一

大馬司說：「你也看見了，山底下多年積藏的煤炭都是一摞一摞的人民幣，我不能獨食，現在你從酒店提出十萬，我籌十萬，咱二十萬起家，作為原始股份，見利二一添作五，平分。你我都不可能蹲在山裡頭死守，咱派一個人專幹這事，就是聘一個礦長，你認為誰合適？」

史經理滿臉興奮。先前，他就聽人說開煤窯是個來錢很快的行業，比起他這飯店旅店之類的商業收入，根本不是一個概念。這種毛毛分分的進帳，都是從客人咸淡撥彈薄厚怪怨中摳出來的，哪裡能與那些不會說話的含金量很高的黑石頭打交道來錢快！他早有此心，卻一直沒有機會。現在，大馬司主動提出來要與自己合作開煤窯，不要說二一添作五，就是收入的三分之一、五分之一歸自己，那也是一筆十分可觀的數字。史經理只顧陶醉在被信任、被看重的情緒裡，好像大馬司已經正拿著一摞一摞的百元人民幣往他面前堆似的。誰當礦長，他壓根沒想過。

大馬司說：「我想了一個人，你看行不行？趙二狗。他雖然因交通肇事罪被處理過，但這人膽大心細，是一個很適合開創局面的人，等到正式運營開始，實在不行咱再換人。眼下，肯定會有不少麻煩事。有些事我直接去辦也不好，你說呢？」

史經理馬上回應：「行行行，這人你對他也不薄，他肯定會一心一意盡全力的。」

大馬司說：「咱廢話不要多說了，現在你去招集煤管局、安監局、公安局的相關局長，咱中午吃頓飯。吃飯時，誰也不許談開煤窯的事，就是個感情鋪墊，以後的事就會好辦多了，這叫明修棧道，暗度陳倉。然後我叫來趙二狗安排一下，盡快早日動工，這錢的事早一天賺比遲一天賺要好。」

史經理屁顛屁顛地跑了出去。

# 三十二

趙二狗帶著一臺推土機、一臺裝載機、兩輛大貨車來到被叫作「八驟煤礦」的地方，進行前期的拓場開路。

剛一進溝，就遇到了麻煩。迎面擋了小山似的土堆石頭，明顯是剛被人為設置的障礙。趙二狗接通大馬司的手機，說明情況，並徵求意見。

趙二狗按大馬司的指令，推土機開路，把面前的障礙逐一鏟平，其他機具緊跟其後。前面拐角處，有幾個人正揮著鍬、钁、鋼釬，又是堵路又是撬石又是放水，而且當頭一個衝著趙二狗罵罵咧咧的。

趙二狗再一次掏出手機請示。大馬司告訴趙二狗：「這些都是松柏溝村的刁民，這煤窯口子像他們家的祖墳似的，肯定是那個村主任指使的，對付這些人還要我告你辦法嗎？你現在屈服了他們，日後還要遭大罪哩。」

趙二狗從車裡提出一把土製長槍，朝那幾個人徑直走去。一邊走一邊喊：「有種的不要走，我看看哪個活膩了。」

那幾個人見這邊來了硬的，便紛紛後撤，一邊撤一邊叫罵：「強龍不壓地頭蛇，你就是開了礦，老子們也不讓你順利，不把茅糞潑到你狗日的頭上絕不甘休。」

機具來到煤窯口子前已近中午時分，趙二狗下令：「立馬開工，任何人不能耽誤工期，爭取天黑

## 三十二

之前初見規模。」

大馬司派了另一輛小車過來，車上裝了幾箱白酒和牛肉罐頭。機具不歇，工人輪流著吃喝。工地上煙塵滾滾，各種車輛交錯。

天黑時分已初見規模，一塊平整的場地，出現在窄谷小溝中。

連夜又從縣城調來簡易房的修建材料，另一批工人開始上手，平整基地，紮樁定點，搬挪牆體材料。

一個能住人能起灶的生活點很快成型。窯柱、三輪車、鋼釺、秤臺以及記工、領班、炊事、保安等，都陸陸續續配齊。

兩三天以後，被招到的四川、河南、陝西幾個外省來打工的煤礦工人有近二十個。

正式進窯那天，大馬司買了豬羊頭貢品，擺了酒菜祭了土地神，跪了天地，燒了香表紙，率先領著趙二狗礦長和幾位貼身人員，走進了煤窯口子。八驟煤礦正式開張了。

當天晚上回到天長順酒店，大馬司接到一個陌生電話。

電話內容帶有挑釁性質：「你開的這個煤窯口子，與我們已經有了的煤窯口子是一線炭，走不多久就會接通，影響我們的炭源，請識點時務，儘早停工停產，否則後果自負。」

大馬司從來沒有受過這種口氣的教訓，心裡很不是滋味，聽電話裡的聲音有點耳熟，不像是不知道他的人，就叫來史經理，讓他給查查這來電單位是誰。

史經理很快就查出電話的來處，是縣城川味酒店的座機，兩人一下子就想到一個人，非非。非非是川味酒店的保安，其表兄亮亮因偷竊被大馬司惡懲重罰過一回之後，非非就一直與大馬司軟對抗著。近來非非的服務費也繳不上來了，有另立山頭的跡象。而且讓大馬司沒想到的是，這非非竟然早他一步開起了黑煤窯，與他說話的口氣也肆無忌憚起來。

史經理告訴大馬司說自己還有點事，要出去一下，隨後就走了。

大馬司按川味酒店的電話號碼打過去，沒人接。他又找來張天寶，讓他親自去一趟川味酒店，看看情況。

張天寶領旨而去。

到天黑，張天寶也沒影，大馬司這邊著急上火的，是不是非非這個過河拆橋的叛徒在電話裡威脅他？張天寶回來一旦認定，他就要有一個強硬措施來懲罰一下非非。可這不長屁眼的張天寶，連個音訊也沒有。大馬司打張天寶的手機，沒人接。再打，還沒人接。一連掘了十次，始終沒人接。他又把電話撥到史經理辦公室，也沒人接。再撥，那邊有個女聲接起電話。大馬司開口就問：「是小最最吧，讓史經理接電話。」那邊回應：「我不是小最最，是打掃辦公室的服務員。聽說這史經理外出辦事去了。」「那小最最不在？」那邊半天沒有回音。大馬司加重了追問的口氣。那邊才回話：「好像是剛才張天寶電話叫走了。」「去哪兒了？」「這個，我不知道。」

大馬司心神不安地想：這張天寶狗日的，我打電話他不接，這史經理剛出門，他就知道了，消息這麼靈通？趁史經理不在，叫上小最最上哪兒好活去了？看來這張天寶真像暗臥在他和史經理中間的一條大蟒蛇，要提防著點，不然，哪一天被咬傷了還不知是怎麼回事。

麗麗在一旁插科打渾：「你看見人家小最最不也是六神無主的，張天寶就不是人？」

大馬司一時氣急，罵道：「說你媽的屁話，有本事你也去會會那驢高馬大的張天寶。」

## 三十二

麗麗還口：「你們這些臭男人，見了美女就動心了。要是沒有你，看我能不能變成一輛公共汽車，買票就能上車。或者，先上車後買票，先打針後買藥。張天寶這頭笨熊，真要上車，得先掏錢買票，而且得買兩張票，耗油！」

大馬司順口說：「快滾一邊去。」

大馬司在地上急急慌慌地走了幾圈，突然又對麗麗說：「要不，你去一趟川味酒店吧。說不定，張天寶和小最最就在那裡正鬼混著呢。」

麗麗說：「我不去，真要碰上，我還嫌惡心哩。」

正在大馬司滾油澆心的時候，川味酒店的電話打過來了。大馬司聽見對方正是非非，馬上問：「張天寶是不是在你那兒？」

非非說：「是啊，剛和我喝完酒，現在和小最最他們到房間搓麻將去了。」

大馬司說：「不僅僅只是搓麻將吧？」

非非說：「那我就說不清楚了。」

大馬司又問：「讓我煤窯停工停產的那個電話，是你打的吧？」

非非接話：「凡事有個先來後到，我開煤窯在先，你在後，又是同一座山的同一煤層，我不能不給你大哥說一聲吧？」

大馬司突然問：「我開煤窯的事，也是張天寶告你的吧？」

非非回答：「是啊，要不我怎麼能知道你也要開煤窯呢？」大馬司忽然冷靜了許多：「好吧，你們都長本事了。」

# 三十三

回頭峰煤礦地處一個大山窪，西邊進山的公路是能並排對開兩輛大卡車的水泥路，進入礦場的入口是泵房。溝深處是用煤箱鋪軌出炭的坑口，坑口面前的大煤場是填溝造成的，煤場上高山似的煤堆發出烏黑金亮的光，裝載機的吊臂前後左右地揮動，一輛一輛的大卡車，排著隊退後走前。北山的山腰上修建著礦部，職工宿舍、職工食堂、職工俱樂部、充電房、洗漱室、安檢處、會議室、大禮堂，一應俱全。

兩山電杆上各安著兩個大喇叭，喇叭裡放著毛澤東時代的紅色歌曲。房頂、山梁等到處插滿彩旗，除過煤場整個礦區都用清水灑了地，地面上乾淨得連塊廢紙也找不到。

縣人大常委會組成人員及部分人大代表，加上縣政府辦、煤管局、安監局以及鄉里的領導共有四五十個人，來回頭峰煤礦視察。打前仗的兩輛小車提前到達，與礦上管接待的人接頭碰面，移動音箱和話筒都安排妥當。隨後，一輛警車開道，三輛小車和兩輛中巴車跟進，依次停在劃定的區域。車門打開，車裡的人一一走出。

先看坑口。礦工進坑口，一條鋼絲繩黑幽幽的，直通坑底，礦工身下綁了寬頻，頭上舉著搭鉤，順勢往遊動的鋼繩上一掛，一溜煙下去了，速度挺快的。上班一族，十幾分鐘就到工作面了。出煤的坑口，從下面延伸上來兩套鐵軌，煤箱被鋼絲繩源源不斷地拉上來，被運到能自動翻倒的煤場頂。一盤巨大的轉輪，轟隆隆地旋轉著，把鋼絲繩嚴絲合縫地盤纏著。另一套鐵軌，同時把空煤

三十三

箱不斷地送進坑口。

再看調度室。一個大牆面都是顯視屏，從坑下工作面到坑下配電房、材料倉庫，再到電流電壓等各種指數，一清二楚地展現在操作人員的眼前。

牆上標語，工作臺面，到處有提醒注意的安全提示。

澡堂浴室、更衣房、班前班後安排和小結排座、職工食堂、洗衣房，依次一條龍貫通。院場上兩臺班車整齊地停靠著。會議室的四周牆面上，都是警示礦工的各種煤礦事故的圖例。

小撇子沒有像其他地方那樣讓一個預先背會內容的漂亮女士來講解，而是安排幾個副礦長親自解說。管安全的副礦長重點講安全，管技術的副礦長重點講設備，管生產的副礦長重點講採煤，管銷售的副礦長重點講效益。到會議室時，由礦長整體再講礦上的情況。都是親手經營操作的，熟悉，用方言土語講出來也親切自然，沒有一點造作的痕跡。這是小撇子的風格。

最後，大家來到董事長小撇子的辦公室。

除過幾本經營管理的書籍外，辦公室的書架上存放著不少公益檔案。有正在受助的農村貧困學生單獨案卷，全縣在外上大學讀碩士的貧困生，全縣所有小學初中摸底回來的貧困生支助帳目，都一清二楚。回頭峰學校的校舍修建、後勤保障、教師獎金、學生贊助，等等，都一項不少地記錄著。

有人說：「你這不是煤礦，而成了縣關心下一代工作委員會或教育局了。」小撇子的長鬍鬚彎曲了一下，說：「礦長管掙錢，我管花錢。取之於民，用之於民嘛。」

有人問：「你這裡是不是全縣所有貧困學生的底子都掌握清楚了？」

小撇子說：「這都是教育局和各學校報回來的資料，豐盛昌公司和回頭峰煤礦的人也都深入基層一一核對過了，應該沒錯。我們公司每年對全縣二十位優秀教師、五位模範校長每人發五千元獎金，對全縣三十位品學兼優且貧困無助的新錄取大學生每人發三千元救助金。對本公司考入大中專院校的子女按標準發放資助金。」

又有人問：「你為什麼對教育這樣上心？」

小撇子說：「兩點。第一，從小我沒有認真上學，沒念下書的人遇事和念下書的人截然不同，我有一個好朋友叫森森，和我形成明顯對比，他書念得好，我之所以有今天，這位朋友起了很大作用。從他身上我想到，把錢花在培養人才上沒錯。第二，煤炭是祖先留給我們的，也是祖先留給子孫的，我們這一代開採挖掘，一定意義上是一種罪過，真要哪一天挖完了，教育沒有搞好，人才也沒有培養起來，我們全縣人民不就要喝西北風？知識與科學是未來經濟發展的動力，在專家面前，也許一塊我們平常忽視的石頭，就是一塊金石，就像我們當初剛剛認識煤炭石膏一樣，硬邦邦的石頭，一夜之間可能就會變成烏金或白金。我是相信知識與人才的，他們將來在轉型上會起大作用，今天我們用錢多培養些人才，用有限的能力儲蓄無限的潛能，我們只能做這些了。人生幾十年，挺快的。哪一天，我們走不動了，就看我們的下一代了。」

又有人問：「你花錢資助的人才，有好多學成之後，並不一定就回石城做貢獻，而在別的大城市做貢獻，你這叫不叫勞而不獲，或無效勞動？」

小撇子回答：「咱能為國家培養一些人才做點貢獻，也算是一種愛國行為吧。再說，人都應該有點良心的，誰的心不是肉長的，將來咱縣真要有個重要項目上馬，而這些人裡面真有懂這方面核心技術的，他不能不幫忙吧。即使幫不上忙，也能找到相應的技術部門和人才，也許只是一句話一個訊息，就能破解難題。你說是不是這個理？」

縣電視臺的記者，用鏡頭記錄下小撇子現場說話的全過程。

小撇子在縣城川味大酒店裡安排的幾桌飯，想著讓縣人大視察組中午好好喝一頓，可臨到結束，主任一句話，飯局就涼菜了。主任說還要到別的地方視察，飯局就免了。飯沒請到，還聽了一大堆感謝的話，小撇子心裡卻十分失落。

## 三十三

大小車輛從回頭峰煤礦離開的時候，小撇子和所有礦長們在出口處一一站立著，揮手告別。

# 三十四

正好，也是年盡月滿的時候，小撇子告訴一位副礦長，在縣城川味酒店訂的幾桌酒席不要撤，讓全礦職工洗過澡穿上乾淨衣服，一掃煤黑子形象，人眉人眼地走進大飯店，用招待高級別幹部的規格讓他們美美享受一番，也算是對自己那些出力流汗的一線工人的一次犒勞。

小撇子盡力體現出與民同樂的姿態，一個暖心暖肺的開酒辭之後，他就與那些平時見面不多的礦工們喝開酒了，一桌一桌地轉，一個一個地聊。拍著肩膀，拽著手臂，酒盞往來的間隙，小撇子把自己身上的高檔菸掏出來，見人就遞。

正喝著，森森站在不遠處向他招手。

他走過去問有什麼事，森森告訴他：「趙縣長剛從這大廳過去，上二樓了，他看見你了，你不上去會會？」

「那當然。」

小撇子把兩個副礦長叫到跟前，安排：「讓大家盡情地吃喝，平時你倆對工人惡眉凶臉的，今天是平和關係的好機會，要把他們當主人看待，好聽愛聽的話儘管說，咱礦上的錢是他們捨命流血掙的，當領導要寬嚴相濟，現在就是上下打成一片的極好機會。我上二樓看看，你倆一定照顧好大家。」

小撇子上了二樓的一個包間，只有趙縣長與祕書兩人，祕書正在往桌子上放領導的杯子，隨後貓著腰從提包裡掏出一份檔，遞給縣長。小撇子再回頭看看，不見森森，口上順便說：「這個鬼子城鄉路跑哪兒了？」

# 三十四

話音剛落，森森著急慌忙地趕了進來，接著小撇子說：「對不起，對不起，遲慢了趙經理。」說著把手上的杯子趕緊放在小撇子面前的桌子上，手裡還提著小撇子常讓司機隨手給帶著的那個提包，「有什麼事請吩咐。」

小撇子不知道今天這森森玩的是哪一出，更不知道是什麼時候他從哪兒拿了自己的杯子與提包。森森站在靠門口的位置，與趙子民的祕書位置和姿態差不多。

趙縣長對自己的祕書說：「你先出去吧。」

祕書看著森森有點裝腔作態的神情，有點好笑地退了出去。

森森好像在等著小撇子說話，左右扭捏地隨時準備跨出門去。

森森半天沒聽到小撇子發話，就主動地低頭哈腰說了一句：「你倆聊著，我在外面候著，有事喊我。」返身往門外撤。

小撇子也沒有及時叫住森森。森森已在樓道裡走遠了。

這時趙縣長說話了：「這心高氣傲的城鄉路，今天表演的是祕書的角色。我還是頭一次見啊。」

小撇子說：「這個城鄉路，鬼點子多著呢，我估計他是下去安排我的那些職工們去了。也好，我就不出去了，在這兒專陪趙縣長說說話。」

「有要緊事，你還是先忙你的，我沒什麼事情。」

「好不容易趙縣長今天有點閒空，我的事像鬆緊帶，可長可短，可鬆可緊，今天的事明天辦也可以。」

「你這個城鄉路，高參啊。今天咱三個好好聊聊。」

小撇子靜下來聽了聽外面的動靜，突然喊：「回來吧，我外面的那個祕書。」

森森不緊不慢地走了進來。他對小撇子說：「下面已經安排妥了。今天你就和趙縣長好好喝一頓吧，看樣子趙縣長今天的心情不錯。」

小撇子把森森一把強行掘在圓桌旁。臉盤靠近臉盤時，小撇子用那條抖動著的長鬍鬚撩了一下森森。

三人剛端起酒杯準備開餐，門外一前一後進來兩個人，前面是酒店經理，緊跟著的是非非。經理一臉熱情地說：「趙縣長駕到，有失遠迎。趙經理你好啊。我和我們非非董事，來給你們敬個酒。」

非非和趙縣長打過招呼，又走到小撇子跟前握了手，然後又特意對著森森說：「老前輩老領導們，歡迎常來我們川味酒店，多提寶貴意見。今天這飯，我做東了，你們放開肚子吃喝，飯錢酒錢全包在我身上了。」

小撇子很反感這個時候有人來攪局，對趙子民說：「這位是我村裡的朋友大馬司的部下，專門負責川味酒店的保安工作，如今升任酒店董事了。」說完，轉身對非非說：「不用你麻煩了，等哪一天我掏不出錢了，你再說這話不遲。今天，我們和趙縣長有點事，就不過去拜訪你二位了。」

非非和那個酒店經理聽出小撇子的厭煩，匆匆敬過酒，離開了。

趙子民看著非非他倆走出去，對森森說：「城鄉路先生請坐下吧，今天咱不叫別的人了，就咱三

## 三十四

個，趙經理今天認真貫徹親民政策，你是趙先生的高參，如果不嫌棄的話，今天這飯我來埋單，老吃趙經理的飯我也於心不忍，我趁人少的時候也表現表現。這樣也給我這個工薪階層造不成太大的壓力。也算我親民政策的另一種體現吧。」

森森一個人兀自拍起手來，在空落落的雅座裡孤單地響著。他有點興奮地說：「這樣好，這樣好，免得有些人老說我蹭飯。你趙縣長一人不能成為酒席，加上趙經理二人為從，又顯得有主有次，有了我就平衡了。三人為眾，三點為面，三角形有穩定性，既不雜亂又不孤單，挺好。」

森森的掌聲還沒響完，雅座的門又被一個人推開了，是環保局局長。幾句見面話過後，環保局局長把手裡的檔遞給趙子民，說：「趙縣長你看看，我找你兩天了，今天是省裡要回覆的最後期限了，沒什麼問題你簽個字，我好按此去辦理。」

小撇子只知道趙子民在縣上分管文教衛生，不知道他還管著環保。趙子民拿起批文，匆匆看過，用筆簽上了自己的名字。

環保局局長見趙子民沒有硬留自己的意思，打了個招呼，轉頭走了。

趙子民等局長的腳步聲消失了，走出房門，對祕書說：「再有人找我，就說我有事，我和人連句完整的話也說不成，你就在這兒盯著，不要讓任何人進來。」

回到雅座裡，趙子民又補了句：「本來文教衛生與環保一點也不搭邊，不知怎麼縣裡又讓我分管了這樣一項工作。」

三人坐穩，趙子民突然提出一個話題：「咱今天的話題，就從森森你剛才的扮相說起吧。你對祕書這個角色有什麼高見？」

森森看到已經到桌的幾個菜，說：「和趙縣長這麼高級別的人自由談還是第一次，咱能不能先喝兩杯酒，也讓我壯壯膽。」

三個酒杯碰到一起，連喝三杯。

森森坐回椅子上，長嘆了一口氣，開腔了：「今天沒有外人，我也就把趙縣長當成自己人了，說的如有得罪之處請多包涵。祕書這個角色，從內心深處我是比較反感的。我這輩子是不可能幹的，當然也是一輩子不可能有大出息的致命弱點。真要有機會，也不一定能幹好。」

小撇子歪著腦袋看著森森，心想這小子今天又要有什麼奇談怪論了。趙縣長帶著一臉的微笑，像個小學生似的聽森森演講。

「幹祕書這種工作，不是一般人都能幹好的。既不能一味點頭哈腰唯命是從，讓別人看你像哈巴狗似的不值錢，那樣領導也顯得不自在不舒服，又不能遠離領導我行我素自成一格。你得有眼色，有心機，要知道領導現在想什麼，下一步要做什麼，你得有預判能力，不能等領導已經走在前面了，你還在那裡痴愣著。當然，你平時就要熟悉領導的脾氣性格、作風習慣、分管事務，以及親朋圈子。有的領導喜歡乾淨利索，直奔主題，有的領導喜歡幽默風趣，曲徑通幽，有的領導嘴上講的不一定是心裡想的，有的領導連自己的下一步也不清楚，隨機應變。你得學會善意提醒，還要學會及時補救。領導高興的時候你要知道錦上添花，領導有煩心事時你絕對不能雪上加霜。領導訓你的時候，你要學會承受，不能記仇，也許領導並不是真正對你的行為不滿，而是找個出口發洩一下，但你還不能表現得不當一回事。領導愉快的時候，有時需要有人來共同分享，你可能是第一個能分享領導快樂的人，比方說今天，咱趙縣長的心情就挺好，咱就可放開來說說話，即便說得過火點，

## 三十四

趙縣長也不會怪罪，是吧，趙縣長？話分兩頭說，祕書要清楚，你今天當祕書，是為了將來不當祕書，或者說是為了將來別人給你當祕書。跟上高水準的領導，你會無意中學到許多東西，包括做事的思路、做事的風格。人原本是平等的，真要讓你來領導一個局一個縣，你面對的屬下肯定有不比你情商差智商差的人。一個辦公室主任，可以做一個新任領導的全職老師，現在該怎麼做，下一步該怎麼做，伺候過幾任領導的辦公室主任比你都清楚，領導有時候的作用就是可有可無的。你要允許部下犯一些小錯誤，對那些愛討點小便宜占點小風頭的部下，要給些餘地，但對原則性的錯誤要及時糾正。做人事工作，領導要學會常在水面上玩天氣預報，而不要深入水下親自去撈魚捉鱉，多暗示，少揭短，多打雷，少下雨。你要沒有做領導的資本和經驗，你就可能把自己玩傻玩丟。領導只能在宏觀大略上出思路，要表現出高屋建瓴：和別具特色，還得有高風亮節與容人之過。你不能事無巨細地到處插手，不要做那些出力不討好的事。在細端末節上不能過度追究，給部下一定的做事空間。有時領導還得給部下做一些遮風避雨的工作。領導對部下有了貼心貼肺的溫暖，你在與不在，工作一樣照常有章有序地開展。別人向部下質疑詢問領導的負面問題時，部下都不會出賣你，對你投石下井。有人說，跟上領導有飯吃，這話不假，你將來吃的飯是當領導的飯。沒有教練教你游泳，你就不知如何去鬥水，等你自己慢慢學會游泳了，水已經沒有了。你趙縣長現在是大家都公認的做實事的縣長，當然，你選擇的祕書也一定是得心應手的。如果沒有猜錯的話，你當初肯定也是一個給思路清晰辦事條理的領導端過杯子提過包的祕書。」

趙子民見森森不斷把話題轉到自己身上，玩的是現掛，話外的意思也有徵求的指向，不由地笑出聲來。小撇子覺得森森的引題有點林中點火的意味，就打斷森森，說：「咱可說清楚啊，趙縣長可是一個大家公認的好縣長，你這大刀可不要胡劈亂砍。」

趙子民馬上糾正道：「我也只有在這種場合才能聽到一些真話，平時那些隨機應變奉承討好的話聽得太多了，那些逢場作戲的作風我早就厭惡了，我還真想聽聽森森先生的深刻見解哩。」

得到趙縣長的鼓勵，森森的話便像潮頭一樣歡實跳蕩起來：「而且，我自己猜想，趙縣長本人並不是出身高門，這一點從你的樸實作風和勤勉務實可以看出來。高層下來的人，理論高實踐差，是言大於行，而你趙縣長是行大於言。」

趙縣長看看還在一邊愣怔的小撇子，慫恿森森：「繼續往下講，那些歌頌我的話盡量不講或少講。」

「咱先從一個細節說起，剛才我進門時，祕書正往趙縣長的桌前放茶杯，這種現象是你們官場常見的，但是這也得看場合。那天趙縣長主持回頭峰學校落成慶典儀式時，是一個人直接拿上茶杯走到主持席的，而另一個縣委領導是在會議前一分鐘才在幾個人的簇擁下落座的，他的走勢是目無旁人式的，直接走到主席臺最中心的位置。人坐穩，祕書從臺前遞上杯子與筆記本。這個細節我至少能解讀出三層含義，一是，遲到也是一種風度，越是架子大職務高的人越是表現出與眾不同，這樣臺下的觀眾就知道今天到場的領導級別最高的人是誰。二是，祕書隨後出場，一方面加重了領導的權威性，另一方面也潛意識告訴別人，這個人在一定意義上是他的代言人，以後祕書在哪兒出現，哪兒就有他的磁場，從祕書的話音裡可能會聽到他的態度。第三，這個祕書日後一旦有大作為，與他的精心培養有關，給日後的他增加餘威或空間。同時也表現出官場中的潛規則及不能輕易涉入的輻射意味。這個官員肯定是從基層一步一步熬上來的，從高層下來做官的不是絕對沒有這種習慣，

## 三十四

而是這種意味不是太濃。有句話說得好，到了京城顯官小，到了深圳顯錢少。京城、省城，縣處級幹部多如牛毛，上下班騎著自行車，根本擺不起官僚的架子。越到基層官的意味越濃，就是一個小小的科局級幹部，上下班有小車接送，坐在臺上講話，下面有那麼多的部下聽著，不官僚也得官僚起來。從平民起家的官員，有兩種表現：一種是像趙縣長這樣勤勉務實低調做派的，用我的話叫清晰型的；一種是高調出場以勢壓人的，叫糊塗型的。前者我就不展開說了，這種領導不怕屬下小看，哪怕只是輕輕一句話，也是有底氣有城府的，別人根本不敢有悖逆你的念頭，即便有也不敢伸張冒進，他知道領導的言行是有來頭有依據的，弄不好會玩火自焚。位置本身就是一種權力。知識能力對等的上下級關係，領導也占著絕對的優勢，一般人不會冒著自傷的後果去深水區游泳的，那裡畫著警戒線，再是游泳高手也怕鯊魚的牙齒。後者按我的解讀是能耐有限，用實力壓不住人，只能用虛力壓人，抖起局長、縣長的架子，這個位置是我占著的，我說了要算，有時錯了也要一錯到底，事情的對錯是小事，樹起自己的威風是大事。這種用虛力壓人的官員，有時會犯一種低級錯誤，就是把位置和本人同化了，位置就是本人，本人就是位置。搞不清這個位置誰都可能擁有，今天你從這個位置離開了，明天會有另一個人來取代你。好像這個位置就非你莫屬這就錯了，你的指示就是局長或縣長的指示，這不對，你的部下，不乏聰明之人，每時每刻都在對你的一言一行考量。偶爾耍耍威風，訓訓下級，人們還可以包容你，覺得你現在是局長，他不是怕你，而是怕那局長，你要哪一天不是局長了，誰怕誰呢？所以當一個局長或縣長，你要經常穿兩身皮，一身皮是局長的皮，一身是本人的皮，千萬不可混為一體。本色的我和角色的我，要分清楚。在角色說角色的話，不在角色絕對不能胡說亂做。這是一個基本的道理，但好多人理不清楚，以至於哪一天離職退崗了，那個局長架子還放不下來，而別人又不可能永遠買你的帳，這個蛇皮一直沒脫乾淨，掛了許多血肉在裡邊。人已經從蛇皮脫出來了，身上還想披著唬人嚇人的蛇皮，結果造成了許多自傷。有不少退職的局長，因為曾經的部下一個小瞧的眼神而終日鬱鬱寡歡，更不要說你幫助過的部下給你穿小鞋罵你壞話了，這類人不少都不願出門見人，特別是不願遇到那些以前一句話辦結的事而現在辦不成事對方連句解釋的話也聽不到的情況。有不少退職局長因生氣而得病，到最後也沒有轉過這個彎來。從這個意義上講，官位也是害人不淺的。一直是一個普通人，就不會有機會培養出那種拿得起卻放不下的心態。像上臺階一樣，這是一種普遍的心理，臺階上風光無限，爭著搶著要上去，信心百倍地千方百計地上去了，可打心眼裡沒有想著隨時要下來，所以根本沒有去學習如何走下來，而下來的路是必須要走的。有的人一步一個腳印地走上去，有的人一步兩個臺階地走上去，還有一躍身飛上去的。該到下來的時候，有的人一步一個腳印地走下來，有的人不知道怎麼往下走，從心裡也一直沒想往下走，或者說從心理上到退休也沒走下來，還有的不小心跌下來了，摔得渾身疼痛。心理一直在臺階上的不少離職官員，因氣而生病，因病而死亡。在一個部委局室中，也有那樣一些有私欲有邪念想左右事態甚至想改變領導的人，領導要被其軟化或硬化了，你就有可能學好領導的工作方式，或者是沒有遇上過硬的領導。祕書是一個基礎，基礎打不扎實，將來的大廈底虛，或者遇事拿捏不準，左顧右盼，沒有主見，最後還可能被人取而代之。這說明，你當初沒有就可能傾塌。也有天生就有領導能力的祕書，但你一定要學會藏住自己，尊重領導，善意地引導領導，還要給領導空出發揮的餘地，說句不太好聽的話，你就是比領導水準還高的祕書，也一定不能把講話稿寫足寫全，你得給領導空出指導補寫的餘地，或講話發揮的空間。當然你不能讓領導看出

## 三十四

你的有意。你的一切努力最後的成果成績都歸功於領導。你只是領導的一隻胳膊或一隻手，整體形象是領導的，你不能與領導爭功討名。等有一天你到了位置上時，再充分展示你的才能不遲。」

小撇子插話：「你這傢伙這麼多歪理邪說，都是從哪裡學來的，一套一套的。來吧，再喝兩杯酒，潤潤嗓子，別把咱趙縣長的食欲說跑了。」

話題暫停，插播酒話。

吃喝間，趙縣長說：「你這個城鄉路閱歷不少啊，能出一本演講的書了。」

森森把嘴裡的菜咽下去，接住縣長的話說：「我們小碼頭兩個髮小的故事給了我不少啟示，也許正像人們說的，性格決定命運吧。我這人，沒事愛在這些方面動動腦筋，對不對不知道。」

小撇子長鬍鬚掃了一下，質疑道：「咱倆可都是回頭峰村耍大的，你只比我早進兩年小碼頭，村裡的事和小碼頭的事我了解得不比你少。」

森森說：「上初中時，我隨父親進城住到了小碼頭，之前我是和我娘及爺爺奶奶在村裡生活的。和你不一樣，你是十七八歲才進城的。小碼頭的事我比你清楚。」

趙子民說：「沒什麼忌諱吧，如果可以，也說說你這兩個人的故事吧。」

森森說話的興頭正旺，趙縣長一催，故事便隨口而出。

「咱不說具體的人名了，就用張三李四代稱吧。兩人鄰居，從小玩大。張三學習好，李四也不錯。私下李四常向張三請教作業，李四在班裡是班幹部，參與組織許多的班級活動，也算是老師的紅人人哩。高中畢業之後，同時回到小碼頭，不久又同時被聘到一所鄉級中學任教。教學之餘，李四兼任學校保管總務之類的工作，管得實事多，在學校裡也是一個吃得香的人。張三教學之餘閱讀了大量的圖書。七七年恢復高考制度，兩人同時報考，張三堅持報考高等院校，李四猶豫再三，最後悄悄報了中專，張三從氣勢上壓住了人前面後有人討好的李四。兩人同年考中，結局卻大相徑庭。一個考上了一流的大學，一個考上了地區級中專。從農村孩子這一點上看，都有了走出農村吃國家供應糧的資本，但從影響上看，從將來前景上看，這是無法比擬的，李四再遇到張三，話題從不在知識層面上逗留，他不願低人一等。李四兩年中專畢業後，分配到一個公社工作，從收發員幹起，不言少語的，自己把自己當成最下層的人，勤快做事，不計報酬。後來給領導當祕書，表現得更加謹慎勤快。四年之後張三大學畢業分配到省城工作，擔任廳級幹部的首席祕書，拿的是大材料。張三胸懷大志，對領導的傳統思維舊式做法很看不上眼，而且也常常表現出自己的與眾不同，從宏敞闊綽的辦公大樓走過，其服裝穿著和氣勢神態，都別具一格自成一體。」

森森邊說邊表演，像進入了角色本身似的，頭在空中左右晃動。

趙子民看到小撇子站起來又要說什麼，忙用手勢壓住，建議他坐下來，耐心傾聽。

正在情緒高昂激情演講的森森卻停了下來，中場斷電了。

趙子民這次是把小酒杯換成添酒器了，三人不再一小杯一小杯地碰，而是舉起大杯一飲而盡。森森嘴角溢著酒滴，話語的「電」又接上了：「趙縣長這酒，好酒啊。我講的這故事，可能也有點趙縣長的影子。趙縣長是不是也是從收發員幹起的啊？」

小撇子著急地催他：「你這城鄉路，快別賣關子了，往下講。」

森森輕輕走到門前，把半開的房門掩住，又點了一支菸，嘬著嘴吐出一團濃濃的菸圈，這菸圈一直衝向圓桌的中央，還有滾滾向前的趨勢。森森很過癮地長嘆了一聲，才往下講。

## 三十四

「你知道現在張三李四各是什麼結局嗎？張三從一個不起眼的部門以一個科員的身分退居二線了。而李四卻一步一步地熬成一個常務副縣長了，聽說省市領導還想讓他到上面任更高的職務呢。」

「哈哈哈哈，哈哈哈……」趙子民的笑聲，把房間四壁震得雷響。

小撇子回應趙子民：「趙縣長是不是猜出人選了？」

趙子民沒有正面回答小撇子，而是直接把讚詞送給了森森：「你這個城鄉路啊，真是一個演講的高手啊。」

森森感嘆道：「你說這祕書的基礎厲害不厲害？前景無量啊！沒有這種基礎工作的歷練，就是隔著門上炕啊，不經過地面怎麼能行呢？這祕書就是從奴隸到將軍的地面，是不是這樣啊，趙縣長？」

趙子民給森森總結：「你這篇演講就叫《祕書的前景》吧。」

森森補充說：「我還有一篇姊妹篇《祕書的慘局》呢。」

小撇子插言：「你這是吃不著葡萄嫌葡萄酸吧，一輩子當不了祕書，硬著頭皮講祕書的長長短短。」

森森返回一本正經的表情，說：「說到底是要修好身啊。」

趙子民接上說：「下篇是《祕書的修身》。」

「古人講修齊治平，修身齊家治國平天下，修身是前提，這也是一生的課題啊。我的理解是，人一生不可能沒有官運或財運，有的人機遇多一點，有的人機遇少一點，總有一次在那兒等著你，機遇就是給有準備的人準備的，機遇再多，你抓不住也不行。有些機遇也許一輩子就有一次。一步登天不是沒有可能。但修身不足，即便得到，也能失去。德行沒修好，一旦官運財運臨身，慌忙接手，應接不暇，甚至頭腦發熱，認為這是老天在照顧你。耍得耍得耍脫了，因貪婪、因美色、因伸手而倒臺的官員，我就不用舉例了。有錢人也一樣，以前偶有欲望，但沒有讓欲望實踐的資本，也就只是想想而已。現在有錢了，錢是能辦好事和壞事的鋪路石。好事辦一百件，周圍的人交口稱讚。但也有時產出一點邪念，邪念的結果可能就是一件壞事。辦壞事同樣成為一種可能，有錢啊。一閃念之間，可能就會從天堂掉入地獄，因賭博、因淫亂、因耍橫而落荒的老板還少嗎？有的甚至連命也搭上了。退一萬步講，沒有修好身的人，升官發財的機遇可能就是一次災難，還不如一直就是一個平民百姓呢。平民百姓即使想做一件壞事也沒資本啊。你說那些被圈在監獄中的官員或老闆，想不想自己當初要沒有當官和掙錢的機遇會是什麼樣子呢，至少可以有一個舉案齊眉兒成女就的順當結局吧。光景差點可以慢慢熬嘛。可往往就是這樣，人往高處走，水往低處流。有了機遇你不去利用，豈不是傻瓜？明明有吃香的喝辣的位置，明明有吆三喝六的形象，明明有讓你體現人生價值的職務，你不去爭取？人生不就是為了這樣嗎？古人講學而優則仕，再有多好的基礎積累，沒有發揮價值的位置，一切努力豈不是白費了？但這只是一面，好多人忘了，那個學而優則仕後面，還跟著一句話，是仕而優則學，做了官仍然要空出時間來不斷學習不斷修身，這才能立於不敗之地。現在國學熱開始回歸，但只學皮毛不行，你得用心去思考去體會。像趙縣長這樣的人，你想讓他犯錯都難啊，不要說從高處往下掉了，就連懸崖邊他也到不了。趙縣長，我會表揚人吧？」

小撇子向森森發出一個疑問：「你的意思是說，像趙縣長這種級別的人也要每天學習？」

森森對著小撇子說：「我和趙縣長沒有過多的接觸，但憑我的直覺，趙縣長可能有兩個習慣一直堅持著，一是每天看書看報，我說的不是那種擺樣子或浮皮潦草地看書看報，而是用心的，審時度

## 三十四

勢。政治上也有天氣預報，你每天不注意看天氣預報，雨天沒有準備雨傘，雪天沒有安上防滑鏈，天冷了不知道加衣服，天熱了不知道穿涼鞋，不是淋著吹著凍著，就是摔倒滑倒絆倒，連最小的傷風感冒都是自己人為的，更不要說大病臨身臥床不起了。防微杜漸，與時俱進，這是一個成熟幹部的基本素養與修練。這是一種隨時學習知悟大局，還有就是我剛才說的，做深入系統的國學修練，我們的孔子孟子已經有很好的成果放在那裡，真正做大事成大才的人，沒有一個不讀孔孟的。據我了解，外國有不少成大氣候的人物，都是認認真真研讀過孔孟的。再一種習慣是每天在寫日記。日記行蹤曉明朝，晚思己過知是非。清濁自辨悟行止，心明自然身不累。」

為了證實森森的猜測，小撇子把眼光投向趙子民。

趙子民微微點了點頭。

小撇子在森森的頭臉上摸了一把，又把一杯酒強行掘進森森的嘴裡。往回伸頭臉時，僵在了空中，伸不回來了。森森把他那根長鬍鬚咬住了。一秒鐘之後，森森才鬆口，那根長鬍鬚「嘣」的一聲，彈折回小撇子臉上，濺了一溜酒水。小撇子索性低下頭來，把長鬍鬚醮進自己桌前的酒杯裡，再用一根手指把鬍鬚上的酒滴折返回自己的嘴邊，歪著腦袋舔抿起來。

趙子民看著小撇子，逗笑說：「趙經理這個用鬍鬚吸酒的動作，拍進電影裡一定是一個精彩的細節啊。」

就在森森給趙子民倒酒的時候，趙子民突然問森森：「剛才念的那首短詩不是什麼名家大作吧？你能不能再慢點說一遍，讓我記記。」

森森回答：「近期家族的人正在修家譜，缺個治家格言，我根據前人教誨和自己的體驗，編了一段放進去。趙縣長如果有興趣，我給你背一遍？也好讓你給斧正斧正。」

趙子民說：「願意聆聽。」

森森清了清嗓門，語速適中地背誦起來。

「言須有理有據，行須合規合章。相處當思微屈自身，相辯不可鋒芒畢露。篤厚終歸受益，虛詐難免被陷。節儉常對自己，待人不可小氣。勤思常能早熟，勤做常能出奇。不攀高自視有餘，不附雅自覺無悔。菸酒適度情當專，賭娼遠離心自靜。難災臨身寬胸舒肺，喜悅來門忌狂忌躁。忠國體持久不衰，孝父母百怨不提。日記行蹤曉明朝，晚思己過知是非。清濁自辨悟行止，心明自然身不累。外講理、內講情，念人好、不掐短。話可暖人也能傷人，隔牆有耳，言多必失。凡事心存正直平穩，居家情忌訴訟動儀。多聽慎取過腦過心，生活比低貢獻比高。遇絆而知繞道，通徑加速暢達。幾十年彈指一揮，早立志多留功效。路遇財寶視而不見，經手酬勞多多益善。多濟人急少救人貧，多予人漁少授人魚。窮不移志富不晒錢，糠妻厚待拙兒多恤。逢困難自信自主力克，遇歹人緩言輕語智奪。結友多慮信實善真，指路常向聖人智者。廣接雅趣增多心性，不貪不戀調節情體。謀事力圖超拔，功成降低身名。俯視百態自信可渡，仰望大業細小做起。勇於擔責曲而能伸，祿不獨享功推眾人。惜時如命一頂十日，天不虧勤功到自然成。人生多難亦多趣，無悔無怨奔亮程。」

趙子民聽完，連連豎起拇指誇讚：「精彩，精彩。」

森森緩了一口氣，說：「趙縣長如果有興趣，等家譜印出來，我送你一本。」

「這事你記得，到時讓我好好拜讀一下。」

森森接話：「好哦，就這麼定了。」

## 三十四

小撇子突然像想起什麼似的，問森森：「你剛才的話裡，還有一個問題，官員和老闆都要修什麼身，我如今也算一個不大不小的老闆了，我不修身，不是一樣把企業做得順風順水的？」

森森回頭對小撇子說：「算你聰明，悟出了這一點。你以為你是誰？你這個土老闆，有襪面子沒有桌面子，不是我老給你潑點涼水，說不定頭熱腦大成什麼樣子哩！還老嫌我蹭飯哩，看別人八抬大轎請我，我去不去？以後好好向趙縣長學著點吧。」

「你不是想讓我也給趙縣長當兩天祕書吧？」

森森回應：「給趙縣長這樣的人當祕書是一種幸運，本身就是一種修身的過程嘛。真能有那種機會，你還巴不得呢。」

趙子民止住兩人的搬扯，說：「你倆高看我了，其實我也有許多事拿捏不準。」

森森說：「我這可不是繞著彎兒誇你啊，我內心裡是最討厭那種戴高帽舔屁眼的人的。」

趙子民說：「我知道，我知道，從你說話中，可以看出你的個性來。我也不喜歡那樣的人。」

趙子民又說：「這城鄉路的另一個話題沒挑明，就是說，官員或老闆得有一個高參，這能彌補許多修身不足的問題。」

森森一下子興高采烈起來：「還是趙縣長厲害，你小撇子知道我在你身邊的作用了吧？」說著，森森的手在小撇子面前晃了晃。

小撇子再一次把長鬍鬚伸進酒杯，醮足酒滴，用手一別，形成一種彈性，「嚼」地一下，把一小串酒彈射到森森的臉上。

這時，趙子民的祕書走了進來，說：「趙縣長，縣委辦通知，下午有個會要你參加。」

小撇子和森森都停止了嬉鬧。

趙子民吩咐祕書：「你出去催催服務員，讓趕緊給來主食吧。你吃過了沒有？」祕書回答：「剛才在下面吃過了。」

主食一到，三人無語，一片撥麵進嘴的聲音。

臨別，森森對趙子民說：「趙縣長不必把我的話當真啊，今天我這是關公面前耍大刀，都算瞎說，如有不妥請包涵。」

趙子民拍了拍森森的肩膀，說：「你這個城鄉路，肚裡貨多著呢，一個話題就講了有兩節課的時間，看樣子咱們還有很多話題要切磋呢。以後多給咱趙經理支支招，出些好點子，大家都要扶持好咱縣上的企業家。」

走出樓道，森森看見祕書的眼神向他掃過來，他順勢說：「好好幹吧，跟上趙縣長幹是你的福氣。」

祕書心領神會地低下頭來，跟著趙子民往樓下走。

趙子民吩咐祕書：「你去吧臺把今天的帳結一下，這頓飯是我請的。」非非在酒店門口候著，主動上前與他們幾個一一握手道別。

小撇子單獨走到非非面前，問：「最近大馬司的生意怎樣？」

非非笑著回答：「還可以，我知道你和我們的頭是從小的好朋友。」

「你告訴他，改日請他喝酒。有事沒事，常聯繫。」

非非把握著小撇子的手使勁掂了掂，以示牢記。

# 三十五

大馬司把天長順酒店的史經理叫來，說：「以前我幹的活，不管怎樣說不能放在桌面上，不能算主陣地，現在咱應該是一礦之主了，從在野派到執政派，總得搞個慶典儀式什麼的吧？不能就這樣不明不黑地悄悄進行吧？」

史經理問：「你是說正式開張唱戲前，得有一場鼓樂演奏，安天安地安人，接風接雨接喜。咱置辦幾桌酒席，請一些場面上幫過咱的交情深厚的人，一起來熱鬧熱鬧，高興高興。」

「就這個意思。」

兩人坐下來掐點人名。因煤礦沒有正式辦證，向工商、稅務、煤管、安監、公安以及所在鄉鎮這些部門一把手發出邀請成為一個難題。要請應請又不能請，不請又不對，不來不合適，來也不合適。最後兩人商定，正職不好請，就由各單位的副職甚或股級幹部代表，位置是一個單位的形象，只要有這個形象也就足夠了。副職或股級幹部也不來怎麼辦？兩人又開始猶豫。最後商定，只請這些單位裡與兩人個人私交不錯的那些人，既是以個人身分，又暗含著單位形象，兩好。

史經理問：「咱在縣城各酒店的保安請不請？」

大馬司想了想，說：「他們屬於下一級人員，不在邀請行列，但必須都得到場，護場，助興，幫忙。特意把川味酒店的非非通知到，看他怎麼表現，他要來，說明還是咱自己的人，一切事好商量，他要不來，說明這就是要與我頂著幹到底。」

史經理說：「我這邊，縣城裡的幾個大酒店的代表性人物請一下就行了，看你那邊還有沒有十分要好的朋友要請？」

大馬司說：「在小碼頭，我那時是說了算定了幹的孩子王，但真正要好的朋友就七八個，都請請吧，也算一次我做東的朋友聚會。尤其那個現在很吃香的小撇子和能人人森森。」

事不宜遲，第二日即開張迎賓。

天長順酒店門前，一陣威風鑼鼓震耳欲聾，身穿紅色太平盛裝的鑼鼓手變化著隊形，有聲有色地表演著，齊天十個紅色氣球隨風擺動。幾聲響炮升空，圍觀者紛紛攘攘，笑談不斷。

一個能擺放十桌的大廳，陸陸續續有人坐了下來。

大馬司用眼光緩緩地向全場掃視了一周，部門的大小領導差不多都到了，心裡覺得還有一種角色不見面，再一細想，是那批小碼頭的弟兄們。再帶著這個疑問又掃視了一周，見到四五個碼頭弟兄坐在一張靠邊角的桌上，只是不見小撇子和森森。

史經理站在最前面的小檯面上，舉起了話筒，說了幾句簡單的歡迎詞，就沒啥可講的了，接著他推薦出大馬司。大馬司西裝革履，邊清理著喉嚨邊整理著裝束，走上了主席臺。站在那兒，支吾了半天，卻說不出一句來，昨晚準備了一夜的話語，此刻卻都沒有了。大家看著這位平時不打底稿說話不帶句號的一號人物，滿臉通紅地蹦不出一個字來，都有些替他著急。私底下說：「不上賁桌的毛蛆生，今天打卡了。」

在史經理的提醒下，大馬司只說了幾句謝謝捧場的話，連他預先準備好的九個感謝都沒說全。

這時，一個身著紅色太平裝的鼓鏢手拍著錢錢從門口走進來，一直引人注目地走到大馬司身邊。他從史經理手中接過話筒，講話：「各位領導各位來賓各位朋友，歡迎大家前來捧場助興。我是誰？等一下你就知道了。在回頭峰村和小碼頭與我們今天的主人一起擠過被窩，逢年過節我和主人的家人一起團聚過年，在小學念書時兩人一起逃過學，這是我能代表主人馬先生歡迎大家的理由。其次，我還是代表我們五一商廈前來祝賀的嘉賓。再其次，大家從我這身裝扮上能看出來，還是今天擂鼓助陣的鼓手。大家猜猜，我是誰？」

下面有人喊上來：「你是城鄉路！」

「這個名字是我的好朋友們才能喚出口的，一聽就知道下面坐著不少我的好朋友。你們不要小看這個城鄉路，來路不小呢，沒有三下兩下的把戲，還叫不上這個名字哩。我給大家攤底吧，城裡鄉里的事我是能辦一些，希望各位在場的朋友有用得著我的地方，吭個聲，我盡力而為。不過今天，我在祝賀我的這位好弟兄開張發財的同時，也有一個請求，特別是今天在場的工商、稅務、煤管、安監部門的朋友，請求你們盡快想辦法給這個八騾煤礦驗收辦證，以便讓我這個好朋友更好更多地為全縣人民納稅。好事辦好，我代表主人謝謝各位，謝謝！」

大馬司有點激動地走上臺，與森森抱在一起。趁這個相擁相抱的空兒，森森把嘴俯在大馬司耳邊，說：「大家等著呢，下來該你宣布宴會開始了。」

這一次，大馬司表現出了鎮定，他拿著話筒隆重地喊出：「現在我宣布，八騾煤礦開張慶典正式開幕。請大家舉起酒杯，同喜共賀。」

大馬司與森森及史經理一起走向大廳的各個桌子，輪番敬酒。

就在大家興高采烈的時候，一曲宛轉悠揚的女聲，飄蕩在宴會廳的上空。接著又有一陣薩克斯演奏的《回家》樂曲響起。

大馬司和森森都驚異地回頭向大廳的前臺看去。

小撇子正好拿著話筒準備講話。

「各位朋友，各位嘉賓，為祝賀八騾煤礦盛大開業，我們特意請到我縣的著名歌唱家，也是我省十大歌手之一的許慧麗小姐前來助興，同時在全市全省屢次拿到器樂比賽大獎的安元、儲良等人也前來祝賀，願大家度過一個愉快而美好的中午。」

小撇子在宴會大廳另走一路，挨著桌子喝起酒來。最後，連主食都沒吃進一口，就被司機摻著走出大廳。

非非沒有到場。

小墊墊一個人躲在大廳拐角處，一邊舉著一瓶酒喝，一邊捏著一盤花生豆往嘴裡送，順便照看著大廳外那些拱門、氣球、鼓螺之類。

森森尾隨小撇子走出大廳，目送著他鑽進小車走遠，才回到宴會大廳。

大馬司的煤窯很快投入運營。

正趕上煤炭價格飆升的時候，八騾煤礦的產出頓見效益，見一天太陽收入幾十萬。開掘力度也日漸加大。

松柏溝村的一些村民的干擾，不僅沒能阻止了煤礦的發展勢頭，反倒被趙二狗他們懲治得再不敢露面了。趙二狗的辦法是親自登門清查，哪家有出門搞破壞的，單個處置。但是，堵住河裡的水，堵不住溝裡的溪，來煤窯拉炭的車隊，隔三岔五地被暗埋在路上的鋼釘堅刀割破，這雖屬養車

## 三十五

人自己的事，但對煤窯要快速運出煤炭極為不利。大馬司告訴趙二狗，虎威抖到一定程度即可，明槍好躲，暗箭難防。強龍不壓地頭蛇。畢竟咱在人家地盤上發財哩，多少也破些財犒勞犒勞一下村民，省得整天要有操不完的閒心，咱少吃兩頓啥也有了。

趙二狗便放出話來，等到過年過節，給松柏溝村村民發麵發肉。

果然意外事件少了許多。趙二狗也如約實踐諾言，村裡人在過年時每人都領到了兩袋麵和五斤肉。而且，另一個惠民政策也得到實實在在的落實：各家用戶燒火的炭，八騍煤礦免費供應。

同時，村裡人想在礦上幹活的也給予方便，老弱病殘要幹點零碎雜務的也不拒絕。這樣，村礦矛盾漸漸出現轉機。

只是非非這邊的事有點麻煩。

大馬司終於知道，非非捏了張天寶一條軟肋麻筋：張天寶自從與小最最有了一腿之後，巴不得想常常占有，他利用川味酒店做掩護，與小最最斷不了在這裡幽會。開始非非並不知情，可幾次以後，善於察微觀細的非非就發現了這個祕密。半開玩笑半帶認真的現場捉姦，讓張天寶再無話可說。這樣，作為大馬司一個貼身侍從，就完全被非非俘虜了。以前張天寶對非非頤指氣使的威風沒有了，反倒是非非對張天寶有了隨時可能推向懸崖絕壁的威脅。自然，大馬司這邊的一切公開或祕密的事情，以及以前的一些不願示人的隱私，就不時地在非非大腦的圖表中記錄下來了。這無疑像一顆埋在大馬司身邊的定時炸彈，隨時都可以爆炸，這個讀秒的主人正是非非。難怪非非敢用那種硬硬的口氣跟他對話。雖然，憑著一些餘威，大馬司的煤窯在快速掘進過程中，非非那邊有了一些讓步，但大馬司也常常心存忌諱，生怕非非突然翻臉，搞得兩敗俱傷。大馬司年輕時在汾河冰面滑冰時，常常逞能霸道地向快要垮塌的薄冰衝越，雖然僥倖地都衝過去了，人過冰塌，招來一陣陣的誇獎聲，但事後大馬司也十分後怕，稍不留神，人和冰車陷入冰河渾身冰冷溼透的慘像就會發生。現在，大馬司正是這種心情。他不知道，自己還能撐多久，這塊冰面什麼時候就會垮塌。

透過那位副鄉長，大馬司與趙二狗又結識了鄉里的主要領導和鄉里煤管站的幾位「管事的」，大小好處費，明裡暗裡也得不定期地「出點血」。至於縣煤管、安監部門，大馬司覺得不必招惹太多，透過幾位局長暗中溝通，只要保持睜一隻眼閉一隻眼，他大馬司就達到效果了。況且，縣裡出動查黑煤窯，一般都與鄉里先行對接，鄉里煤管站的人任意一個人給打個電話，他大馬司就有對付的辦法。打電話的人只一個上廁所的機會就會辦妥，而他安排停產停工或進溝堵路的推土機只需半個小時就完事了。再說，開黑煤窯的全縣有幾百家，到處都有，有大有小，都與查辦者打著遊擊戰爭，真要輪到這個鄉這個礦，也是年裡月裡的事。礦上有專門負責溝通訊息的人士，掙的就是這一份錢，辦的就是這一份事。

趙二狗派幾個眼線，悄悄盯在國道通往鄉道的橋頭路口，晝夜值班，值班者手頭拿著一張紙，紙上寫著長長的一串縣裡執法單位的車牌號。一旦發現有紙上車牌的車輛進溝，電話就打到煤礦了。再一個點是進溝以後向八驟煤礦拐折的路口，發現可疑車輛，馬上告訴後邊不遠處的裝滿一鬥土石的推土機，只一鬥，就能把進出煤礦的公路堵死。等你步行著走到目的地，什麼也發現不了。這些情況，大馬司都十分清楚。

另外，大馬司感到小撇子總是在暗中呵護著他，有好幾次，從幾個執法人員和幾個部下的口中，提到小撇子。在月臺上煤時管理人員說煤質不合格，合格不合橋，管理人員的嘴就是標準，說

## 三十五

你合格你就合格，說你不合格你就不合格，反正他說了算。還有兩次說沒有車皮了，差點就把大馬司他們的煤逐出煤場。這個時間如果有小撇子車隊的司機在場，就會及時把情況通報給小撇子。不知道是小撇子安排過車隊的司機，還是這些司機之間有什麼深厚的交情。小撇子的一個電話打過來，問題迎刃而解。故意刁難的，有小撇子的人出面就會順利通過。煤質真不合格的，月臺負責人也沒法交帳，小撇子的人讓那些司機把自己上站的煤算在大馬司的名下。大馬司沒有上站指標了，小撇子的人就撥出自己的一部分指標，分給大馬司。那幾個執法人員還戲逗大馬司，說：「你有保護神啊！你遇上爺爺了，不發財才怪哩。」非非也在與他的一次不和諧對話裡提到過小撇子，好像是看了小撇子的面子才與他有所妥協似的。想起小時候和小撇子他們一起在回頭峰玩耍的鏡頭，大馬司覺得小撇子這人還是很講情誼的，雖然，他們現在走的不一條道。小撇子與森森都曾與他通過電話，讓他盡快辦證，能名正言順地開煤礦。他覺得這是脫下褲子放屁，多此一舉，沒證與有證一樣能賺錢，辦證有什麼用？燒的紙多，惹的鬼多。有證礦的麻煩事太多，無形中要貼進去不少錢。所以他對辦證的事，一直遲疑著。

最可怕的是執法部門大部隊突查暗訪。一旦有舉報，縣裡那批執法大隊就連夜出動，專程直奔，一查一個準，趙二狗安排的雙道巡崗，一旦有一時半會兒的迷瞪，就可能出問題。不過，畢竟是有組織、有計畫、有安排的公務執法，蛇有蛇路，鳥有鳥道，大馬司他們總歸有解決問題的辦法。殺豬捅屁眼，各有各的做法，目的是一樣的。

說起來挖煤賣錢，實在是再簡單不過的事。煤經過億萬年的演變，就在山腹中藏著，誰有能力取出來，那烏黑發亮的煤炭就是寶，就是金錢。這需要膽量，需要智慧，需要關係，還需要一定的運氣。有的煤礦危險時時存在，可就是沒有事故發生。有的煤礦只怕死傷，上班下班說的全是安全，可事故卻接連不斷。死一個人，破財不少，還傷氣，搞不好還可能中止生產，切斷財源。膽大的嚇死膽小的，飯量大的撐死飯量小的。太陽這個火球，是個時間的領跑者，有的人見一個太陽，幾十萬到手了，有的人見一個太陽和不見差不多，還是一潭死水。生命因金錢而高低錯落，有了錢，醜陋的人變得漂亮了，窩囊的人變得灑脫了，祖輩啃土都啃不利索的人家，變得進出門坐轎車，解飢飽進飯店。以前一個美女嫁給一個窮光蛋醜八怪，是一朵鮮花插到牛糞上了。而癩蛤蟆有了錢，成了大老闆，鮮花專找牛糞插，開得是越來越豔。天鵝專撲肚大腰粗的癩蛤蟆，活得光鮮滋潤。而且，牛糞上也不止只插一枝花，癩蛤蟆也常有水鳥光顧。當官的愛見有錢人，有錢人更愛見有錢人，誰和錢有意見？家裡的妻兒老小父母兄妹，誰有錢誰說了算。社會上的同學朋友，誰有錢誰就是老大。以前對你有意見的人，想著法子消解怨愁，把你曾經的錯誤也當成正確的來討好你。以前不遠不近的，繞著彎子找一個支點說兩人有過美好的淵源。社會上打架鬥毆致人傷殘甚至死亡的，拿錢可以擺平。錢是人的膽，一個石城的煤礦老闆，去廣州買車，看著他土裡土氣的，車模直接把他帶到低價車位區，眼神裡流露出小瞧低看，話都不想和他多說一句。這老闆一時惱火，走到豪車區把最貴的一款車買走了。村裡人一輩子省吃儉用積攢點錢，掐著算著，才能修起一幢磚窯院子，搞不好還要欠一屁股債，至少要誤掉一季的莊稼收成。有錢人專找村裡闊綽寬敞的地方，起二層三層蓋洋房、修莊園，主人根本不用動一磚一瓦，就可以大搖大擺地住進去。有錢人在大城市買房，不是一間一間地算計，而是把一個單元或一棟別墅直接劃在自己的名下。有錢人哪兒受了氣，在哪兒用錢把硬氣贖回來。有錢人吃一桌飯的錢，窮人一年都賺不來。有錢人的一條菸，就是一個

## 三十五

工薪人員一個月的工資。幾百萬、幾千萬的現金，堆在你面前，燒手，看你敢不敢接，也壓人，看你敢不敢擔。人一生要不轟轟烈烈地冒一次膽，賺一把錢，爹娘就白生了你。不會賺錢的人，連老婆也可能跟別人跑了。錢，就是硬道理，錢，就是生命線。不怕你猴子不上杆，就怕你銅鑼敲不響。

這山裡挖煤，不算太複雜，可有的人就是賺不了這種錢。大馬司十分清楚，那些把自己辛辛苦苦積攢下的幾萬、十幾萬塊錢扔進山裡頭的，大有人在。這些人沒有吃山的命。沒有關係不行，只有關係也不行。沒有關係可以培養關係，有了關係也可以失去關係。如何把關係用足用好，才是賺錢的法則。送的太少了，關係的作用是有限的。送的太多了，又怕得不償失。如今這人，都現實了。小關係辦小事，大關係辦大事。

大馬司腦子裡被錢占滿了，想著全是與錢有關的好事。想著自己日進鬥金的現狀，大馬司甚至想出十年、二十年以後的自己將會是什麼樣子。當然，大馬司也想起自己小時家裡的窮困。娘是一個癱子，嫁給爹以後一連生六個兒子，還沒算完，又接著生出三個丫頭片子，生歸生，卻不知怎麼養育成人，多虧有個奶奶，跟在這個娘的屁股後面，挖屎弄尿地拾掇，不算怎麼乾淨利索，終究還是一個一個地養活大了。老大的一雙鞋一件衣服，經過縫縫補補，一直能穿到老六的身上腳上。爹倒算是一個做買賣的，可也不正經做，整天吃喝嫖賭的，也賺不下幾個錢。要只憑爹賺的錢來養家糊口，全家人都得去喝西北風。全仗了奶奶娘家的幫襯，兄弟姐妹九個冬天流著稀鼻涕紅著凍傷腳，夏天跪著積雨水光著赤脊背，沒規沒矩沒章沒法地長成人。大馬司排行老大，剛出生，一家人喜天歡地的，看著他虎頭虎腦的樣子，全家人都寵著慣著他，奶奶常把他的小毛腳往自己嘴裡填，稀罕，從心底裡親。可他還不到一周歲，老二已近臨產，接著老三老四，一一輪番出生。大馬司成了義務保育員，抱著老二引著老三喊著老四，滿村亂跑。轉軲轆轉狗狗，千萬不要轉下頭手手。上學，上不到心裡，又沒人強求，背著家裡人翹課曠課，和那些年齡大的好吃懶做的混混們亂竄。小撇子、森森，這些小時耍過的夥伴，在一起時總想出一些破壞搗亂的歪點子，他們走到哪兒，哪兒就會有災難。再後來，憑著一點拳腳功夫，來到小碼頭，整天爭鬧打鬥，合碼頭人沒有待見的。他們跨過碼頭橋，又把壞印象帶給了城裡人。那時，大馬司根本沒想到，自己有朝一日，能賺到這麼多的錢。想完以前想未來，想完了好事想壞事，大馬司也逼迫自己往壞事這方面想一想。他有意識地往自己目前的困境想去。這時，張天寶的形象又一次冒了出來。

大馬司心裡不能存太多的事情，想起張天寶，就馬上給他打電話。

大馬司把張天寶叫到自己辦公室。面對這個吃裡爬外的叛徒，大馬司一肚子的火氣，但表現在嘴上的語言卻不軟不硬：「你和小最最的事我已經清楚了，而且，麗麗這邊你也有了想法。你知道，我最痛恨的是什麼，你也知道，我這個人是一種什麼脾氣，換了別人肯定是白刀子進紅刀子出。看在你跟了我這麼多年的分上，你也確實為我做了不少事，我就放你一馬。我好事辦到底，讓你喜歡的小最最堂堂正正地跟你過人家吧，史經理那邊我也說好了，他答應不再糾纏了，你也知道殺父之仇奪妻之恨是什麼結局，小最最雖不是史經理的妻，但稱妾不為過吧，這已不是什麼祕密了。我與史經理坐了半個晚上，總算把他的彌天大火澆滅了。明天你到會計那兒拿上兩萬塊錢，算我給你的新婚置辦一套傢俱吧。再在我這兒幹下去，是不可能了。」

長得人高馬大的張天寶，最後竟跪在大馬司面前一把鼻涕一把淚地號哭起來，感恩聲、道歉聲不止。任大馬司怎麼勸都不肯起來。最後，大馬司自己走出門外，麗麗才把張天寶打發走。

## 三十五

把小最最指配給張天寶，史經理並沒有意見，甚至可以說是給他甩掉了一個包袱。原先，小最最這塊田地是史經理開墾挖掘出來的，一隻醜小鴨，一夜之間蛻變成一隻白天鵝。相當長一段時間，是史經理苦心經營並精心侍弄的一畝二分水地，可這土地肥沃了連草都想長進來，而且這水地並不拒絕。漸漸地，史經理也放任不管，任其瘋長。小最最已然是一個爛貨，憑著一身騷姿狐氣，到處獻身，連帶著色彩的各種小型洗浴中心她都常常光顧。和她過人家，張天寶等於渾身都戴著綠帽子。比起從村裡帶到城裡的鄉村姑娘，她有無窮無盡的花錢欲望，張天寶能不能駕馭，以後能不能過成日子還是個謎。這是大馬司對張天寶的懲罰，也是將計就計。你不是待見這個小妖怪嗎，就讓你待見，不待見也不行。有了大馬司的「指婚」，身無著落的小最最自然是抓住了一根救命稻草，有了先前的染指，你張天寶也曾有過虛擬的山盟海誓，這假戲必須真做起來。至於張天寶如何安排自己那位村裡來的姑娘，此為後話。

# 三十六

張天寶長得人高馬大，虎背熊腰，臉上的橫肉紅中帶白，年輕時肯定是姑娘們都愛見的白馬王子。跟著大馬司多年，發福了。原先聰明的腦袋，又增加了不少智慧。他不是一個沒有心機的人，不然，也不可能從一個鄉下人一進城就取得了大馬司的信任，而且一做就是多少年。眼看著趙二狗這樣的莽野之人倍受寵愛，而自己因一時不慎被逐出「家」門，狗失其主，必遭欺凌。張天寶盤算著自己的出路。

這一天，他帶著小最最開了一輛桑塔納小轎車（他在天長順酒店外出辦事專用車，是臨走時大馬司贈予他的禮物），來到與八騾煤礦平行並進的另一條溝，這裡是非非的煤礦。他想取得非非的信任，做一份像趙二狗那樣年薪百萬的工作。車剛開進溝不久，他發現有兩個人在半山溝梁上轉悠。憑直覺，他覺得機會來了，便停下車來，對小最最說：「今天中午，你就等著非非大魚大肉請咱的客吧。」

張天寶下了車，繞著溝叢山脊，來到離二人不遠的地方，從身上掏出一個小本本和筆，胡亂描畫起來。等兩人走近時，張天寶已畫好一張地圖。

看著張天寶畫圖的那份專注，那兩個人躡手躡腳地湊了過來。

「這位朋友，你這畫的是什麼呢？」

張天寶回頭看了看兩位，悄悄說：「同行同道的，不要裝傻裝痴了。」

## 三十六

那兩人看上去也就三十歲左右，張天寶順便問：「剛出山吧，連個路也尋不見，還能找見偷拍的竅門？」

那兩人像是遇到了知己，圍在張天寶身邊，兩臺攝像機也放在了地下。「向前輩請教請教，初來乍到，請給予指點。」

「有證件沒有？」

有一個人拿出記者證讓張天寶看。張天寶看過之後，馬上扔了回去，說：「你哄三歲小孩啊？」

「真是個老江湖呢，一眼就被你看穿了。」

「讓我看看你的膠捲，能不能過關。」

二位便打開攝像機讓張天寶看錄影。看完，張天寶說：「不行，距離太遠，圖像也不清晰。」

「那怎麼辦？」

張天寶想了想，說：「看你二位大老遠來這裡也不容易，就幫幫你們吧。」張天寶讓二人看自己剛畫下的地圖，接著瞧了瞧周圍，才說：「你倆瞄的這個煤窯，確實是個黑口子，但剛開不久，而且是時開時斷，出炭量也不多，真就是晒出來，意思也不大，就怕白乾了。你倆看清我畫的這張地圖，就是翻過這座山的另一條溝，那裡有一座黑口子正熱火朝天地開著呢，每天都有大把大把的人民幣入帳，那可一條大魚。從哪裡進，從哪裡出，要拍的真貨，你要拍攝的地點，以及礦主的電話，我這裡都記著呢。」

「這不是你正在做的事，我們怎好意思奪人之美呢？」

「我的文章已見報了，不過先上了一個小報，他們也答應過要盡快消除影響而不再擴大。我這次就是來負責商談的，隨便再採幾個點，看樣子今天油水不會太大了。」
「沒想在這荒山野嶺還遇上知音了。」
「不用我再教你倆怎麼做了吧？」
「謝老兄好意，你能給我們你這張圖嗎？」
「咱做一個小交換，雖然你們這膠捲不太值錢，但也算一個小憑證，以後也許還有點用。你們給我膠捲，我給你們圖和電話。」
「行，咱說話算數。」
兩人拿了圖紙，張天寶取了膠捲，各自分手了。
張天寶下山鑽進小車裡，對小最最說：「辦妥了。」
非非的煤窯開在比較隱蔽的深溝裡，從外面看，規模不是很大，一進到礦區，卻十分壯觀。
張天寶的小車被門衛堵在礦區外。
經交涉，放行。張天寶把小車直接開到了非非臨時辦公的一處挨樹林的小房子旁。
走進小房子，張天寶拿起擱置在床頭的那部攝像機（兼攝影功能），把那膠捲安放進去。
非非正在看電視，聽見響動，轉過頭來，看到張天寶和緊隨其後的小最最，問：「大老遠的，帶上你的美人給我顯擺來了？」
迎著非非這句話，小最最扭了一下嫵媚的腰肢。
張天寶說：「閒話少說，你這裡攤上事了，攤上大事了。」
非非說：「神祕兮兮的，莫非有人要斷我的財路？」

## 三十六

「你看看再說吧。」

張天寶把手上的攝像機掘開，讓非非往跟前湊了湊。圖像開始出現。沒幾分鐘，看完那盤膠捲，非非說：「這不就是咱煤礦的遠景圖嗎，有什麼大驚小怪的。」

「你認得就好，你承認就好，就怕也有人認得，也要你承認。你知道我這膠卷是從哪兒來的嗎？」

「是不是這兩天人們到處在傳說的那些小報黑記者？怎麼，這麼快就瞄上我啦？」

「掏錢吧，沒有五萬十萬的，你能打住？」

「該掏就掏吧，怨咱命苦，不怨政府，有錢大家花，誰有本事誰就來花這錢，有啥辦法？」

「多虧讓我碰上了，不然你中了野槍都不知誰放的。」

「你這是邀功請賞哩吧？」

「當然，你可以不把這當回事，但你保不準哪一天就有類似的危機再一次來臨。」張天寶說著，把膠捲從攝像機裡取出來，裝進自己的口袋。

「還有一件事想告訴你，這倆人是新手，我哄騙他們說拍到的這個膠捲不能用，隨後那兩個記者被我打發到八騾煤礦了。如果不出意外，今天，最遲明天，大馬司得放一次血，往少裡說，也得五萬。」

「這記者就這麼厲害？他們怎麼要錢？」

「把拍到的內容，加一段文字，說這是某某縣某某鄉的一處私開黑煤窯，儘管國家各種法律法規明文禁止私開濫挖國家資源，但這裡的黑煤窯卻久禁不止，不知道那些執法部門的人整天在幹什麼，不作為造成了國家資源的巨大損害。然後撥通礦主的電話，讓一個代表和他們見面，在攝像機上給你播放一遍。告知你馬上要送省臺播出。要想消除後果，請拿錢來。宰你沒商量。」

「為了把黑煤窯開下去，你只能乖乖把錢送上來。報案也沒地方報，也不能報。」

「是啊，你是花錢免災哩，還是破罐子破摔哩？縣上鄉里也要跟上你倒楣，說不定有的官員還要跟上你受處分免職哩。」

「大馬司這下有好戲看了。你這曾經的部下，也真夠狠的。這叫恩將仇報，過河拆橋，你知道嗎？」

「這種事不定什麼時候就突然來了，也不能全怨我，今天是讓我碰上了，而且他們根本神不知鬼不覺地已經把證據拍到手了。這種事盯住誰家誰家倒黴，那麼遠來一次，他們肯定不會空手而歸的，這點你放心。這邊不倒楣，那邊倒楣。今天遇不上，明天就可能遇上。以前我專給大馬司擦這類事的屁眼，現在人家不用我了，我總不能死皮賴臉地給人家服務吧？熱臉蹭人家的冷屁股，這類事我不幹。」

非非說：「你這叫不叫扛上攪茅棍往主人臉上抹屎？」

張天寶說：「我這叫走出地邊邊，翻了眼圈圈。偷人的事是我幹的，但我不承認，你拿證據啊？」

非非又說：「你很現實啊，吃著誰家的飯，辦著誰家的事。」

張天寶搶住非非的話頭：「大馬司不給我飯吃了，當然我不會給他辦事了，辦了人家也不一定買帳。可現在你也沒給我吃飯呀，我給你辦了一件大事，同時還替你掘了一下你的勁敵，這點你知道就行，就怕給辦了好事，也討不上一點好哩。」

小最最終於插上了一句話：「他這人就這德行，謀上一件事，往死里弄你。成事不足，敗事有餘。」

非非不無曖昧地看了看小最最，突然問張天寶：「現在要是我聘你為我做事，你有心思沒有？」

「可以考慮，但名譽上和實際上都得是副礦長待遇。」

「你這人的德行，我知道，兩樣東西少不了，美女和美酒。美女能陶醉你，美酒能麻醉你。有了這兩樣，做事的勁頭才能提起來，沒有這兩樣，就是篇了的黃瓜、落架了的茄子，再說啥也是假的。這樣吧，咱現在回縣城川味酒店吧，這裡只能給你吃一碗麵。回去給你擺一桌酒席，讓你和小最最美美喝幾盅，把你的嘴堵上，然後咱再說正式聘你的事。」

「就這樣了一件於你於我都比較開心的事？」

「為了獎勵你今天的表現，飯後到會計處領一萬元現金，這總可以了吧。」

「就按你說的辦吧。還看以後的事你怎麼對我哩。」

三個人即刻動身，回縣城川味酒店喝酒談事。

非非自己開著小車先走一步，張天寶拉著小最最緊跟其後。

張天寶看著前面非非那輛賓士，對小最最說：「可惜這麼好的車在他手上給糟蹋了，像是一頭笨牛拉著一輛人力車，連我這破大眾車也跑不過。」

小最最說：「人家是賺錢的老闆，平時有專門的司機，今天單獨和你談事，也許有點不便。男人會賺錢就行，哪像你這頭野狼，只會開個車。」

張天寶說：「這山路開上個嶄新的賓士，是引上新媳婦往垃圾堆裡走哩。在這深山溝裡，能擺出什麼譜來？咱這大眾，是汽車廠家專門為這山路製造的，耐摔打。」說著話，他同時騰出一隻手來，伸過來在小最最臉上捏了一把，說：「我這只野狼，你這個狐狸精已經不稀罕了，有本事今天吃飯你逗逗那頭笨牛，看他能不能聞出你這身尿臊味？」

小最最用手捅了一下張天寶，口上連連說出「討厭鬼」三個字。車身向左右晃了晃，張天寶說：「你不要命啦？」

在一個路口，張天寶提示小最最：「你往山上看看，那兩個記者應該差不多拍完走人了。」

小最最扭身向外面的山上看去。

張天寶用胳膊肘頂了頂小最最，示意她往前看。

果然，又走了不遠，那兩個記者正在前面的路邊站著，像是要等著搭一輛車。

張天寶趕忙把遮陽板放下來，又迅速戴上了墨鏡，對小最最說：「不要說話了，不能讓他倆認出我來。要認出來就壞菜了。」

小最最把扔在後座上的那件棉大衣拽過來撐在自己胳膊上，這樣，副駕位置的兩個可視點都給遮擋了。

小車急馳而過。一團煙塵把那兩個記者煽回去好幾步。

張天寶隱約聽見有叫罵聲傳來。

小最最也小聲嘟囔著：「不坐就不坐吧，還值當你這樣欺負人？壓死人你也不要想活。」

張天寶說：「這些人壓死一個算一個，整天幹的沒有一件人事。」

# 三十六

走出一段距離，張天寶又說：「這兩人要真擋住了非非的那輛賓士，就有意思了。他們要找的人，就是正給他們開車的人。坐上人家的車，再訛上人家的錢，多有意思，就像你一樣。」

小最最一時沒有反應過來這最後一句話的意思，半天也沒醒悟過來，像正月裡被人撓癢了一下，臘月裡才想起來應該笑笑似的。走了一段路，小最最才反擊張天寶：「你以為你有多高貴，好像我想訛你似的。這話倒對你特別合適。討誰的便宜，害的也是誰。」

張天寶說：「你連句話也說不了，這叫吃誰恨誰，挨誰搞誰。」

小最最說：「像你這種人，純粹是社會的毒瘤，放到哪個肚子裡，哪個肚子就要腐爛。」

張天寶打住這個話題，把小最最的一隻手摁在右手的方向盤上，自己搭在上面的手控制著車身。小最最不敢亂動，生怕小車因自己的舉動而發生事故。張天寶一邊撫摸著小最最的手，同時掌控著方向，一邊對小最最說：「你好好想想今天中午怎麼和非非喝酒吧，你要表現得好，咱今後就有大錢可賺好事可享了。」

小最最說：「這兩天客人來了，我不想喝酒，恐怕會讓你失望哩。」

張天寶說：「什麼客人不客人的，不就是每月來訪幾天的老顧客。不行，不僅要喝，還要想辦法讓非非喝醉，這樣咱才能謀到非非給咱的一個好職務，好職務錢也賺得多。我要有了錢，你還不是貼天地活？」

小最最說：「非非那小酒量，你還不知道？二兩就喝成紅臉關羽了。你還沒進入狀態哩，他就先給放倒了。」

張天寶那粗大的手在小最最的綿軟的手上捏了捏，飛快地離開方向盤放在自己的鼻孔外嗅了嗅，又飛快地掘回到小最最的手上。小最最剛要抽手，就又被掘在方向盤上了。張天寶口上說：「不想活命了？車速這麼快，你要咱兩人都飛到溝裡去？」

小最最的手聽話了，被掘在方向盤上一動不動，任由張天寶揉搓。

張天寶接住剛才的話：「男人和男人喝酒，越喝量越大，二兩的酒量能喝成半斤，半斤的酒量能喝成一斤。男人和女人喝酒，半斤的酒量二兩就暈糊了。要遇上你這樣漂亮的女人，男人醉得更快，酒不醉人人醉人啊。男人一醉酒，啥的事也敢給女人許諾。這樣，就喝到份上了。」

小最最搖了搖嫵媚的臉盤，說：「你就不怕把我喝到非非的床上去？」

張天寶笑了笑，說：「對我而言，好不容易才遇上這麼個漂亮多情的女人，怕。對你而言，有老江湖的一套本領對付他，不怕。對非非而言，睡你一次也影響不了他睡別的女人，更不怕。」

小最最用頭輕輕頂了頂張天寶的腰部，有點嬌嗔地說：「你們這些臭男人，見到美女，就像貓聞到腥似的，控制不住。」

張天寶鄭重其事地說：「據我了解，非非在男女問題上一直是很謹慎的，沒有把握的事他不會去做。個性倔強，做事狠絕。他這人對錢的興趣比對女人的興趣大得多。他曾對我說過，女人禍水，美女敗家。」

小最最糾正：「什麼女人禍水，是紅顏薄命。這種事情是一對一的，說女人是禍水，誰讓你男人來蹚這盆禍水來？說一個女人壞，肯定也會跟著有一個壞男人。」

這話題讓小最最突然想起一個人，就說：「你聽說過一個叫城鄉路的人嗎？這人可是個不被美女迷惑的人，連大馬司和小撇子都很怯懼他。」

## 三十六

「聽說過，他和小撇子是鐵股子，和大馬司也是小時的朋友。怎麼，你招惹過他，他不從？」

「那次在天長順酒店吃飯，當著大馬司和我們三個女人，和小撇子幹了一架。當場把小撇子身邊的那個漂亮姑娘給趕走了。」

「那個姑娘我見過，人是長得不醜，死纏皮，黏在豐盛昌總經理辦公室，把那小撇子折磨得可以，還說要給他生個胖小子哩。」

「可那個城鄉路讓她三天內從縣城消失掉，這話能不能生效？」

「這城鄉路是個厲害人，我估計小撇子只能用錢了斷了。」

「這個姑娘會答應嗎？」

「你知道大馬司這個人的脾氣吧，小撇子也差不多，這城鄉路你別看他沒有這兩個人有錢，橫起來都得買他的帳。這小碼頭出來的人關鍵時刻都敢玩命。這姑娘要不離開小撇子，別說你要遭禍，就連小撇子也別想好過。這個人想好的事必須落實。」

「這下，有好戲看了。」

張天寶看了看前面的路，說：「快到了，酒癮來了吧？」

小車拐進縣城時，路上的行人多起來，小最最突然把手抽了回來，像上了當才醒悟了似的說：「你的左手又不是殘疾，不會控制方向盤？硬讓我的手被你掘在你的右手下，一路上擔驚受怕的，坐得我好累好累。」

張天寶忙說：「咱有難同當，有福同享。」

小最最撇了撇嘴，說：「今天這酒，你不要指望我，看你自己的表現吧。」

張天寶說：「看情況吧，我今天不計畫喝太多，爭取一瓶打住。」

非非的賓士剛在縣城川味酒店的後院停穩，張天寶的大眾也開進了院門。

張天寶正要開門下車，眼前一幕情景讓他遲疑了一下。院門一側，閃出一個人來，再細一看，是縣上的掛職副書記范偉長。

非非攬著范副書記的腰，先一步走進了川味酒店。

張天寶轉頭對小最最說：「這非非真是個江湖大盜，把縣上的領導也不知不覺地擺進自己的棋局了。也是咱倆有緣，今天能與縣領導共進午餐了。」

小最最說：「權哥哥，錢弟弟，分不開。嫩手手，銀碗碗，合得來。」這話，讓張天寶驚愣了半天。

# 三十七

八縣煤窯假記者詐騙的同一時段，回頭峰煤礦也發生了一件讓小撇子欲哭無淚的怪事，把礦長和分管安全的副礦長折騰得死去活來的。

坑下煤頭工作面出現小股塌方冒頂，造成一個外省工人死亡。當天下午，礦長讓人就近在山野外埋了人，那死者樣子慘不忍睹。只一天時間，從外省趕來五六個家屬，有亡者女人、有孩子、有父母親，哭著喊著，要見丈夫、見父親、見兒子。礦上把遇難家屬安排到城郊一家賓館，好吃好喝侍候著，美哄著。他們穿著白喪衣服在賓館進進出出的，挺惹眼。

小撇子坐了一輛車來到賓館，想安撫一下，畢竟是為自己煤礦出過力流過汗的工人兄弟。夜色中，小撇子看見有兩個鬼似的穿著白衣服的人在賓館樓上樓下胡竄亂奔，借著酒氣耍酒風，揚言要到縣政府告狀去。小撇子快速走進一間客房，問礦長：「這兩人是誰？」礦長回答：「是剛到咱礦沒上幾天班的外省工人，這死者是他倆前兩天才介紹進來的，說是他們一個村的，是叔伯兄弟。上班頭一天就被壓死了。」小撇子說：「這安全礦長是怎麼當的？照這樣下去咱還不賠得鍋也砸了。快事快了，二十萬到三十萬，盡快了結此事。拖長了，對咱礦上影響不好。」礦長說：「這事你不要管了，今晚你就回去吧，和這些人也說不下個三長兩短。我馬上就辦，明天就打發他們回家。」

第二天，小撇子打電話問礦長：「那夥人，還在不在？」

礦長說：「剛被我說服了，好說歹說，最後以二十五萬成交，我估計今天上午他們看過屍體，下午就可以返程了。錢我已經準備好了，等他們臨走時，再一次性付給，省得反反覆覆沒完沒了。」

小撇子說：「行，就這樣吧，咱派車把死者家屬送到火車站。臨走，再好好招待上一頓飯，一個大活人說沒就沒了，遇到誰家也不好受。」

晚上，森森在老溫澡堂叫小撇子過去喝酒。小撇子心裡正鬱悶著，恰好和朋友排遣一下，他安排司機買了一箱白酒和一堆肉罐頭，匆匆忙忙趕了過去。

小撇子通過叮噹作響的檯球廳走進一間風味小吃鋪，從一扇小門來到老溫澡堂。澡堂裡沒開燈，他黑咕隆咚地找了半天，也不見一個人。澡堂今天好像是歇業了。最後，他來到他以前上班的一間小屋，仍然沒人，正要返身走出，突然有人叫住了他。原來是森森。

森森一個人躺在一架鋼床的上鋪，就著窗外射進來的一線光亮，正在看書。

在森森翻身下床的時候，小撇子撿起扔在床上的幾本書，看了看，又扔回床上接著說：「以前耍槍弄棒的武林高手，現在成了民間學者了？」

森森回答：「以前咱還真不懂，家裡人整天讓看書看書，我老覺得那破書有什麼看頭。現在，我是一天不看書心裡就癢癢，這書還真想多看點哩。古人講，『萬般皆下品，唯有讀書高』，還真是這麼個道理哩。」

「你不是又在為趙縣長講課做準備吧？那些奇談怪論，不是都從這書上來的吧？」

「你這土包子，不懂了吧？毛主席教導我們說，書要活學活用，不能急用現學。你要帶著問題看，把書上的知識與你的經驗結合融匯在一起，不能死看。其實，好多書都把你的成功與失敗寫到了，勤看書能避免你走很多彎路。你要有興趣，我先給你選擇幾本，看了你就知道了。」

## 三十七

「我辦公室的書架上書多得是，中外企業成功人士的經驗與教訓都寫在上邊了，只是我沒時間去看。」

「磨刀不誤砍柴工，當領導不能老讓細七碎八的雜事攪纏住，要你那手下的人幹什麼？你沒看進去，說明你還不知道其中的好處。那些太深太玄的理論，你也一下看不進去，況且也不能只看一些企業方面的書，各方面的書都得看看，我先給你準備幾本入門的書吧。你這種人有許多惡習難改，老讓我說你。可你從心底裡總是不服，看的書多了，你就知道我的用意了。」

小撇子將信將疑地說：「試試看吧。」

森森又對小撇子說：「那個漂亮姑娘打發了沒有？」

小撇子的長鬍鬚抖了一下，回應：「因為這個姑娘，你要和我玩命，我敢不打發！你這人，見我有好事就看著不順眼，我要是那號重色輕友的人，非和你拚命不可。摘不到葡萄說葡萄酸，咱以前連二婚女人都沒人跟，現在好不容易有年輕漂亮的姑娘撲閃，卻被你一拳頭打飛了，你是見不得窮人過年。」

「我還真給你說清楚，你再不要動這念頭，叫我碰上，見一個打飛一個。除非你把我打飛。」

「人家大馬司身邊是美女如雲，我就這一個，你也不容。」

「那當然，大馬司我怕是管不了了，你這裡不一樣，你是黨和政府公認的大人物，是為老百姓造福的人物，你的一舉一動都有人關注著。你沒有事還有人想給你編出點事出來，你要真有點緋聞傳到社會上，你的好名聲就打了反拍子了，不把你打得喘不過氣來才怪哩。你不可能為了貪圖那一塊臭肉就前功盡棄了吧？再說，雙莉這邊我也得負責到底，這事咱們當初是有約定的，你忘了？這樣的好女人，你要不懂得珍惜，就是你瞎了眼了。你以為她就是一個傻子？你那四兩半斤我不清楚？你現在是有名望、有地位、有金錢的人，當然有人撲你，史雙莉是在什麼情況下跟的你，你混了心了？」

這時，老溫已站在兩個人身後，他打斷兩人的爭吵，把他倆引到了澡堂的餐廳。

老溫女人把自己炒的幾個菜端到桌子上的同時，小撇子的司機也把幾個肉罐頭擺了上來，接著把酒也拿了出來。

森森一看這來頭，馬上就是一段順口溜：「天一頓，地一頓，美酒好友喜相逢。昔日耍尿小撇子，今朝老闆是趙董。」

小撇子馬上按住話頭，說：「快不要吟那些酸臭詩文了，我這裡正在火燒曹營，你還在那兒東吳招親哩。」

老溫問出了什麼事。

小撇子把礦難之事來龍去脈地說了一遍。

森森一本正經地問：「那女人和孩子是真哭真悲傷，還是假哭假悲傷？」

小撇子瞪起眼，長鬍鬚也煽了起來：「誰家死了丈夫死了親爹，還有假哭假悲傷的。」

森森說：「你不是親自見過那穿白衣服的人了？真是他們的親人？」

這一說，讓小撇子有點發愣，想了想，說：「你別說，還真有點不對勁。」

森森說：「你也是個傻子，遇事就不能冷冷自己，往別的地方再想想？你錢再多也不是這麼個花法吧，你把錢給老溫和我，哪怕三萬五萬，我們一輩子都念你的好哩。你這錢，搗得蒜也不麻了。」

# 三十七

小撇子半天無語。

森森繼續分析：「我估計，要是假的，他們連屍體都不會去看，拿上錢就走人，還怕你看出毛病反悔哩。」

小撇子馬上拿起手機，接通礦長的電話，問明情況。果然，礦長那邊回話：「這些外鄉人，真是認錢不認人，根本沒有去看看死人的想法，連送車站都不讓送，拿上錢就走了。」

森森這邊聽得一清二楚，口上連說：「經典之作，經典之作。」

小撇子問怎麼回事。

森森看著老溫女人走回廚房，直奔主題，壓低聲音，先說另一件事，他說：「那個死皮不要臉的姑娘到底走了沒有？你剛才沒給我說清楚。」

「扯這些寡話有啥用？」

森森鄭重其事地說：「很有用，有大用。你現在給我說清楚。」

小撇子說：「開始她嚇唬我說，已經懷上了我的孩子。到醫院一查，沒有。她確實怕再見到你，也覺得跟上我不會有太好的結果。在醫院，我一次性給了五萬塊錢，打發走了。」

「這就對了，你以後要在這方面慎重點，別玩走火了。」

小撇子把話頭繞回來，說：「你給我說說這假礦難的事吧。」

森森拾起前面的話題，一步一步地給小撇子分析。

「礦難的整個過程都是按規程設計好的，一步都沒差。他們一步一步地做，你一步一步地跟，這套子嚴絲合縫的，你不鑽進去才怪呢。別看我沒到現場，一算一個準。」

小撇子一時納悶，長鬍鬚也軟了下來。

森森把全過程給小撇子演說了一遍：「每天咱火車站，汽車站都有外地來這個煤炭大縣打工掙錢的人，當然，肯定也就有接站介紹工作的人。有的可能是老鄉，有的根本不認識，是經人介紹對接上的。通過幾倒手，由你礦上一兩位工人引見，來你礦上上班。上一兩天以後，他們在坑下把這個新工人一錘砸死，或故意碰死，再製造一個冒頂事故。等你的安全員到了現場，只能看見一堆炭渣埋著一個人，根本不可能往其他方面想。號稱是老鄉同村的跟前人，在你面前給死者的親人打電話，一兩天之後，死者的老婆孩子就趕到了。他們預先安排好分工，有扮演老婆的，有扮演孩子的，在你面前感天動地地號哭一番，就來表演尋死覓活，並揚言要到縣政府告狀去。縣裡把安全看成是頭等大事，縣長都與省市簽過軍令狀的。實際上各煤窯死人現象經常有，有不少都不報縣裡，報上去縣裡相關官員要被問責甚至處分，對死人的煤礦絕對要封殺並罰款，逼得你趕忙處理事情，最好速戰速決。這種時候，你的錢就不是錢了，你面前的這女人孩子都是比爹娘還貴重的角色，恨不能用一捆一捆的錢把他們砸回去，花錢免災，盡快結束這傷氣敗運的事態。這種心理他們研究得比你透徹。等事成之後拿到錢，他們再到暗處分。一個完美的人為事故就完成了。隨後，他們在背後還在笑罵：咱們又遇上一個傻子了。然後再去物色新的對象。你回去查吧，那兩個肇事工人肯定不會再在你礦上幹了，幹了幾天的工資也不要了。改天就又到一座煤窯進坑了。」

「這些人就沒有一點人性？拿一個大活人往死里弄？」

「世上什麼樣的人渣沒有？人裡什麼樣的邪事不能發生。比起在坑下死受活受掙你的那點錢，這

## 三十七

樣來錢快而多。至於那個死者，是哪裡人誰也不知道。反正家裡人以為是出來打工來了，又不知去了哪裡，即使知道在哪裡，幾個月後，還不定又跳槽到哪個煤礦或哪個企業了，誰能說清楚？」

老溫說：「咱不說這些噁心事了，喝酒吧。」

小撇子一直鬱悶著，身在澡堂，心卻還掛著礦難這件事。他像個機器人似的，森森說讓喝幾個，他就喝幾個，醉了沒醉，自己也不清楚。老溫阻止住森森的勸酒，主動邀請森森喝起來。時間不長，老溫叫來司機，提前把小撇子送走了。

為了落實森森的這番分析，小撇子讓辦公室主任到埋人的野溝裡挖出死者，看身上頭上有沒有錘棒等硬物砸傷擊打致死的痕跡。再問那兩個工人在不在礦上上班的情況。經落實之後，情況正如森森所言。

小撇子如夢方醒。

與此同時，小撇子也了解到，礦長在處理礦難事故中有很多讓人費解的事情發生。第一，安全員發現事故現場有可疑的人為痕跡，他也如實地向礦長做了彙報，礦長對小撇子彙報時卻有意地避開了這一細節，致使事態一直往製造礦難者的圈子裡猛鑽，在源頭上沒有把好關，無意中慫恿了那些所謂的家屬們的肆意鬧騰。第二，處理事故的雙方談判中，本來已有二十萬成交的意向，可在正式簽訂合同時，礦長卻寫成了二十五萬，這等於把礦上辛辛苦苦賺來的五萬塊錢無端扔出去了。

基於這兩點原則性錯誤，小撇子認知到：新礦長人選亟待考慮。

# 三十八

正是煤炭價格突升猛長的時候，村裡的老百姓、路邊的小商販、商場大樓做買賣的，等等，都紛紛摩拳擦掌，籌備錢物，一窩蜂地開起了小煤窯。一條大溝，幾十個甚至上百個煤窯口子絕對不帶誇張的成分。

有證的加快節奏地開，沒有證的小偷小摸地開；有關係的半明半黑地開，沒有關係的時走時在地開。村裡的人，趁著月黑夜深的後半夜，在離家不遠的溝下地邊，刨開荊叢灰渣就是炭，一家人幾個小時挖出一三輪車炭不是問題，天亮時倒在自家院裡，積少成多，找一輛運輸大卡車，幾千塊錢到手。風聲不緊的時候，一家人再來到用荊叢石塊掩蓋的小煤窯，再挖出一車，打的是遊擊戰。也有從城裡來的商人或職員，仗著拐彎抹角的一點關係和苦打實熬存下的幾萬元，想撲下身子大幹一番，結果坑口選得離煤層遠了些，只見炭渣不見炭，幾萬塊錢比打水漂走得都快，又遇上常有縣鄉煤管部門突查，不幾天，一分錢沒見著就再無能為力了。也有的人開了一半不見炭，賠錢賣給別人，別人再挖幾米卻見到了烏黑發亮的煤炭。賣者自罵「財運不濟屁衝了眼」，而買者自詡「命裡有財低頭拾寶」。

錢，是一個能讓不少人眼紅心黑六親不認的東西。錢，是一個能把紅燈變綠、法紀走虛的東西。本來是老祖宗留下來的煤炭，一夜之間突然變得值錢了，本應有所隱藏的私欲，不顧一切地開始暴露了，誰搶住有煤炭的地盤，誰便擁有了金錢，也就擁有了吃香的、喝辣的、穿金戴銀、住

## 三十八

洋房、開轎車、抽高級香菸的資本。私挖濫採，絞盡腦汁，明知法律是一條紅線，但用野蠻、用權勢、用背景超越紅線的人比比皆是。刨開山洞，排過雜石，取出煤炭，賣出掙錢，這種簡單的遊戲，並不需要多少智慧和知識。膽量是謀取的前提，金錢是享受的資本。這一時期，這個特殊的地域，有煤的溝梁地面，黑塵灰煙彌漫，大小車輛穿行。綠樹草坡長了幾十年幾百年，在一瞬間變得支離破碎，殘損無形。

誰也沒有精確地計算，這個地域到底因大小事故死過多少人，甚至連一條溝裡死了多少人也不知道。那種短期快速小型的挖煤方式，是一種帶有掠奪性的開採。今天幹，明天能不能幹還在兩可。買窯柱，支洞頂，修路面，都是要花錢的。花了錢而無法保證更多掠奪的舉動，很少有人去辦。即使辦，也是很簡單地搞搞，為了更多更快地縱深挖煤。這樣，安全係數就是零，死人的事就時有發生。洞內坑外，煤場路面，都有死傷者。村裡一家人突然失去一個男兒的事，不足為奇。工人拿上預付工資跑掉，工人暗中害死窯主，不是沒有。正規炸藥買不到，就不能在有限時間內更大程度地採出煤炭，土製炸藥便應運而生。沒有規則地使用和沒有安全地保管，導致土製炸藥隨時可能爆炸。有人形象地說：那些耀武揚威的老闆手上的錢，每一張上面都沾著鮮血。

百萬富翁，對一般人來說是一個神奇的傳說，而在這裡，幾個月產生一個百萬富翁絕不是假話，千萬富翁也能一數一大串，億萬富翁也大有人在。高級豪車，摩天別墅，隨處可見。

生命，成為豪賭一把的抵押。賭對了，人間天堂一座。賭輸了，地獄之門一扇。激情與慌躁，渴慕金錢的到來。緊張與疲累，無視死亡的光顧。

一個只有幾十戶人家的小村，開了十幾個飯店。

與煤炭相關聯的產業，洗煤廠、焦化廠、選煤廠等紛紛撐起門面，建場立房，與時俱進地發展起來。煤化產品的深加工，煤炭升級的新產業，又一次在華北、在港口、在月臺，高歌猛進，捷報頻傳。

石城縣，是個小到幾乎可以忽略掉的小縣，一時間在北京、上海、深圳、香港等地聲名大振。在各種車展中，兩輛被開走的豪車中，至少有一輛是被石城人開走的。在背山面海的高級別墅區，常能聽到有石城口音的人進進出出。石城大街上，悍馬、賓利、賓士、寶馬、路虎等各種名車每天都在增加，把原本並不算狹窄的道路擠逼得常常出現堵車的情況。不少偶爾路過的外地人，十分驚奇，一個被群山峻嶺包圍的小小縣城，怎麼會有這麼多有錢人？

一派荒莽迷蒙的野山大溝，一座沒有路徑的原始峰嶺，突然出現一條陽光閃耀的入山小路。尋著小路鑽進大山的腹部，滿世界都是珠光寶氣的財寶，人山人不知道自己是該先拿玲瓏剔透的玉器，還是該先挪走閃閃發光的金山。這是現實版的童話世界，這是一生難遇的皇宮聖境。本地人端著金缽滿嘴涎水地啃吃那稀世美食，絲毫沒有顧及腳下也在睜著藍眼的狼狗。從外面偶爾進來的生客，還沒有人騰出太多的時間用心注視。這個世界好像只有各人對各人負責的鏡頭。一條沒有管制的山溪往各種器物和人體身上浸透，有的角落已被積水洇塌，有的腿腳已被腐水泡腫，但所有人都全然不顧。不管本地人還是外來人，都睜著眼睛撲向珠寶。

在石城公安破獲的一起入室搶劫的案件中，不少大小老闆才意識到金錢的危險就在身邊。不用嚮導和內線，這幾個外來盜賊循著豪車，進入豪宅區。先對一個防範意識不強的老闆實施綁架，胃口不算太大的十幾萬現金到手以後，一串電話和一串車牌號也同時到手。幾天以後，石城前五十名排位老闆的資訊都掌握清楚。什麼時間出行、什麼時間回家、走哪條路、坐什麼車、辦什麼事，等等，都被長長地列在一個小本子上。

# 三十八

小撇子是率先被下手的一個。

一個初夏的晚上，豪宅區的一群別墅都臥躺在燈光微醺的城市一角熟睡。剛從一樓浴室走到客廳的小撇子，手裡拿著一塊浴巾，擦著頭上臉上殘留的水滴，著一身舒適綿軟的睡衣，他還沒有坐穩那套皮沙發，就發現門口的過道有一個人影閃動。他迅急站起來向門口走去。一個蒙面人毫不躲避地逼在他面前。一隻手裝在寬大上衣下面，好像隨時準備出示一把凶器，另一隻手指向小撇子，嘴裡發出的聲音低沉而凶狠：「你不要亂動，我要錢不要命。」驚悸之餘，小撇子腦子裡迅速閃過小時在碼頭對人打鬥的一個出手動作，好漢不吃眼前虧，這個人肯定是有備而來的，現在看見的是一個蒙面人，門外還有多少人？不得而知。既然有能力不動聲響地開了他家的防盜門，肯定是一夥訓練有素的專業團夥。硬抗不如智取。想到這裡，小撇子冒出一身冷汗，他聲音有點發顫地問：「我要命不要錢，你要多少？」對方伸出一個巴掌。「五萬？」對方悶喊：「五十萬！」小撇子對自己的全身審視了一番，示意對方睡衣裡不裝著錢。正要轉身，蒙面人喊：「我就在這門道口等著，你在客廳裡去拿錢。」

小撇子在客廳裡的幾處轉悠著，一邊想著心事，一邊不著邊際地亂找。最後找見一把鑰匙，打開一個抽屜，裡邊放著五萬元整捆整捆的現金，他拿出三捆錢，戀戀不捨地走過來，很不情願地遞給蒙面人，說：「這是平時家裡用來買菜買糧用的錢。客廳就這麼多。」

蒙面人手裡，已經握著一把亮閃閃的短刀，拿過小撇子遞來的三捆錢，低聲催促：「太少，再找找。」

聽口音，是外地人，先前咬了兩句普通話，現在露出本色口音了，小撇子更加謹慎起來，他不由自主地往牆根靠了靠。這是小撇子準備打架時的一個準備習慣，防的是背部受敵。現在是一對一，小撇子心裡並不底虛，但有點亢奮的身體已經開始搖晃起來。如果此時對方的刀子要向他逼來，他必須做好隨時躲閃的準備，貓腰側身踩斜步，從下往上，一手擋住凶器，一手發力完成一個黑虎掏心的動作。如果對方是個乾猴身材，身手勁道，他要立即臥地，以迅雷不及掩耳之勢，不顧一切地以「通天刨」完成關鍵一舉，先在對方下部著力，接著不減衝力直達下巴，再至鼻眼。門道中能容二人平行通過，不適合多人對打，即便這時外面再有人衝進來，也只能擋在外側，這樣很便於小撇子發揮。他沒有讓自己的身體再往客廳寬大的地盤移動，對方再逼近，他也不能退卻。小撇子用眼睛餘光看到門道鞋櫃上的一個硬質鞋盒，關鍵時刻這也是他用來晃擋出擊的武器。

盜賊的心態是速戰速決，如果此時讓對方用刀威脅再實施綁架，那就完全被動了，要在對方刀子伸出的一瞬間，做出上述一系列動作。但是，勇鬥不如智奪，在對方沒有武力出擊之前，最好一邊應付著拖時間，一邊用語言交涉著談條件。一般來講，這些盜賊要的是錢，不會沒仇沒怨地玩命。破財保命，這是小撇子此刻首先考慮到的。想到這裡，小撇子對蒙面人說：「樓上臥室的立櫃裡可能有十幾萬，是我用來周轉的資金，你稍等，我上樓給你取。」說著，他身子猛往盜賊跟前一閃，逼開對方一步，以防在他轉身一瞬間對方伸出凶器，然後才轉身向樓梯走去。

小撇子用隨時都會鷂子翻身的步態走了兩個臺階，沒有發現後面有什麼動靜，就加快了上樓的速度。

## 三十八

上了二樓，走進臥室，隨後緊閉了房門，並加了反鎖。史雙莉正在床前整理衣物，見小撇子廉上的長髫鬚一個勁兒抖動，就問：「出什麼事了？」小撇子走到史雙莉跟前，說：「不要說話，外面有賊，快給我手機。」

小撇子著急慌忙地擺弄了半天，才發現這不是自己的手機，裡邊存的通訊錄也只有自己家人和跟前幾個人的。小撇子雙手顫抖著，一時找不見通訊錄，他把史雙莉拽到自己身邊，說：「你快給我接通森森的電話。」

剛接通，森森在那邊說：「怎麼，弟妹，小撇子還沒回家？這狗日的。」

小撇子趕忙說：「我就是小撇子。」語音有點枯澀。

「這麼晚了，還不上床抱老婆睡覺，要我幹啥？」

「寡話少說，我家裡來賊了，快過來一趟。」

手機裡出現短暫的空白，森森低沉而快捷地說：「知道了，你等著，十分鐘以內我趕到。」電話馬上掛斷了。

小撇子又一次檢查了一下從裡邊反鎖了的房門，示意史雙莉注意聽外面的動靜。

大約三分鐘左右，小撇子放在樓下客廳裡的手機響了。

沒人接。小撇子想，這可能是盜賊向他催促的信號。

又過了三四分鐘，手機又一次響起來。這一次，小撇子拿捏不準手機裡要體現的意思。正猶豫著，小撇子聽見有人拿著響著聲音的手機走上二樓來。兩口子渾身緊張起來，縮在門口，小撇子雙手緊握著房門把手，同時一條腿用力抵著門板。

一陣響亮的敲門聲。

兩人聽著外面的動靜，四隻手都堵著裡邊的門板。

「開門，快點開門。」

小撇子聽見是森森的聲音，才鬆出一口氣，然後打開房門。

「你這小碼頭的孩子王，也怕死啊？賊在哪裡呢？一樓都搜遍了，沒一個鬼影。」

小撇子往樓下望去，四五個派出所的民警正在到處搜索。同時，自己住處的外面響著「哇嗚哇嗚」的警笛聲。他沒想到森森在不到十分鐘的時間就把全副武裝的民警也叫到現場了。

一場虛驚。

森森和一位負責辦案的民警協商，留下兩個民警，其他人坐上警車，打著警燈和警笛回派出所，隨時待命。

兩位民警潛藏在一樓的一間臥室內，小撇子走出門外看著遠去的警車，返身關門回家。長鬍鬚還在不停地抖動。

約過了十分鐘，小撇子的手機響了，手機裡發出那個盜賊的聲音。

「你的動作挺快的，你是不是不想要命了。你的身後經常有一支槍頂著哩，錢不到手我們是不會善罷甘休的。」

小撇子不自覺地回頭看了看，是森森，沒有什麼槍頂著。森森看著他的表情，說：「熊包，看把你嚇成什麼了，當年孩子王的膽量去哪兒了？這還能成什麼大氣候哩？」

手機的聲音是加了錄音的。森森找見兩個民警，又聽一遍手機裡的重播。一位民警用自己的手

# 三十八

機向領導做請示。領導問清了來電號碼，同時吩咐這邊：「一直與這個盜賊保持聯繫，不要中斷。」

小撇子用顫抖的聲音與盜賊對話。

「我家的門窗都連著通往近鄰好友的警報器，不是我報警的，可能是近鄰向公安報的。」

「你那十幾萬找到沒有？先把這十幾萬準備好，今晚我們定好交錢地點和時間，隨時和你聯繫。明天一早你趕快取錢，要現金，總數五十萬一分不能少，不然，小心你的後半夜。」

「已經在二樓找到了，點了點，是十五萬，家裡就這麼多了。」

「行，你穿好衣服等著，我們和你電話聯繫。」

掘掉手機，小撇子回頭看著森森。森森說：「不要關機，怕沒電了現在就充上，不要同盜賊斷了聯繫。」

小撇子接上手機的電源線，充電。兩位民警走進樓下的臥室裡潛藏好。森森看著史雙莉一臉的懼怕，神情動作都顯出痴愣和呆滯，就說：「沒事，不要怕。豬肥遭捅，樹大招風，大不了損失幾個錢，沒仇沒怨的，不會有人往死裡治你。你先上樓休息吧，這類事有我在，你不要擔心，去吧。」

史雙莉又看了看小撇子，小撇子也說：「沒事，你先上樓去吧。」

史雙莉這才心有餘悸地走上樓去。

等了一會兒，盜賊的電話打過來了：「用一個白色透明塑膠袋裝好那十五萬，開上你的小車，出社區大門右拐，在十字路口，往南走，一直到稅務社區門口停車，到時我們有人接應你。」

「好吧，我現在就準備動身。」

電話設置了錄音，森森認真又聽了一遍，把潛伏在一樓臥室的兩個民警叫到客廳。森森說：「我現在和趙總開車會那盜賊，你倆請示一下你們的領導，我的意思，你倆就地潛伏在趙總家，小心這盜賊採用調虎離山計，後方出事更可怕。你倆說這樣行不行？」

兩位民警說：「行，我們請示一下我們刑偵隊隊長。」

森森伸出手，捏住小撇子不停抖動的長鬍鬚，定在空中，可根部一直在抖。他對小撇子說：「不要老那個熊樣，拿出你懲治張大拿、張小拿的那股勁，不要還沒見盜賊對你下手哩，你自己先把自己嚇趴下了，沒一點龍性。你保持與盜賊聯繫，我保持與公安聯繫。」

小撇子問森森：「要不要裝點假貨，上下用真錢，中間都用紙？」

森森說：「不用，當下也準備不利索，他們鬼著呢，見不到真錢，你也走不脫，即便走脫，他們要發現被你耍了，會冒險和你玩命的。你在明處人家在暗處，你一個人對付不了這些心狠手辣的壞人。」

兩人從客廳的一角向地下車庫走去。

小撇子駕車，塑膠袋裡的錢捆放在副駕座位上，森森低伏在後排座位下。

有近十年駕齡的小撇子，倒擋掛成前進擋，把車庫牆壁頂得眺吭直響，好不容易倒出車庫，後備廂又讓一棵樹劃擦了一下。小車搖搖晃晃地開出別墅區的大門，又被森森低沉的叫罵聲慌得愣怔在那兒。車再啟動，向右拐，森森悄聲說：「有我在你怕什麼，不要著急，一步一步地來。稅務社區還在鬧市區，我覺得這不可能是真正的交易地點。」

到了稅務社區，小撇子的車也沒停，森森馬上說：「停下，這是他們指定的地方。現在，你已進入他們的控制時段，不能耍你的那一套小聰明。咱後面跟著一輛小車，我估計是公安的便車，行動

## 三十八

已經開始了。」

果然，車剛停穩，小撇子的手機屏亮了。「再往前走，到城郊那個水泥廠的小橋旁見面。」

森森馬上用自己的手機發出短信：「城外，水泥廠小橋旁。」

公安馬上回覆短信：「信號源在前面公路旁的鐵路橋洞下。按對方指定線路走。」

小撇子躡手躡腳地把車停在水泥廠的路口。

「到了沒有？怎麼這樣慢慢騰騰的，是不是反悔了？」盜賊又在電話裡催促。

小撇子回話：「我已在水泥廠的路口了。我的車是一輛白色霸道，你們來人取錢吧。」

對方說：「好的，你再往前開兩公里，把車停在鐵路橋洞口，然後提著你的錢袋往橋洞口走，把袋子放在那塊大石頭旁。」

小撇子又掛上了前進擋。

「好的，我們看見你的車了。你放下錢後，回到你車上，等我們取錢驗收後，你再驅車返回。」

通話結束後，森森在後面督促：「趕緊動身吧，你這個傀儡，還等什麼。」

小撇子提著錢袋走近橋洞時，看見有人在橋洞下晃動，憑他的直覺至少有兩三個人。

放下錢，小撇子又四下看了看，見沒有別的過路人和車，才緩緩地轉身離開。

小撇子剛坐進路旁的車裡，對方就打來電話：「十五捆沒問題，而且也都是真貨。算你夠意思，現在你可以開車回家了。」

小撇子啟動小車，打了個轉身，向縣城方向走。

沒走幾步，森森說：「咱們的人靠上去了，你看車的右方。」

小撇子側目一看，十幾個全副武裝的員警緊貼著鐵路下的牆根向橋洞推進。

又走了大約一里地，森森讓小撇子把車停住。

「就在這裡等消息吧，我估計用不了半小時，事情就辦妥了。」

小撇子這才神情放鬆了，長鬍鬚開始抖動，對森森說：「我這回可讓你這個狗日的城鄉路耍美了，你在背後抖繩子，我在前面做動作，這種感覺夠美的吧？」

森森回擊：「是盜賊在耍我們，看你那熊樣子，不是我在後面抖繩子，前面的你不散了架才怪哩。」

正說著，森森接到公安打來的電話：「把車開過來吧，盜賊三人，都拿著刀子，現在已被順利擒拿制服，你倆過來認認，然後咱回局裡審訊吧。」

兩人趕忙趕赴現場。

被公安掘在橋洞下水草邊的三個盜賊，渾身泥濘汙髒，拉拽到小撇子面前時，三張臉被一把強光手電筒照得明晃晃的。小撇子對跟前的公安人員說：「右邊那大漢就是進入我家的盜賊。」

三個人被推進公安執法車，拉回公安局了，連夜審訊。

據三個盜賊交代，這全縣前五十名的老闆的具體情況都一一記在了一個小本子上，小撇子是他們下手的第一個。出師不利，這第一把火就把自己燒了進去。經過向上級彙報，經過人像比對，三個盜賊以前在其他地域所作案子都有了落實。這個案子的告破，等於一串連鎖案都落地有聲了。

# 三十九

一位被黑煤窯窯主稱作「厲鬼魔王」的縣領導，其日記裡記載，在一次深夜突查公路拉炭車輛，差點被闖關駛過的大車軋死。在巨額利潤面前，管與被管是一對尖銳的矛盾，嚴格執法與非法獲取是水火不容的對立面。在誘人的金錢面前，從來不乏玩火之人。切斷非法獲取財源的公正，常常要面對汙邪的挑戰，有時甚至是生命的代價。從炭車追炭源，從炭源尋礦主，很見功效。以前，帶著執法隊突然行動，往往乘興而去撲空而回。後來才知道，執法隊裡就有不少內鬼，一時也難查清楚。只一個上廁所的工夫，報信電話就打出去了。他坐的小車幾天一換，但還是被黑煤窯專門負責盯他的人發現了。「厲鬼魔王剛換為晉ＸＸＸＸＸ的車號了，請你們見到這輛車避著點。」

再以後，集中執法隊不說出擊地點前，先把隊員們的手機收回到大隊長手上，這樣，就切斷了內鬼與外界的聯繫。根據舉報線索，用最快速度，直達目的地，效果十分明顯。持續不斷的大力度檢查，冒著生命危險的第一線督戰實幹，黑煤窯迅猛擴展的趨勢才稍稍遏制，也刹住了瘋採亂挖的勢頭。

強壓之下，各個黑煤窯的主人已成熱鍋上的螞蚱，一邊蹦跳著尋找適宜躲藏自身的地盤與時機，一邊又強化保護蔭庇的力度。有的乾脆賣出倒錢，有的轉租合併。有證的煤礦有年產不達三十萬噸的，也在購置鄰近合適的黑口子，形成一證多礦開採的局勢。

非非的煤礦，煤質好，產量大，張天寶動用各種關係，透過一段省城和縣市的跑動，使得准採證正在審批過程中。對外的統一口徑是：待批待產過程中，現下是出渣修整階段。實際上，出渣只是一個幌子，把運出來的渣石堆放在煤場明顯的位置，以備上面執法人員前來時檢查。大量出坑的煤炭，並沒有多存，基本上是出一車走一車，及時賣出去了。

市縣煤管局負責驗收礦井發放證件的人員，來到非非煤礦檢查，還有一個人也被傳喚到現場。這個人一臉的沮喪，他是開採這個煤礦的前期人。他動用了自己所有的積蓄，還從銀行貸出一批鉅款，總共投進三千萬元。按他原本的計畫，是想大幹一番的，他特意聘請了一個煤炭勘探專家，發現了這個儲有大量煤層的地方，信心百倍地幹了近兩個月，縱深開掘了幾十米，拉出的石頭炭渣差不多把附近的溝岔都填滿了，還運出大溝幾十車，終究沒有見到真正的煤層。每天都聽到勘探專家說馬上就會看見煤炭了，可一天又一天，就是看不見炭。到最後，實在支撐不住了，他好像掉入了一個陷阱，越挖越深，越深越挖，挖得硬是沒有餘力了，也沒見到一塊炭。他失去信心了。他怕再挖下去，就更血本無歸了，於是心生厭倦，準備徹底放棄。這時，有人介紹來非非，非非並不是煤炭內行，站在那兒疑疑惑惑的，不知所措。前期開採者斷言，這裡肯定有大量儲煤，但自己實在是心有餘而力不足了。非非雖沒開過煤窯，但他看見那麼多的渣石一個勁往出拉，生怕自己也陷入一個無底洞，就退出煤場，不做更進一步的考慮了。那一車一車的石渣，都是用一遝一遝的人民幣推出來的啊！等於是把整捆整捆的人民幣燒了紙錢了，誰看著不心疼啊。從一座大山裡往出拉石頭，不要說幾百萬幾千萬，就是上億元放進去，也見不到什麼名堂。一旦跌入這沼澤之地，就會越陷越深，直到把你整個人都掩埋掉，哭都來不及，死都看不見屍骨。你一人栽進去，三輩子也不要想翻起來。

沒辦法，前期開採人找到非非的一個近親，又讓那勘探專家跟上，想方設法去說服非非，他只要能收回已投資進去的三千萬，就把煤礦徹底轉給非非。兩個人的說服力度很大，非非也很是動心，臨到交錢簽合同時，非非還是打了退堂鼓，他怕這一舉不慎，把自己一輩子都毀了。這三千萬不是個小數字啊！他手頭也就幾百萬，真要盤下這座煤礦，他也得找擔保人去銀行貸款，後面的事還是未知數。前期開採人為了盡快退出火坑，最後虧一千萬要與非非成交。非非在懵懵懂懂中，像有一隻無形的巨手推著似的，以二千萬簽訂了合同。

也算是非非命裡有財，他接手後只一週，煤層就露面了。

眼看著一車一車的烏金拉出煤場，一筆一筆的金錢順利到手，前期開採人只能一聲一聲地發出哀嘆。非非一出門撿了個大元寶，自然欣喜不已，兩千萬的投資沒幾天就賺回來了。先前一車一車拉出來的石頭，現在都變成一車一車的烏金，看一眼都讓人動心。正趕上煤炭價格飆升的時段，上千元一噸的煤價，隨便抓一把煤炭，都會是暖手暖心的人民幣啊。現在，非非積極準備辦理正式的開採證，證件一到手，他就可以大張旗鼓地做大事了。

那個前期開採人，聽說非非要辦開採證，又有相關人通知他到現場，來證明這個煤礦的來龍去脈。來得急切，看得眼黑，言行動態中透著挫敗般的沮喪嘆息。馬上到手的金錢，被自己千方百計地拱讓出去了。欠了多少親朋好友的情，欠了一千萬的債。兩隻手打著自己麻木的臉，赤著腳跳進汾河洗不清。開始的雄心勃勃，變成一攤爛泥。滿面的霜打秋葉色，蕉不拉幾的。手拿著山珍海味往別人嘴裡送，自己乾癟的肚皮腹中空空。咬斷舌頭自己往肚子裡咽。人要倒楣，喝涼水都塞牙。

相比之下，非非這邊春風過後百草豐茂，秋色宜人，滿園掛果。

這次驗收，沒有被通過。原因是這座煤礦諸多措施都未能達到安全指標，但話口沒有完全堵死。非非口若懸河地對驗收人員講了許多即將實施的安全辦法，其宏偉扎實的計畫與構想，深得驗收人員的賞識與認同。但畢竟是沒有到位的思路，驗收人員只能作為下一批待批煤礦來考慮。

這種結果，也暗合非非心意。待批礦，他就有以出煤代出渣的藉口，也免去了那些正式礦井所需繳納的費用。先開採一段時間，確認以後形勢大好又煤層豐厚時，自己再加大安全措施的投入，正式領取一個合格開採證。現在，他的礦在待批階段，一樣可以魚目混珠地出渣出炭，打的是一個微妙的「擦邊球」。

非非的這種思維，與一個關鍵人物的支撐有直接關係，范偉長。這個掛職副書記，在省市有很深厚的關係背景，包括縣裡的主要領導也不知道他的水到底有多深。縣裡在上面有些難辦的事，一經他插手，總會順風順水地批下來。這人一般不在場面上多露面，縣四大班子的各位官員見了他，也大都敬而遠之，並無深交。他也樂於自安，不事張揚。

川味酒店，成了非非接待縣鄉各級相關領導和執法人員的中心。對非非煤窯證件的事，每天都有人在飯桌上談，但誰也沒談到實質上去。非非一句「正在出渣階段，等開採證一下來就正式投入生產」，別人就再不往深處細究真問了。相互心照不宣，各得其所。

時不時地，人們發現范偉長在川味酒店用餐。一般都是自斟自飲，很少有人陪伴。偶爾也有人前來敬他幾杯，但他閒話不多，只顧貪杯，孤悶著往肚裡倒酒。別人也不好再多留戀，幾杯過後，便告別離去。不少領導和執法人員暗地裡都覺得這個副書記對麻辣川味偏愛，不做太多解悟。

非非自然心知肚明，只要這個人在這裡吃著喝著，他就不底虛。

## 三十九

讓非非也沒想到的是，這范偉長突然與張天寶打得火熱，接著，這副書記級別的人，竟然與那個「公共汽車」小最最也黏得不淺。有幾次，非非發現這姓范的整夜都住在了酒店的賓館裡。天不亮時，有人看見小最最悄悄潛出范偉長的客房。

非非對張天寶說：「你的心肝寶貝對你有點發膩了，你的心不疼吧？」

張天寶回應：「這種女人天生一副賤相，哪堆肉肥往哪堆上紮，不奇怪。你當我是傻子？看不出門道來？」

小最最不清楚，從她和范偉長第一個晚上在川味酒店貓膩，張天寶就發覺了。他就在隔壁的房間住著，他是半夜潛伏進來的。前一天晚上，幾個人在川味酒店一起吃飯，臨近結束時，張天寶說要去一趟煤礦，有個要緊事急辦。范偉長喝完酒就要了一間房，睡覺去了。他沒想到，隨後跟進來了小最最。看著細皮白面又媚相十足的小最最，就有些動心了。兔子被守株待兔者逮了個正著。

張天寶在酒店外的馬路上把躲出來的非非迎住，閒溜了一圈，就回來了。

張天寶悄悄對非非說：「如果不出所料，小最最此刻肯定正在范領導房間雲天霧地哩，這不是一盞省油的燈。我要當場捉住這個偷兔的，讓他以後更好地為咱們服務。」

非非當即否決了張天寶的說法，說：「你現場給領導難堪，這是給咱砸場子哩。你知我知他知，有些事一挑明就沒意思了。」

「不捉姦拿雙，他能買帳？」

「你這個聰明人盡說胡話，偷兔的比你更聰明，一個眼神就會告訴你一切。」

「偷兔的」是只有兩個人在一起交談時對范偉長的稱呼。在一次酒桌上，談起范偉長每餐必要的兔肉，張天寶告訴在場人，小最最小名正是叫兔兔，因為她屬兔。話說出口，桌上的人對小最最都做了一番打量，眉眼鼻梁的搭配還真像一隻兔子相，尤其是那微微隆起的小嘴唇，更逼真。范偉長送過來一個眼神，小最最的臉立刻就紅了。當著領導的面，話到一層紙面上，就再不能捅破呢。非非和張天寶兩人都看出，這「吃兔」人，想變成一個「偷兔的」。這個機會，讓非非和張天寶不露痕跡地空出來了。

# 四十

森森被小撇子聘為豐盛昌公司的總顧問，掙著一份和副總一樣待遇的工資。

豐盛昌公司在年終召開職代會，通過小撇子做的全年工作報告，並對全年工作先進者頒發證書和獎金。還要對各個子公司的領導人選的崗位進行調整。

會前，小撇子和森森把回頭峰煤礦的礦長叫到總公司辦公室。

礦長叫李金鎖，他從省煤校畢業後曾在一所國營煤礦擔任技術員，數年之後，適逢小撇子開辦煤礦要聘內行人員來經營坑口，經人介紹，李金鎖被招來任職。小撇子要聘他為經營副礦長，面談時，小撇子問他如何經營的思路，李金鎖開始還是謹言慎語，一問一答，後來他從一個節點上放開了思維，把自己多年來的理論知識與實踐經驗進行了巧妙的整合，從微觀到宏觀、從政策到實際，做了十分精彩的分析與講述。小撇子臨時決定，從副礦長直接擢升其為大礦長，年薪一百萬。這對於在原單位每月只有幾千元工資的李金鎖來說，當然是個令他心花怒放的選擇。這一年的收入，他二十年也掙不來啊。

那次處理礦難事故，一方面他也想從中撈取點好處費，另一方面也覺得死者挺可憐的，對其家庭多做點補償也算積德行善。事情調查清楚後，他也很後悔，但挽回已不可能了。小撇子對他的那些警示，他一直沒忘記，心裡唐唐突突的，覺得自己這礦長怕是幹到頭了。

先是總顧問森森與他的對話，森森對礦難整個過程做了大概的梳理，然後找準幾個節點深刻分析，對其嚴重失誤進行人絲入扣地點擊，揭批，最後發展到怒火爆發的高潮。森森站起來點住李金鎖的鼻子，竟然罵出髒話來。李金鎖自始至終沒有太多話語。

「礦難製造者的算盤打得是如此如意完美，差不多可以用絲絲入扣來形容了，損害的是人性道德。而你的所作所為，用助紂為虐、同流合污來形容一點也不過分，損害的是人性道德與經濟效益。再豐收的糧庫，也經不住這種碩鼠的不斷蠶食。作為礦長，你對礦上、對總公司就是這樣負責的？」

小撇子從外面走進辦公室時，森森的火氣還是很大。

小撇子坐在自己辦公桌後面，一邊喝茶，一邊定定地望著李金鎖，眼裡透出不可侵犯的威嚴。最後，小撇子鄭重地對李金鎖說：「公司的錢是鮮血和生命換來的，該花的幾百萬幾千萬都捨得，不該花的一分錢也不能亂花。」

這句模稜兩可的表態，李金鎖摸不住深淺，他知道，這個人的態度決定著他的命運。

接下來，三人先後走入職代會會場。

臺上臺下，坐了滿滿一會議室人。豐盛昌公司的各個副總以上領導十餘人在臺上就座。公司總經理兼董事長趙成武和總顧問森森坐在主席臺正中的位置。臺下第一排和第二排坐著各個子公司的負責人。第三排以後坐著來自基層的職工代表。李金鎖坐在二排靠中的位置，一直像個受驚的老鼠似的，很少敢正眼往臺上看。他的內心深處，正在等待一場「死刑」的宣判。

小撇子做完工作報告，各項議程表決通過，接著是先進職工受獎。輪到總顧問講話時，森森情緒激動地站了起來。

「我今天不說太多的話了，只圍繞回頭峰煤礦的李金鎖礦長說幾句。」

臺上臺下的人，都把目光聚焦到李金鎖身上。李金鎖渾身顫抖著，後來乾脆把腦袋蒙到了桌面上。

「作為豐盛昌公司主要單位的負責人，也就是咱回頭峰礦的礦長李金鎖，是今天職代會受到表彰的先進之一。一年來，經歷了各種風風雨雨，坎坎坷坷，又遭遇了錯綜複雜的礦難事件，李金鎖同志始終牢記使命，不負眾望，前後奔波，日夜操勞，終使一切難題迎刃而解，保持了回頭峰煤礦的持續發展。這種先進，這種能為總公司經濟快速增長而流血流汗的先進，我們應該大獎特獎。今天，我們對先進的獎勵金額，實在是不多，準確點說，只是對大家積極奉獻勤奮工作的一個精神尊重，而不是價值尊重。我們應該把李金鎖這樣的先進當成總公司的一種財富，一種動力，一種核心，沒有他們的努力，就沒有我們公司在社會上的位置，就沒有我們豐盛昌公司良好的形象，也就沒有持續發展不斷轉型的動力。我提議，讓我們為今天包括李金鎖同志在內的所有先進再一次鼓掌，為給豐盛昌公司做出貢獻的各位職工鼓掌！」

會議在熱情洋溢的氛圍中結束。

所有參會人員一一退場，空落落的會場裡，只有一個人遲遲沒走，李金鎖待在座位上，埋著頭抽泣。收拾會場的後勤人員只得暫時退出來。有人把這情況報告到總經理辦公室。

小撇子和森森相跟著回到會場，來到李金鎖面前，說著一些安慰的話語。誰也沒想到，李金鎖突然號啕大哭起來。

# 四十一

趙二狗是個粗人，憑著勇氣和膽量，受大馬司重用，在八騾煤礦狠賺了一筆錢。執法人員頻頻到場明令禁止，貼封條，堵坑口，趙二狗胳膊扭不過大腿，只能在夜間加緊偷採，但執法人員屢次警告，突查不斷。眼看著隔一座山那邊非非的煤礦一車一車地往外拉炭，心裡憋屈得不行。這八騾煤窯的馬像被捆綁住了馬腿，動彈不得。趙二狗讓大馬司想辦法批個開採證，但步子太晚了，而且縣局這一關先過不去。這塊煤層已屬非非辦證開採範圍，不可能一女二嫁，濫發證件了。

張天寶曾向非非提出建議，讓他找大馬司協商，把八騾煤窯收購了。非非對張天寶說：「你覺得可能嗎？大馬司是什麼樣的人你不清楚？咱倆都曾是他吆五喝六的人，他能倒在你腳下？茅蟲死掉，臭氣不散。哪一天真撐不住了，他也許會找人尋咱的。」

張天寶說：「適當的時候找找也無妨，我覺得有這種可能性。反正他的這個煤窯不讓開了，賣給我們還能得到一筆可觀的收入呢。」

兩人正說著話，非非的手機響了。接通之後，一個陌生人的聲音傳來：「你是這個黑煤窯管事的人吧，我們手裡有你這兒的一段錄影，不想看看嗎？你們要不想看，省電視臺的人可是想看得厲害呢。」

非非回答：「第一，我們這個礦不是黑煤窯。第二，我知道你是想詐我們的錢。第三……」

話沒說完，張天寶搶過了手機。裡邊的聲音仍然沒斷：「我們查過你們縣有開採證的煤礦，沒有

## 四十一

你們。」張天寶把話搶過來，撿要緊的話題說：「你現在在哪兒，我們能不能見上一面。」對方說：「這還算知趣點，就在松柏溝村口那棵大槐樹下吧，兩小時以後，準時到。」張天寶接住問：「我們想花錢免災，得多少，你給我個大概數目。」對方說：「看你還算識相，就一巴掌吧。」

掛斷電話以後，非非挺疑惑的，問張天寶：「你不是對付這種事有辦法嗎？這一巴掌打出去可就五萬哩。」

張天寶說：「這小中醫碰上老中醫了，我看他能給我開出一個什麼樣的藥方子。這遠槍不如近刀子，扎不住人，你還能理弄事？這事你不用擔心了，由我來處理吧。」

張天寶打問了幾家煤礦，有明的有黑的，這夥人賺錢賺下癮了，什麼樣的煤礦都要下手撈一把。黑煤礦一抓一個把柄，明煤礦也想著法子逼錢。說你的煤礦不規範，不符合國家安全生產標準，而且有清晰的錄影為證，安全標準的哪一條哪一款是怎樣規定的，你們的煤礦是怎樣怎樣的，一說一個準。這些人把安全生產檔和政策吃得一清二楚，一放在桌面上，誰也說不過去。要把祕密拍到的視頻播在電視裡，加上主持人根據法律法規的對照解讀，馬上可以定性你為「黑心礦主」。

國家正規大報和省級以上的電視臺記者，也曾來過石城，他們住的是正規旅店，吃的是有標準的飯局，不要當地政府和任何人掏一分錢，自己回去能按規定報銷。到哪兒採訪，都是堂堂正正的，報出來的新聞，都是有理有據的。那種小報記者或假記者，來去都是很隱祕的，拍鏡頭也是偷偷摸摸的，做這種事的人，有的是一些不太正規的小報和子報記者，證件用的也是那種比較含混的證件，說真不真，說假也不算太假，打的是一種擦邊球。也有套用或自製證件的假記者，還有曾經在正規報刊幹過而沒有交回證件的過期記者，不管是什麼記者，他們一絲不苟拍下的錄影是真實的情況。報紙、電視臺的記者，正面反面都採訪報導，這些記者專找毛病，拍的都是放不到桌面上的內容，一旦透過什麼管道讓報紙刊登或電視臺播出，就是麻煩。類似的事情不是沒有發生過，一旦發生了，在社會上形成極強的負面作用。縣政府以及各鄉鎮，一經查實，都得有相關人員的相應處分。而且，牙疼不只是看嘴病，全身都得等在那兒待查，一個小煤窯出事，全縣所有的煤礦都必須停產整頓，就是一直正規開採的有證煤礦也不例外。這種損失是十分慘重的。什麼時候再能恢復生產，得等上面的通知。

小風浪一樣能翻了大輪船。對於「記者」，連縣委縣政府都是十分頭疼的字眼。

張天寶知道，這夥「記者」絕不僅僅是單項作戰，換個角度說，他們絕不僅僅是瞄著一個兩個五萬。

果然，給非非煤礦定的下午兩點，之前的十二點和一點，之後的三點和四點，都有約好的。拍錄影用了幾天，是什麼時間拍的，誰也弄不清楚，但要錢的時間是相對集中的。

這種錢，就像一個無底洞，填不滿，有第一次，還可能有第二次。這次是五萬，下一次可能是十萬。這批人做過，回去以後又給另一批人介紹，地址、線路、焦點、拍法等都是現成的，煤礦工人辛辛苦苦挖出的煤炭錢，只一句話，幾萬塊就扔掉了。

張天寶聯合幾家煤礦，徵求了有關方面的意見，又調用了幾位派出所的民警，決定對這批「記者」做一次徹底懲罰。

根據各家不同的交錢地點，預先在隱蔽的暗處都安放了攝像機。張天寶他們如數把錢給到「記者」的接線人手裡。錢出手以後，張天寶他們要求把「記者」錄影的膠捲退出來收歸自己。到最後一家的十萬拿到手，「記者」乾脆把攝像機也給了交錢人。等到三四家的錢都收到以後，幾個「記者」興高采烈打道回府之際，幾位民警突然圍堵上來，被鳴笛的警車帶回了派出所。

他們掌握的一條原則是：不管你是真記者還是假記者，只要收錢就是違紀違法的。你要不認帳，有現場拍到的鏡頭為證。然後，民警根據「記者證」和本人提供的資訊，往報社和電視臺一一打電話核對。是假記者一個電話就能落實清楚，是真記者也能很快打問清楚。非法收取的錢肯定得如數退還，再做什麼懲治，看情況而定。真是報社的人，報社領導前來說明情況，再說帶人問題。是假記者，派出所請示上級，按相關規定做出處理。

這種事情給縣鄉政府的啟示與教訓是：加強正規煤礦的安全生產管理，嚴查黑煤礦的非法開採。

# 四十二

回頭峰學校迎來了縣內縣外許多老師的觀摩。

省報一篇《深山飛出俊鳥來》的文章，以整整一版的位置給予了報導。每年一度的省「先進校長工作會議」，解小雲成為一個關注的焦點。應眾位參會校長的建議，規定議程之外，專門辟出一個晚上的時間，解小雲做了一個專題報告。省裡聞訊趕到的媒體記者，做了全程重點的拍錄，會後解小雲又被記者們堵在了會場外的門道裡。攝像機和照相機的光亮，頻頻在解小雲的臉上閃動。隨著解小雲的敘述，一個叫趙成武的企業家，成為大家飯前會後熱議的話題。

兩天的先進校長會議，延伸出一個長長的鏈條。每隔幾天，就有一輛大巴車停在回頭峰學校的大門外。外縣或外省遠道而來的校長和教師們紛紛走進校園，走進教師辦公室，走進教室，看學校的管理制度，看學校引導式教學方案，看一堂優質教學課，看一次學生的課外活動，看師生一天的工作生活流程。

每個年級，每門學科，都有省市縣級的教學能手，教導主任隨時隨處點一個教室，參觀人員便可在課前進入，坐定聽課。一切都是常態化的教學過程，每節課都有精彩紛呈的教學亮點。縣教育局教研室有常駐回頭峰學校的教研員，一批一批的本縣各校派出的前來體驗學習的教師，輪回周轉，定期研討，大力推廣。回頭峰學校成為一艘教學起航的航空母艦。

校長解小雲幾乎每天都要坐在某一個教室聽課，聽課筆記與課後回饋寫了幾大本。這裡的課堂教學，不需要提前預約，也不需要重點告知，只要在課前坐在教室即可。解小雲告訴學校的每個教師，是金子就不要怕火煉，每堂課都是對一個合格教師的檢驗。隨時聽課，相互聽課，已經成為一種慣例。這就要求每個教師，每堂課都應是過硬的，偶爾成功的一節課不能是一個好教師的定性，每節課都成功的教師才是好教師的標準。

參觀者的行程裡有一項是去校園外的，就是走入家庭，詢問學生的課外作業完成情況或家庭配合程度。這等於是對一個學生教育全方位全過程的了解知情。

家庭回饋是學校教育最好的檢驗。課外生活是課內教學最有效的鑒定。這是不少教育名家提出來的，也是外地教師最為關心的議題，也是許多學校和教師最想了解的內容。

學生課堂上的一個表情細節，體現心理曲線的高低彎直。學生無意中的一句話語，能考量出家庭「天色」的陰晴雨雪。優秀教師的優秀不僅僅是一堂堂成功的課，更在於對每一個學生的心理把握和因勢利導。成功的教師，不僅僅是讓優秀的學生優秀起來，更在於讓底子弱理解差的學生進步有望，學有長進。

學習的目的，不僅僅在於有的學生考入高校，更要緊的是讓所有學生都在品行養成、潛能挖掘、智性開發上有所拓展。教育與教學並進，學成與養成同在。

春風是萬物萌發的前提。回頭峰學校整體上形成了向上爭優的氛圍，獎優罰劣、獎勤罰懶的制度，讓每個教師的潛能得到最大限度發揮，讓真正願意在人生路途上體現價值的教師，有了平臺。教學，是一個辛苦而幸福的職業。當一個班的學生在你的努力中呈現出整體超越的成績時，就像你精心設計的藍圖變成一座座明麗高聳的大廈，那種興奮與幸福，能讓你長時間地心花怒放。激勵與獎金，固然是一種催化劑，是一種正能量的軌道推力，但教育教學來不得半點的含糊與苟且，再聰明的教師也不可能不用心不用功就有花豔果碩的豐收。智商與機巧，藏在每個人的知識層面之下，如何用最短的時間獲取最有效的成果，是擺在每個教師面前的要務。課堂用語因人而異，或柔婉曲折，或率直明朗，但能不能扣住學生的思維神經，因勢利導地撥動解悟的琴弦，才是最為中心的要素。

在這種氛圍裡工作，那些憑關係取巧的人，那些以平庸為樂的人，那些生來就不具備教學天賦的人，是不可能占住優勢的。只一兩個回合下來，格局就清晰了。不需要誰來撫慰暖心，你自己首先就會選擇放棄與逃避。教育雖然有較長的週期性，但自己的事自己肯定清楚。回頭峰學校經過了一個學期前後的調整，教師的陣容就基本定下來了。在用人問題上，解小雲是很苛刻的，不講關係、不講文憑、不講來路的「三不」原則許多人都知道。沒有她親自聽課親自座談，輕易進入是不行的。

幾年下來，回頭峰學校已有的、新培養成的優秀教師和優質課教師，占了縣鄉很大的比例。教育教學的良性發展，讓教育教學成果的湧現就成為一種必然。一腳踏進回頭峰學校的大門，每位教師的工作熱情就首先被自己調動起來了。相互之間，沒有太多的閒暇說長道短，搬弄是非，心裡只有教案和學生。

凡是來回頭峰學校取經或體驗的外來人員，都能感受到一種敬業與向上的氛圍。

# 四十三

「回頭峰現象」成為全社會一時都在關注的話題。

有的資深記者在這個固定名詞的背後，挖出了許多潛在的意義。有些報刊把小撇子趙成武的特寫照片放在篇首，用追蹤報導的形式，連續整版隆重推出。趙成武以前在碼頭聚眾打架、因搶錶一事而招致嚴打入獄的往事舊節都被掃描到了，「回頭峰」之「回頭」情節，為後面校企聯手打造「回頭峰」之「峰」，做了有力的鋪墊，使文章的人性意義有了深刻的揭示。刊登在報刊的文章，突顯細節，強化立意，帶有較強的可讀、可悟、可傳的報告文學性質。

小撇子大獎特獎優秀教師的嚴格兌現，並出資讓回頭峰學校教師在暑假期間集體外出旅遊的事例，引起許多縣內縣外教師們的熱議。縣新聞中心和縣電視臺做了追蹤報導。國家級的媒體記者，以及駐省記者，也有不少聞訊趕來，採訪到了許多經典鏡頭和重要細節。

有的記者為了避免雷同，直接把視點移到了小撇子的愛人身上，從她身上看一個女人的魅力。從擇偶結婚到侍奉公婆，再到助推男人成為一個企業家，成為一個有社會責任感的慈善家。有的記者把筆端探到了老溫的澡堂，有的記者把小撇子守護鐵廠的故事演繹成一段神奇佳話，有的記者則以一組納稅數字開頭再推出一個省級勞模的形象，有的記者是從一堂優秀教師的公開課人筆，再鋪開敘寫許多優秀教師的群體形象以及支撐學校的著力點。還有一篇報導，竟然從小撇子廉上的長鬍鬚談起。總之，圍繞小撇子和回頭峰學校，小處入口，大處著眼，深層挖掘，多面構思，各有妙筆，多角出戲。

這正是副縣長趙子民預想的結果。

同時，另一個有趣的現象出現了：縣城裡或別的鄉鎮有些臉面的人，都把自己的小孩轉到回頭峰學校就讀來了。贏在起跑線上，這是大家的共識。孩子從小在良好的教育環境中學習，在知識技能上足量跟進，在悟解心智上及時開發，是聰明家長的首選。一個小孩一生要遇上一個好老師，就可能有一個很好的發展。許多人的實踐，證明了這點。因學校條件有限，不少家長臨時移居回頭峰村，妥善解決孩子的食宿問題。儘管解校長在准入生源上把關很嚴，但還是有不少人找到了更為得力的說合人，有的直接找到了局長和縣長。學生就讀，縣上有明文規定，按各自的戶籍所在地就近入學，但政策後面也有不少的對策。借讀，臨時就讀，有的甚至更改戶籍住址。政策是死的，人卻是活的。

回頭峰學校升入初中的學生也有了特殊的待遇，搞得鄉辦初中也十分被動，不少從回頭峰小學畢業的學生都變相地被縣城的縣直中學給挖走了。只要是從回頭峰來的學生，分數差一點的也招錄。學生的內在潛力是每個要成績要名次的縣直中學的期望。有的初中招生，只要打問清楚這個學生是某某優秀教師教出來的，就直接錄取了。這種結果的回饋，是讓來回頭峰學校讀小學的人越來越多。

小撇子趙成武的形象，成為全城人街談巷議的主題。回報社會，興學助教，富民強國，都是可以戴在小撇子頭上的花環桂冠。

這天，小撇子又接到森森的電話，要他到老溫澡堂聚聚，適逢老溫七十歲生日，飯前約定，不

## 四十三

醉不散。

老溫專門在澡堂騰出一間雅座，參加者六人。各自的老婆都應邀到場。酒是小撇子提供的，一箱高度汾，是老溫平時最愛喝的酒。一箱葡萄酒，預備給三個女人喝的，但老溫女人提議，今天女人也喝白酒。小撇子的女人史雙莉率先表態：「咱女人今天也不能輸給大老爺們。」森森的女人猶豫了一下，接著說：「我盡力吧。」

酒事進行得酣暢淋漓。森森竟然握著史雙莉的手長時間不肯鬆開，嘴上連連說：「謝謝，謝謝，謝一謝，謝謝——謝。」最後才把這「謝」字後面的內容說完整：「謝謝你讓我的好弟兄成為一個成功的企業家。」小撇子這邊，也抱著森森的女人，嘴裡說：「我代表豐盛昌公司感謝嫂子和大哥，沒有這個狗頭軍師，我小撇子就沒有今天。」

森森的女人叫胡巧雲，原本是個大家閨秀，長得細腰秀眉的，自從嫁給森森後，跟著森森也接觸過不少的三教九流人物，她一般表現出來的是一個小店員、小媳婦的形象，雖然不斷有各色各樣的人常來家逗留，但她都不做太深太長的交流，只是添茶倒水順勢應酬，始終維護保持著森森家庭主婦的形象。今天，緊躲慢躲也被喝進不少白酒，身子漂浮著，腦子卻清醒著。現在，她被小撇子抱著，聽著他歌頌森森的話，打心裡高興，但被一個森森之外的男人當面抱住，還是第一次。羞怯與酒精，讓她臉上發出少女般的紅光。

老溫女人見小撇子抱著胡巧雲，滿嘴噴出酒話，就端著一杯白酒走到小撇子跟前，把酒杯摁在了小撇子的嘴上。這樣，既解了胡巧雲的圍，又堵住了小撇子的嘴。

小撇子好像想抱女人的癮還沒過足，就又來抱老溫女人。老溫女人正端著酒杯，小撇子失去控制自身的動作定力，讓他的臉上胸上灑了不少酒，結果形成兩手扶著老溫女人兩臂的姿勢。小撇子的話也隨著這個姿勢說出口來：「老溫是我和森森的叔哥，你就是我倆的嫂娘。老天有眼，讓我一輩子淨遇你們這樣的貴人、恩人，我將來就是當了聯合國的主席，也不能忘了你們的恩情。」小撇子說著，兩眼竟然泡出幾滴淚水來。

老溫趕忙打斷小撇子的話。他對森森說：「小撇子喝多了，不能再讓喝了。」

小撇子擦著眼淚坐回自己的座位，自己給自己添上酒，舉起來兀自喝進嘴裡，又端起酒瓶往杯裡倒。史雙莉走過來，奪了酒瓶，說：「沒酒量就不要逞能了，人家誰又沒有要硬灌你，說不定下午還有要緊事哩。」

小撇子頭一歪，眼一瞪，說：「老子的朋友，老子的酒，老子想喝多少喝多少。」說著，又從史雙莉手中奪過酒瓶，搖搖晃晃地往杯子倒，結果有一半酒倒在桌子上了。

森森認真了，他用手指點著小撇子說：「你這個狗日的，在我們面前耍酒瘋是吧？當你媽了三天半老闆有錢了是吧？雙莉怎麼啦？你喝多了她照顧一下你，不對？你英雄你能喝是不是？來，今天誰熊了誰頭栽地走三圈！」說著，從桌旁拿了一瓶酒，「咚」的一聲放在自己面前，又拿了一瓶朝小撇子面前的桌上用勁跋下。整個圓桌上盤盤碗碗都被震動得發出了響聲。

小撇子也不示弱，火氣直冒，長鬍鬚也直豎豎挺飄起來：「好的，你這個王八蛋，要較勁是不是？好，你是『城鄉路』，我是『閻王路』，今天要倒在你手下，我就不是我媽養的！」

胡巧雲低聲嘟囔：「用人家的酒，和人家較勁，有意思嗎？」

森森對著胡巧雲，接著也對著在場的人，喊：「誰的酒？誰的酒？誰的酒！這是國家的酒，是

# 四十三

酒場上的酒，放在我面前，就是我的酒！」

小撇子低聲接住森森的話，說：「是你的酒，是你的酒，不要說大話，有本事開喝，咱一對一，拿起瓶子往下倒！」

森森和小撇子同時拿起瓶子，在空中很誇張地碰了一下，仰面往下栽。同時又發現瓶蓋沒打開，這才滿桌子尋啟瓶器。

老溫從椅子上站起來，說：「你倆都是英雄，都是酒仙，但又都是我的好兄弟，你倆往下喝不喝我不管，但我要喝一個敬二位的酒，這麼多年來，二位對我老溫不薄，我老溫這輩子沒啥能耐，全憑二位幫忙了。」說著，把自己面前酒杯裡的酒仰面喝乾。

站在老溫兩旁的小撇子和森森同時抱住老溫，各自都不再說話。接著，二人又單獨抱在一起，相互捶搗著對方的肩背，嗚嗚地哭起來。隨後，兩人都打著嗝跑到外面，各自嘔吐起來。各自的女人也來到院外，給各自的男人捶搗著背部，用涼水給男人漱口。

酒勁稍醒後，兩個男人分別坐在圓桌旁邊的單人沙發上，似睡非睡地相互道歉起來。嘴裡的酒話喋喋不休。

下午五時，小撇子的電話響了。回頭峰礦礦長李金鎖打來電話。小撇子對大家說：「不行，我得去一趟，你們先吃著喝著，也許我晚上就會趕回來。」

小撇子的司機把主人扶上小車，一溜煙走了。

臨走，史雙莉告訴司機：「在車上記得給他喝上解酒藥。」

# 四十四

老虎溝，正是幾十家明黑煤礦的所在地。在老虎溝剛入口的山窪處，是一塊相對開闊的地盤，酒店、商店、歌舞廳有十幾家。有不少是用活動牆做的臨時小店，有單間的也有兩間的，前街後院通著。小酒店，後院加一個做飯炒菜的廚房，店裡擺幾張圓桌和小方桌，吧臺挺窄的，就那麼一長條，夠開票收錢就行，靠吧臺放一張高櫥櫃，菸酒飲料之類一層一層往高處擱。別看店面小，廚師卻都用的是一頂一的，尤其做那些味重色濃的飯菜，盤子瓷碗還沒上來，一股撲鼻的香氣就先飄過來。不管是麵食還是炒菜，滿當。附近煤礦的民工下班後走幾步路，要一碗炒肉麵，辣椒蔥蒜攪進去，汗臉油面的，吃得舒坦熱辣，再讓細腰彎眉的服務員舀一碗麵湯，呼哧呼哧灌進肚裡，香菸點上，把菸霧吐向空中，和描眉畫眼的服務員調侃幾句，然後再不急不慌地踱出店門。也有不急於上班的工人，三五成群地圍坐在桌前，素菜葷菜點上幾個，白酒啤酒一瓶一瓶地往下喝。在這個老虎溝下窯上班的大都是外省來的，四川河南的，陝西山東的，一個人拉著一村的人都外出打工來了，外甥小舅子，堂兄表弟的，相互幫襯著，遇事也顯得人多勢眾。聚在飯桌前，講的都是只有自己人能聽懂的方言，黏糊糊的，熱切切的，像圍坐在自家的炕前地頭，或高聲亮耳地講，或兩兩嘴耳竊竊私語的。酒喝得痛快，話說得淋漓。上一個班也就三四個小時，苦點累點卻有二百塊左右到手，月末月頭掙六七千是常事，到附近的信用社往家裡寄錢，留下自己吃肉喝酒的，再苦再累也值了。吃足喝飽後，赤紅著臉，各自披了外衣走出飯店，搖搖擺擺地走到開闊而繁茂的村街，看上去揚眉

## 四十四

吐氣的。本地人也不敢輕易招惹。有興致的，就近鑽到歌廳，唱唱歌捏捏腳什麼的，把一身的酒意散發個差不多，才回到礦上睡覺。

老虎溝的街面上，有一個看上去很具規模的大型酒店，三層樓高。靠街門楣上方兩個大字醒然入目——寧馨。樓上樓下靠山臨水地有不少雅座和歌廳，另設桑拿部、洗理部和洽談室。不熟悉的人進去找不到出來的門。省市縣領導下來指導工作或執法調研，不管是部門招待還是鄉鎮請客，繞幾步路也選擇這裡。

在一定程度上，喝酒也是工作，或者說是更重要的一項工作。酒喝得好，領導心情愉快，感情也貼近了許多。工作上的事，看在眼裡，說在口上，心情不好看雪是災看雨是禍，心情好了看雪是景看雨是詩。一種情況可以有兩個說法，一個是：雖有美中不足但亮點頻現，值得表彰；另一個說法是：看上去是小事，但影響大局，必須徹底整改。兩個說法都沒有錯，效果卻截然相反。在更高規格的彙報會上，會給更高的領導產生較深的印象。關係也是生產力，還可能是更重要的生產力。這是每一個基層幹部都熟知的。幹部中有對上不對下的，有對上也對下的，當然也有對下不對上的。在用人制度不公正不透明的社會體制裡，後者是最難以得到重用的。而位置是一個幹部立身做事的平臺，有了好的位置，就有了較高的身價和奉獻的可能。否則再有理事才能也枉然。在社會漸漸走向開明公平的制度裡，以前不少不合理的用人慣例才會一一打破。

這天下午，甯馨樓迎來一批特殊的客人。

參加全縣五一職工籃球賽決賽的兩支代表隊全體隊員前來就餐。十幾輛小車風塵僕僕地來到老虎溝，依次停在甯馨樓的後院。

一支是以局辦公室主任帶隊的煤管局代表隊，一支是以縣政府辦主任帶隊的機關代表隊。論實力，煤管局隊略占上風，可比賽結果卻出人意料，機關隊教練技高一籌，關鍵時刻使出絕招，以兩分優勢取勝。

煤管局隊的主力陣容都是從各鄉鎮煤管站抽出來的年輕人，基本是曾獲過全市前三名的原石城一中的主力隊員，外加一名從市煤管局抽調過來的專業隊隊員，打的是體力加技巧。煤管局局長酷愛籃球，目標很明確，志在力奪冠軍獎牌。賽前縣體委有明確的檔規定，不是本單位的人不允許參賽，有人專門檢查身分，一旦有爭議，以身分證為準。那位從市局抽回來的隊員，在市裡開出證明，身分成為長期下派縣局的巡視員。好多代表隊提出抗議，體委主任手執那份證明到處給人看，終使該隊一直打入決賽。

機關代表隊的主力陣容，有兩個是曾在大學時擔當校男籃主力的分配生，有兩個是中專學校畢業分配的校隊中鋒和組織後衛。算一支學院派球隊，打的是技巧加體力。縣裡分管煤炭的縣長助理同樣對籃球十分喜愛，從始到終關注並參與著本隊的比賽。教練是從省農大請來的體育系教授。

兩隊比賽一開始，各用各的打法，而且成功率都挺高。煤管局隊隊員體力好跑動快，穿插交叉，攻防神速，擋人換人迅捷，以快攻為主，傳切上籃頻頻得手，一度比分遙遙領先。機關隊不慌不急，後衛與前鋒擋切配合，後衛與中鋒傳調結合。雖然也屢見成效，但對方回防快強度高，致使進攻失誤不少。教練審時度勢，兩次暫停之後，不斷變換戰術，讓兩個後衛與兩個前鋒直接對接。兩個前鋒左右邊角發炮，連續命中。遭遇堵截後，教練又及時變換為中鋒拉到後衛位置，用高大身軀掩護，一個後衛竟連續三個三分投中。比分很快跟進，幾次打平。最後一節，兩家都互不相讓，

## 四十四

比分交錯上升。結束前三分鐘，煤管局局長上場，用「老資格」逼使對方隊員不敢接近，局長對盯守的對方隊員說：「要碰倒我，這個局長讓你爺爺當。」對方隊員只得遠遠站在他面前，結果局長不負眾望地投入兩個兩分球。關鍵時刻，教練派縣長助理上場，與局長對接攻防。縣長助理是副縣級領導，又直接管著煤管局，煤管局局長自然不敢目無領導，結果縣長助理接連投入兩個三分球。全場比賽終了，機關隊以兩分險勝。

散場後，煤管局局長走到縣長助理跟前，豎起大拇指說：「領導神勇，我甘拜下風。」接著又說：「今天這球打得很精彩，咱兩個隊一起慶祝一下，我做東。」隨後，兩個隊的全體隊員分別坐上各自的小車，來到了距離縣城三十里以外的老虎溝寧馨酒店。幾天的緊張比賽，兩隊隊員都十分疲乏，有大局長請客，想那飯菜肯定也錯不到哪裡，不是有非常要緊的事，沒有不來的道理。

# 四十五

兩隊球員加後勤閒雜人員和當地的鄉鎮領導班子等共坐滿五桌。吃完飯已是下午四點多了。寧馨酒店最大的歌舞廳響起磁性十足的音樂，一群人魚貫而入，放嗓豪吼。

縣長助理與政府辦主任先行開唱，兩曲歌罷，全場掌聲雷動。一個是搖滾歌手的唱技，一個是民族唱法的味道，風格不同，各具韻味，按煤管局局長後來在話筒裡傳出來的評價是：具有專業水準的歌手。局長又說：「今天咱這打球是強強對抗，唱歌也要形成對抗。挑戰兩位領導，咱煤管局也派出兩個選手。不過在我們兩位上場之前，先由我獻個醜，完了再由咱東道主鄉里也出兩位，咱來個三強對抗。我們是堤內損失堤外補，球場失意歌場勝。」

局長選擇的歌是男女情歌對唱，和前面兩位領導無法形成比較，算一種特別的唱法。男聲用其本來的男中音，女聲用的是他變聲的假女聲。水準不算太高，卻很逗大家開心。一曲終了，同樣引來滿場的掌聲。

接下來是那位從市里抽調過來的球員開唱，他點的歌是難度很高的《北國之春》。低音宛轉悠揚如行雲流水，高音堅挺上揚似立壁千刃。歌聲蕩漾在歌廳的每個角落。歌沒唱完，已博得數次掌聲。這隊員，在大學裡不僅是男籃主力，而且是校園十大歌手之一。

煤管局辦公室主任接著登場，他唱了一首似唱似說的現代流行曲目，年輕人中有幾個把手舉到空中猛拍。

# 四十五

輪到鄉里出曲子時，鄉長正在為難之際，一位歌者已手拿話筒走進場內。曲目點的是《一剪梅》，開始幾句還勉強跟著音樂，接著就走調了。歌者並沒有意識到自己的錯誤，而是不管不顧地隨意哼唱，音樂是在山上走著，他卻恣意行走在溝底，好像音樂和他毫無關係。更為出奇的是，歌詞也在隨意地變動，一句繞到《東方紅》裡，另一句又拐進《南泥灣》了，再一句又飄到《紅星照我去戰鬥》。

歌者嘴上唱著，腳步也沒有閒住，走到幾位縣局鄉領導跟前，一邊握手，一邊說著：「你好，你好。歡迎光臨，歡迎指導。」接著又走向兩隊的隊員中間，一一握手，一一問好。音樂隨意走著，他卻把歌聲變成說話聲。路過中場到另一批人之前，又隨意唱出一句。最後，曲子已停止，他的問好聲和歌聲還在繼續。

縣長助理問煤管局局長：「這個人是誰？」

局長回答：「是老虎溝一個煤礦的老闆，社會上的人都叫他大馬司。」縣長助理又轉向鄉長，問：「這就是你們鄉里的實力選手？」

鄉長不無尷尬地說：「事先沒通知他，不知他怎麼聽到的消息，不邀自到了。」

縣長助理用定定的眼神看了看鄉長，不再說話了。

之後，又有幾人隨意點唱了幾首歌。幾位領導不願再在此久留，便走出歌廳。

鄉里局裡的領導陪同縣長助理走到歌廳外面的樓道裡，大馬司緊隨其後，當著大家的面對鄉長說：「各位領導來一趟不容易，盡地主之誼，今天這飯我請了。」

鄉長不置可否。

路過大廳，迎面碰到小撇子和趙成武，趙成武的旁邊站著回頭峰煤礦的礦長李金鎖。縣長助理馬上說：「咱省級勞模也來了？今天可真是高手雲集啊。」

鄉長和局長也上前爭著和小撇子握手。政府辦主任嗓門挺高地在幾個人後面喊：「這大財神，不是來給我們結帳來了吧？」

小撇子趕忙回話：「小意思小意思，專門請你們還怕領導們沒空哩。今天這不算正式請，改日再專門設宴請各位領導。」

政府辦主任說：「什麼？你真結過帳了？不能不能，不能讓這堂堂的煤管局大局長空口說白話，空撈情分，局長你說吧。」

小撇子馬上接話：「主任不必多慮，這客就是咱局長請的，絕對沒錯。」煤管局局長也搶著說：「招待不好，還請原諒哦。」

政府辦主任馬上對著煤管局局長擠眨了一下眼睛，音調低下八度來：「好吧，再次感謝大局長的盛情款待。」

縣長助理回頭尋找鄉長和大馬司，兩人已退到遠處的牆根，探著眼神向這邊觀望。

# 四十六

那個被稱作「厲鬼魔王」的縣領導叫章成仁，是縣紀委書記，因紀委對黨員幹部都有管轄權，上到縣處級，下到鎮村級，再到一般的黨員，都能管住，更重要的是，這人工作起來有股子一貫到底的精神，縣委會議明確分工，私挖濫採這項艱難「工程」由他來主管。

領導是主導工作的核心，有什麼樣的領導就有什麼樣的隊伍。

全縣煤礦明口子黑口子有成百上千個，一煤獨大的縣域經濟，在煤炭價格一路飆升的形勢下，要想一時半會兒刹住，很難。但一連串的煤窯事故，幾乎每一天都在發生，不一定在某一時刻，就會發生驚天動地的大事故。危險每一天都潛伏著。當地一位農民說：「生產安全，安全生產，越生產越不安全，要想安全除非不生產。」此話雖有些偏激，但也確實道出了當時石城縣的一種現象。中央和省委已經意識到這個問題的嚴重性，三令五申要求各縣嚴查死打那些無證經營的、破壞資源、破壞環境的黑煤窯。

章成仁親自帶著煤礦執法大隊，每天天不亮就出發了，先是在公路上堵截，然後順藤摸瓜，深入各個溝溝岔岔找黑煤窯口子。也有根據舉報信上提供的位址和電話，直達黑口子的情況。執法大隊的隊員，不僅都是年輕脫跳的小夥子，而且有不少都是眼裡眉上寫著精明聰慧的有心人。開始的行動，並不順利，執法隊幾點出發，去哪個方向，都有人預先向黑煤窯通報，人匹馬夫地開進目的地，全然沒有能夠證明開採的跡象。執法隊裡的人，吃著公家的飯，掙著公家的錢，卻有好些是

「內鬼」。也許，黑口子的主人是自己的親戚朋友，也許他們本人就在其中有股份，至少，暗中拿著好處費。

章成仁改變工作思路和方法，同時也加大了訓化力度。一經發現有私通黑礦的行為，立即開除。集中隊伍的時間，也做了調整，有時半夜突然出發，有時只集中不出發，有時一天之內連續突查十幾二十個黑礦。出發之前，先不說方位，把每個隊員的手機都統一收繳回來，由大隊長一人保管。隊伍中有幾輛皮卡車專門負責拉炸藥，發現一處黑窯，炸毀一處，徹底封堵，以防死火復燃。有專門的爆破手，有專門負責記錄登記的文職人員，每天要做匯總和人檔。

章成仁見到那些可疑車輛，便在彎急坡陡的路邊設卡。他率先搶在公路當中阻攔，截獲了好多來路不明去向不清的拉煤車輛。也有對執法隊的阻攔採取冒險衝卡的司機，章成仁有兩次就險些被拉煤車撞倒，但他毫不畏懼，絕不退縮。有領導這樣衝鋒陷陣，執法隊的人也不敢再拖拖拉拉、躲躲閃閃，漸漸地，都訓練成一個個敢作敢為勇於出擊的隊員。

跟著煤車，找炭源，順藤摸瓜，在老虎溝這次的執法行動中，充分體現出執法人員的八面威風。一個上午，就有七個黑口子被現場查住，正在出場的煤車和還沒有來得及拉走的煤炭，都被執法隊扣在場內，全部充公。每個黑口子最後都遭遇了毀滅性的爆破。執法隊的人員，眼看著那些窯主們哭喪著臉，不斷地求饒，但都無濟於事。在強大的攻勢面前，在嚴峻的任務之下，誰也不敢站出來袒護。即使遇上親戚朋友，也只能照章辦事，絕不姑息。有哪個敢來硬碰硬，立刻被執法隊帶回拘留扣押，審訊罰款。

臨近中午飯時，執法隊已是碩果累累，但章成仁沒有一點兒收兵回營的意思。再往縱深搜索，

## 四十六

就是八騾煤礦了。

執法隊員中有不少出現遲疑消極現象，除過章成仁，大家都知道這是碼頭大賴皮大馬司的地盤。他們也有不少人享受過大馬司不菲的待遇。章成仁說：「不許休息，繼續進行。」大家只好跟著往前推進。

前面幾個黑口子的造勢揚威，接連不斷的爆破聲，八騾煤礦這邊不可能沒有知覺。先是路面被沙土堵上了，再是礦上用來開採煤礦的三輪車、礦燈、炸藥等都被轉移到暗處了。

路被小山似的土石堵著，執法隊員只好繞山頭行進。結果發現了在另一條溝裡的非非煤礦。既然被章仁成看到了，就得來查一查。走路捉蝨子，稍帶辦事。只要看見黑色，神經敏感的執法隊就不會放過。在他們眼裡，黑色是職業任務的顏色，黑色是任務指標的源頭。執法隊員在章成仁的安排下，迅速來到非非的煤礦。煤場中堆放著一大堆渣石，相比之下，另一堆不太顯眼的煤炭，微不足道地畏縮在煤場一角。有知情人告訴章成仁，說這是正在待批發證的一座礦。章成仁讓人找來經管煤場子的張天寶，問：「你這個煤礦有沒有證？」張天寶湊近回答：「章書記好，這個礦已在煤管局備案了，開採證再過幾天就批下來了。現在是出渣修整階段，等正式批覆下來，就能投入運營了。」「那場子裡的炭是怎回事？」「出渣時，中間也夾雜著一些煤炭，扔掉就可惜了，我們把它濾出來了。」章成仁看著一臉堆笑的張天寶，強調：「整改階段，要加緊步伐，但不允許煤炭交易，一經發現，從重處罰，而且證件也不能給你們再往下發，直至徹底封堵。」張天寶馬上應聲：「章書記說得是，我們一定認真執行。」

大隊長走過來對章仁成和張天寶說：「這裡我們已來過不止一次了，整體上還算不錯的。不過聽說你們也隔三岔五地賣炭，現在章書記親自到現場查看，這些事以後要絕對杜絕。」

張天寶跟著說：「一定改正，我們不能給縣上抹黑。再要讓大隊長和章書記碰上我們還賣炭，就徹底炸毀。我們還想為咱縣多納些稅呢，因小失大，我們也不會幹那傻事的。請領導放心。」

章仁成告訴執法隊開罰單的人：「那也得罰款，也算給他們敲個警鐘。你說呢，大隊長？」

大隊長說：「罰兩萬吧，算是一個提醒，也算給你們敲一個警鐘。」

單子開好，大隊長和負責收款的人員來到礦上的一間臨時辦公室。張天寶在門外悄悄拽住大隊長的衣袖，說：「你也是，你不說他章書記能看出來我們賣炭？」大隊長橫起眉頭，訓張天寶：「你以為章書記什麼也不懂？他這些天是幹什麼來，你不知道？我先點出來讓少罰你點款，是你的幸運。要讓章書記再往下說，你就不是這個數能打發了的。執法隊是什麼人，你把這支隊伍都看成二虎虎了？我們走到哪兒還沒有空過呢，你這是最少的。你要覺得吃虧了，咱現在就把章書記叫過來，查查你們的帳？再到各處看看你們的安全隱患？」

張天寶抬起手來就在自己臉上打了一巴掌，馬上道歉：「改日一定登門謝罪，你不要計較我這個不會說話的大老粗。」說完，主動給大隊長打起了門簾，兩人先後走進辦公室。

大隊長剛一走進臨時辦公室，腳下就被什麼絆住了。他看見坐在遠處一張辦公桌前的范偉長，范偉長正面向一臺電腦搜索著什麼。給大隊長的是一個側面剪影。

向大隊長說話的是近在眼前的非非。非非說：「大隊長好，這幾天你們辛苦了。」

大隊長嘴上的話不是很連貫，他說：「要不，這兩萬塊，改日再說吧？」

非非看了看遠處的范偉長，轉身對大隊長說：「不用了，你們也不容易，要完成任務。再說，章

## 四十六

書記那兒也不好交帳，改日，我單獨請大隊長喝頓酒，希望你能給我個面子。」

非非對自己的會計耳語：「兩萬塊之外，另給大隊長五千塊，算是今天大隊長和其他弟兄們的一頓飯錢吧。」

這話說得不高不低，大隊長剛好能聽見。

大隊長和收款員來到章成仁面前，章成仁說：「他沒難為你吧？我看見他好像對你不滿似的。」

大隊長說：「他說，像你們這樣公正執法，縣上的私挖濫採現象很快就能刹住的。」

章成仁說：「咱現在繞過山頭，看看山梁那邊那個礦。」

執法人員很快就消失在不遠處的山頭下。

執法隊來到八驟煤礦時，工棚也倒塌下去幾角，柴草、土石遍地都是。章成仁領著執法隊隊員走到窯口前觀望。

所在鄉的煤管站站長對執法大隊長說：「這個黑口子已經廢棄多日了，沒什麼查頭。」

章成仁聽見這話，問這位站長：「是嗎？你是不是覺得我像一個三歲的小孩，就是耍泥泥的把式？你在這個礦上收了多少好處費？」

站長面對章成仁的逼問，不好再說什麼，一閃身，鑽到人群裡邊。

章成仁轉頭問大隊長：「依你看，這個黑礦開著不開著？」

大隊長看著頗有破綻的掩埋痕跡，猶猶疑疑地回應：「至少近期內開採。」

章成仁說：「那你還等什麼？叫爆破員吧。」

站在人群中的趙二狗聽說要爆破，忙走近章成仁，說：「等等，章書記，我是附近村的村民，我敢保證，這個口子近期沒有開採過。不過，也免不了常有村裡人到裡邊挖點燒火做飯的煤炭。現在下面說不定還有人哩，要炸，就把人蒙死在裡邊了。」

章成仁看著趙二狗，說：「你不是叫趙二狗？什麼時候把戶口轉到松柏溝村了？」

趙二狗很驚嘆，縣級領導離他這個平頭百姓八竿子也打不著，怎麼開口就直呼其名，他一時也不知道該怎麼回答對方的問話，就順勢說：「章書記能認得我這個小人物啊？」

章成仁接住話頭：「你怎麼是小人物呢，前幾年那個轟動全縣的交通肇事案，誰不清楚啊？沒有把你定成黑社會，已是便宜了你啦。這麼大的人物，我還能不清楚？前一段，『石城吧』上那個叫放黑羊的狼犬也是你吧，你不是還想滅了我章成仁的家老戶小，還要把我五馬分屍哩，你真個當代英雄啊。你那橋頭路口負責盯梢我的人，也有三迷三瞪的時候，這一次你輸了吧？而且，我還知道，你就是這個八縣煤礦的負責人。我還正要找你哩，你這是不請自到啊。怎麼，今天跟我們回一趟執法隊吧？」

章成仁這話說得在場的執法隊員都有些愣怔，這章書記就是章書記，他心裡什麼都明白。看樣子，這章書記是有備而來的。

章成仁盯住趙二狗問：「你能肯定下面有人？」

趙二狗一臉血色地回答：「聽村裡人說，村西頭的馬思坡父子倆進去挖炭去了。不過按時間推，差不多應該快出來了。」

「那我們就再等等。我們都不怕餓肚子。」

執法隊的人，圍著煤窯口子等時間。

# 四十六

章成仁的手機響起來，他掩在耳旁接聽，說了兩句，撤身向人群外走去。眾人都給讓出一條路來。

電話是一位省裡的領導打來的，說話的聲音十分平和。

「聽我的一位親戚說，你正帶領著執法大隊深入一線突查黑煤窯開採情況，是一個勤政為民的好官啊。那個八騾煤礦的情況怎麼樣啊？」

章成仁回話：「這是個沒有證的黑礦，我現在正在這裡，看樣子近期也有過開採，老領導很關心我的進步成長，我不會給領導抹黑的，一定不辜負您對我的栽培，請領導放心。順便問句領導，這八騾礦和您……」

那邊跟著話頭說：「你想哪裡了，這八騾礦和我沒有任何關係，該咋查咋查，反過來說，就是有什麼關係，這個節骨眼上，你不能講情面，可不敢因小失大啊。聽說，你的工作力度很大，這就好，不辱使命嘛。我相信你的能力，適當的機會我一定把你舉薦上去，有能力的人就應該放在重要位置上嘛。」

打完電話，章成仁回到黑口子跟前，問：「裡邊的人出來了沒有？」

大隊長說：「出來了，剛走。」

章成仁對大隊長說：「那好吧，今天咱的工作做得差不多了，準備收場吧。大隊長你安排一下爆破組的人，等我們走後，把口子給炸了。」

大隊長說：「好的，我來安排吧。」

章成仁和其他人員都撤離了現場。

人走出老遠，才聽見一聲爆炸聲傳來。

趙二狗隨著一部分村民撤到松柏溝村的村邊時，大馬司的電話打過來了：「那個厲鬼魔王把咱八騾礦咋樣了？」

趙二狗說：「這厲鬼魔王真夠厲害的，差點沒把我逮走，當時嚇得我一身一身地冒汗。他知道我是那個在『石城吧』裡罵他的那個放黑羊的狼犬，還知道我是咱八騾煤礦的負責人。你是沒看見那眼神，真能把我嚇死。還好，有一個電話起了大作用，接完那個電話，口氣鬆動多了。口子是被炸了，誰家也得炸，只要查到的黑口子，都得炸。好多口子都是毀滅性的封炸，咱的口子只做了象徵性的爆炸，燒眉燎髮似的，那個大隊長是個聰明人，聽著姓章的說話口氣，就知道如何實施爆破了。無關要緊，只要用半個時辰就能開挖出來。」

大馬司說：「這就好，這次我可是動用了大人物了。你沒事吧？」

趙二狗說：「沒事，沒事。姓章的臨撤走時，瞪了我一眼，像要吃人似的，看樣子再要讓他碰上我，我怕不會有什麼好果子吃了。」

大馬司說：「不要心熊，該怎麼就怎麼吧。你和弟兄們找個飯店，去餵肚子吧。」

趙二狗又說：「我看這個礦早晚會被他們關停，躲過初一躲不過十五。看這形勢，挺緊的，老這樣老鼠躲貓似的偷著採，也不是個常法，遲早要出問題。非非煤礦那邊口氣也挺硬的，要讓他們老舉報咱們，那就沒好日子過了。」

大馬司在電話裡停頓了半天，才說：「這個狗日的非非，是該和他理論一下了。這根攪茅棍，不剷除不行。」

# 四十七

由縣政府一名姓張的副縣長掛帥，從全縣各個單位抽調出二十位精兵強將，參與汾河岸邊直至碼頭一帶的房屋拆遷工作。一塊顯著位置的大型噴繪板面當空立起，上面寫著「濱河花園社區」的領導小組名單，工程招標單位，拆遷範圍、進度，還畫著設計效果圖。

板面跟前，建起一間臨時辦公用房。拆遷指揮部的人員，填表蓋章的、統計進度的、簽訂合同的、面積核對的、解釋說明的，坐了滿滿一屋子人。不斷有村民進進出出，很是熱鬧。一盞螢光燈吊在高高電杆上，晝夜長明。

大部分村民，積極回應，沒幾天就找到臨時安居借住的房屋，舉家老小搬走了。也有一些老住戶戀戀不捨地等待觀望，經拆遷工作組人員反覆地勸導，心有不捨地離開自己原來的居所。負責揭頂推牆的挖掘機，晝夜不停地守在工地刨挖推拖。電源水源先後停供，居住已經沒有了條件。

小撇子每天都要抽出時間來工地一趟，看看拆遷工作的進展。

有兩戶人家遲遲沒有搬出，而兩家的位置正好在中心地帶，看上去十分惹眼。

工作組有幾批人對其勸說開導，但無濟於事。最後張縣長親自登門勸導，仍沒效果。到後來，雙方形成尖銳的對峙局面。

一戶是世居碼頭的老住戶，一戶是拆遷前才把房產買到手的新住戶。老住戶生有兩兒兩女，都已成家另住，一幢小院子按規定能安置兩套新房，可兩位老人向張縣長要五套，要給自己和兒女分別爭取一套，這差距太大，無論如何不好協調。新住戶是個以前當過幹部的離職人員，腦瓜子靈，嘴巴子快，說話的頻率比工作組的人還快，講的道理比工作組的人還多。他先一步知道這一帶要拆遷，三不值二從一戶人家買下一幢破舊院子，基本上沒進去住過。工作組的人進院時，院子裡正用新磚新水泥起二層樓，把本就不大的院子堵得連人往進走都挺困難。院外的各處窯房白天黑夜往倒拆，院裡的建築卻黑夜白天地往起修。工作組的人怎麼也勸不住正在蓋房施工的工人。就在工作組要強行阻止工人停工的關鍵時刻，這位離職幹部才露了面。他對工作組的人說：「要停工也行，你們現在就量一量院裡一層的建築面積，然後乘以二，我要修的是二層，再加上原有面積，算算是多少，將來按算出來的面積給我新房子。你們要同意，我現在就簽合同。」這種無賴言行，當下就把在場的工作組人員激怒了。雙方僵持良久，互不相讓。工作組的人只好退出小院，把這個情況如實向指揮部做了彙報。

張縣長找到小撇子，商量這兩個釘子戶的搬遷問題。這次，森森也隨同小撇子來到指揮部。

聽完工作組人員的彙報，小撇子立馬火氣沖天，當場表示要對這種無理取鬧的行為絕不姑息，必須採取強制措施，嚴厲打擊。這情緒正應合了副縣長和工作組其他人員的心情，大家在義憤填膺中擬寫出強制拆遷的方案。

方案被一個工作組成員激情澎湃地宣讀完之後，小撇子站起身來，說話的語氣緩和了許多，說：「張縣長和工作組的同志做了大量的細緻耐心的工作，作為工程項目單位代表，我很敬佩。關於這兩個釘子戶如何處理，剛才草擬的強制拆遷的方案，是一種辦法，但容我再想想，我也和今天與我一同到場的工程項目的副總指揮森森，以及豐盛昌公司的經理們開個會討論一下，協商結果再

## 四十七

和咱張縣長碰碰頭，形成一個最後的意見。現在我們擬出的這個方案請大家嚴格保密，不要對外人講，這作為最後一步的選擇，大家說可以嗎？」

工作組中有不少人用疑惑的目光看著小撇子，有人還想要說點什麼，被張縣長勸住了，他說：「凡事要留有餘地，太激動、太急躁了容易出問題，激化矛盾，你死我活，不是咱們的目的。趙總說得對，咱再想想，也許有更好的辦法。」

之後，森森和小撇子走出指揮部，在車上，森森對小撇子說：「你現在歷練得很有大家風範了。」

小撇子說：「硬拆，不是不行，但總覺得這不是最好的辦法。不是咱軟弱，多少事過來了，你也知道，我也不是那種捏成圓的就是圓的、捏成扁的就是扁的的人，對這些無理取鬧耍無賴的爛人，確實很怒火。但事出有因，還要區別對待。要掘住一個人，在咱們來說，不是什麼大事，畢竟咱占著主動。事情處理太過簡單化了，會有許多後遺症，尤其是在這個咱們生活過的地盤。」

森森說：「要是放了在咱年輕時那陣子，連明天也不等，就幹掉這兩個釘子戶了。咱們這方面的教訓太深了。」

小撇子說：「一見這種歪事邪事，就滿腦袋撮火。這和潑婦當街脫褲糟蹋人有什麼兩樣？惡人惡治，你倒軟，他還敢更進一步往你頭上拉屎。聽他們講完，我那火氣就不打一處來，不過，事情還是多想些辦法為好。」小撇子說話時，那根長鬍鬚並沒有上揚。

森森說：「道理是這個道理，仔細想想，太過偏激了，好事就怕辦不好。」

小撇子說：「你這城鄉路，遇事點子多，你給咱分析分析。」

森森開始分析：「咱小時家裡生活緊張，大人們像護犢子似的護著咱，生怕孩子在外面受委屈，越是窮孩子的家長越是擔心自己的孩子，這你也不是沒經歷過。那位老住戶，一輩子就熬賺下這麼一幢小院子，四個兒女雖已成家另過搬出去住了，但借這個拆遷的機會給孩子們掙一套住房，也算盡了父母的一點心意，要求是有點過分了，但這是普天下父母都會有的心思。這和那個在院子裡不顧一切地修房加面積的新住戶不一樣。」

小撇子心有感慨，認同此理，進一步提出疑問：「那咱就答應給這個老住戶五套房子？拆遷標準不一樣，別的人家要再冒出來也問你多要房，不就亂了？」

森森說：「我已經打聽清楚了，他的大兒子是咱小時玩過的朋友，現在考上大學分配在省城，混得不錯。二兒子差點，在一個企業打工，生活比較緊張。兩個姑娘都嫁給了工薪階層，光景也能過得去。咱給他三套住房，老人一套，二兒子一套，明意上還有一套是大兒子的，但大兒子肯定不回來住，可以做家庭周轉房，供兩個姑娘侍奉老人時回家臨時居住。你看行不行？」

小撇子說：「你倒是給人家想得挺周到的，人家願意不願意？」

森森說：「這件事得讓他大兒子回來解決，事肯定能辦成。一方面他也不會不買咱們的面子，咱這辦的是大好事啊，千百年來誰有能力為咱小碼頭辦這麼大的好事？他這個聰明人不會不清楚這個道理。而且，他也一定會按理按情知悟這事的。」

小撇子說：「這樣辦最好，也算對咱倆的髮小朋友有一個交代。」

森森說：「我回頭給這髮小打個電話，讓他來說服他爹娘。」

小撇子又提出一個疑問：「按他家院子面積，只能給兩套，這三套的說法，怎麼交代大家？」

## 四十七

森森說：「活人還能讓尿逼死？咱在設計戶型時，應該是有大有小，也好應對各種情況的發生，兩大套不能變成一大兩小，四套小的都可以。」

小撇子說：「這家老住戶，就這樣辦吧。那個新住戶怎麼處理？」

森森說：「我的意見，咱拆遷以前他在院子裡奠基起牆所修的面積，給算進來，拆遷開始又要修起來的二樓面積不能算，又給了他一定的面子，也維持了咱拆遷指揮部的尊嚴，也是規定之內可以說出去的理由。」

「如果對方不答應呢？」

「咱已經做到仁至義盡了，他要再不同意，就只能強拆硬拆了。到時候所有拆遷戶就都對他不滿了，是他一個人影響了大家住新房的進度。人心如此，得道者多助。就是他將來住進這個社區，人們也會討厭他的，從另一方面算帳，他是輸了，而且輸大了，這不是用錢能買回來的。這種人天生愛討小便宜，估計在單位工作時也不是什麼好鳥，咱要真按他意願辦了事，指揮部的人所有拆遷戶都會小瞧咱，連領導也把你看得低人三分。這一件事辦不好，整個拆遷建房造福百姓的大局就全亂了。何況這也不是咱們辦事的風格。」

小撇子說：「看來，還是你想得周到，咱現在就返回去見張縣長吧，把這事盡快定下來。」

「你再想想，看我說的這些可行不可行。心急吃不了熱豆腐。」

「不用再想了，了一件算一件，現在這事情太多了。咱快刀斬亂麻。再想下去也就是個這理了。」

小撇子讓司機掉轉車頭，回指揮部。同時，給張縣長撥通了電話。

兩個人下車向指揮部走近的期間，小撇子突然問森森：那個景區開發進展到什麼地步了？」森森回答：「大的意向和方案已經敲定了，咱近期去一趟省林業廳和省旅遊局，按正常情況，估計很快就可以上手實施方案了。前期的工作我已做得差不多了，下來就看你這個老闆實施方案的力度與熱情了。」

小撇子拍著森森的肩膀，走進了指揮部。

人走進指揮部了，森森的話卻還接著剛才的話題，他對小撇子說：「你不要給我戴個副總指揮的帽子就什麼事也沒有了，我的工資你可一直沒有發呢，你這夾皮溝裡出來的夾皮，別盡在嘴上糊弄人。」

這話被坐在辦公桌後面的張縣長聽見了，接上話茬就說：「副總指揮怎麼能不給掙工資呢？趙總要實在手頭緊，我從這邊給支付吧，要不徹底調過來也行。」

小撇子看著張縣長眨成一團的眉眼，哈哈哈地笑起來。

森森很是認真地盯了一眼小撇子，然後轉身向張縣長舉起雙手作揖，嘴上說：「張縣長見笑了，我這個朋友見誰都大方，就是對我摳，喝酒還老說讓我掏錢。」

三個人坐下來談正事。

# 四十八

大馬司在歌廳拙劣的表演，很長一段時間引為全縣各個角落裡的笑談。大馬司企圖透過歌聲接近與煤礦有關的各級領導，然後再在領導面前大大方方地結帳，以此來加強領導對他的認可度，可無論如何他沒想到小撇子突然從天上掉下來，來了一個天衣無縫般的表現，搞得他像羞葫蘆一樣走也不對在也不對。這一齣戲，不僅沒有取得領導的好感，反而破壞了原本就不算太好的形象。他清楚，這次小撇子的攪局，徹底破滅了八騾煤礦要申報一個開採證的計畫，也把他進一步逼進了一個死胡同。也許，小撇子並不知道他要請客的計畫，預先兩人也沒做過溝通，但客觀上事態的發展說明，是小撇子壞了他的大事。當然，自己做事不合理不給力也有一定關係。在大庭廣眾面前，不要說和小撇子這個省級勞模縣級納稅大戶相比，就是和非非這個自己曾經的部下相比，他也感覺有了一定距離。

瘦死的駱駝比馬大，大馬司不甘心自己就這樣淡出歷史舞臺。

這一天，天還不亮，大馬司坐著自己的小車從縣城往八騾煤礦趕。在車上，他掏出手機接通了非非的電話，說：「我的開採區正在往前掘進，井下的礦工告訴我說，已經可以聽到隔壁你那裡的響動了，你最好極早避開，另尋走向，否則不要怪我不客氣。」

那邊，非非回話：「我開煤礦在先，你那片採區都在我的規劃範圍，我正在批覆的證件上也是這樣寫明的，以前採走的炭賺到的錢，我不向你索要已經給足你面子了，現在你鼻涕流到眼裡了，反倒讓我避開，純屬無理取鬧。」

大馬司說：「你小子長脾氣了，敢和老子叫板了，也不撒泡尿照照你是個什麼貨色？」

非非進一步反駁：「你不要這樣老子長老子短的，現在雨天變晴天了，你也不要再擺什麼老大的譜了，你這黑煤窯早已被縣煤管局列為查封對象了，再等幾天我的開採證下來，你就歇涼涼去吧。」

大馬司話裡冒著火氣：「你等著吧，高粱面捏人人，沒有我耍不成的。明天我就帶工人下去把你的口子挖通，用石頭堵上你的通道，咱看看誰能採到煤！」

非非只兩個字作為通話結束：「奉陪！」

正說著，小車拐上一段陡坡路。司機突然對大馬司說：「馬總，路上有劫匪。」

大馬司看也沒看前面的路，腦子裡轉騰著如何對付非非這件事。嘴上對司機說：「開你的車吧，管什麼劫匪不劫匪的事！」

司機緊接著對大馬司說：「前面那輛拉煤車好像是咱礦上的自備車。有兩個劫匪已跳到車板上了。」

「你把小車靠近一些。」

小車很快與拉煤車形成平行局面。

拉煤車副駕位置外，站著兩個蒙面人，一個人手裡握著匕首，已經頂在了那個押車人的胸前，另一個人的頭也伸進車窗裡，喊著逼迫駕駛員交出過路費的話。

危險迫在眉睫。

大馬司的司機說：「是咱礦上的車。押車的就是咱八騾礦的銷售科主任。」

## 四十八

大馬司讓司機把小車開慢一些，與正在上坡的拉煤車並排行走。

大馬司把頭從後車窗伸到外面，對著兩位劫匪喊：「要命還是要錢，快下車，不然要了你倆的狗命！」

聽見大馬司這邊的叫喊，兩個劫匪已明顯表現出底虛，回頭看了一眼大馬司，慌忙選擇著往下跳的路面。

啜的一聲，兩位劫匪從車門外的站板上滾落下來。

大馬司不知什麼時候已經把小車內的一把裝火藥的土槍架在後窗上，對著兩位劫匪的腰腿間，打出兩槍。

大小車同時停下來，大馬司和大車上的銷售科主任以及兩個司機也走下車來。兩個血肉模糊的劫匪趴在公路上，站不起身子來，口裡不時地向大馬司他們求饒。

大馬司對銷售科主任安排：「你留下來處理這事吧，我還有緊事要趕回礦上，先把他倆抬到路邊，擋一輛車送縣人民醫院急診室，先擺脫危險再說。」說完，大馬司招呼司機，兩人坐進小車裡，車尾冒出一股濃煙，很快就消失在遠處。

回到八騾煤礦，大馬司把趙二狗叫來，安排下坑封堵非非煤礦坑道的具體事宜。

安排完事，趙二狗還沒出門，銷售科科長那邊打來電話，說那兩個劫匪由於出血過多，一個死亡一個重危，現在還在人民醫院急診室呢。大馬司一時熱血湧上心頭，渾身慌躁不安。隨後他告訴銷售科科長：「馬上向公安報案，同時全力搶救那個重危劫匪，需要的話，趕快用一一〇送省城大醫院，錢的事不要怕，花多少就多少，這件事你就全面承擔起來吧。我這邊有急事，走不開。」

與此同時，在山那邊，非非也叫來張天寶和貼近的幾個人，商量如何對付大馬司的決絕挑戰。

張天寶說：「依我跟了他多年的經驗判斷，大馬司有可能今天下午就有舉動，不信你試試看。」

非非問：「他帶人到坑下，不可能只是堵堵咱的坑道吧？」

張天寶想了想，說：「絕對不可能，他至少要帶三十號人馬，而且人人都會操一把砍刀或拿一根鑲把，隨時準備和你決一死戰。這人有股子狠勁，到了緊要關頭，就是要玩命的。」

非非陰險地笑了笑，口上說了一句張天寶聽不懂的詞：「困獸猶鬥。」非非把張天寶打發走，對礦長具體安排起對付大馬司的細節。

# 四十九

小撇子領著市人大常委會一班人在回頭峰煤礦進行執法調研，從坑口的軌道煤箱到職工宿舍食堂，從上牆教育制度到班前安全培訓，從總調度室的現場動態視頻到進出車輛的有序分流，縣煤管局和安監局派了專門的解說員，回頭峰煤礦也派了講解員，從國家在煤礦安全上的政策規定，到煤礦細節性的安全措施，都做了較為詳細的解說。此外，小撇子和分管安全的礦長也在隨時隨地介紹說明。

市人大常委會執法調研人員中，有市煤管安監部門的局長陪同，縣人大主任和縣長，以及縣煤管局安監局的局長都在現場，回頭峰煤礦所在鄉的書記和鄉長也緊隨其後。

就在這時，縣煤管局的局長和縣安監局的局長幾乎同時接到一個要命的電話：八騾煤礦發生了爆炸事故。

接著，縣長也接到了同樣的電話。

剛要走進辦公室的小撇子也接到了電話，但他沒有去接。

市人大副主任，看著幾個人收接電話的表情，隱隱約約地，也聽到一些對話的內容。

慌忙凌亂中，縣人大的領導留下來陪同市人大的工作人員完成接近尾聲的執法調研活動。兩個局長風急火燎地坐上小車走了。縣長和市領導作了簡單的告別，也走了。

回頭峰煤礦相對周密細緻的安全措施，與八騾煤礦爆炸事故形成一個極大的反差。

帶隊執法調研的市人大常委會副主任把市煤管局的局長叫到跟前，問：「你是不是又讓縣煤管局的人給忽悠了？怎麼這次檢查沒有這個八騾煤礦？來前我們曾安排，好的礦要查，差的礦也要查，這下有好戲看了。」

市煤管局的局長撓著頭皮支吾著：「這八騾煤礦——好像沒聽說過。這不是咱登記在冊的煤礦。」

副主任與幾個人走進小撇子的辦公室，突然問小撇子：「你聽說過這個八騾煤礦沒有？」

小撇子看了看還在屋外站著打電話的縣人大主任，長鬍鬚往下巴沿搧了搧，轉頭對市領導說：「聽說過，以前這個煤礦炭質挺好，也出過不少炭，但沒有開採證，縣煤管安監執法隊最近嚴查無證開採，好像被封堵了。」

「不出炭就能發生爆炸事故？」

「這倒不可能，是不是又有人進去偷採了？這個我可實在說不清。」

「你當然說不清。」

等了等，副主任把不快的情緒調整到另一件事上，他對小撇子說：「聽說趙經理還是一個尊師重教的模範哩，能簡單說說嗎？」

小撇子說：「煤炭資源是祖先留下的，再回報給子孫一些，我覺得這是我們應該做的。」

副主任拍了拍小撇子的肩膀，說：「我看過省報上報導你的文章。不錯，不錯。」

氣氛馬上轉陰為晴。

這時，小撇子的電話再一次響起。響了幾秒鐘，小撇子看了看來電顯示，掘掉了。他繼續抬頭

## 四十九

和副主任交談。

電話聲很纏皮地又一次響起，小撇子又掘了。剛掘掉，又響起。小撇子找到關機鍵，準備徹底閉音。副主任說：「一個勁打，說明有急事，你接吧。」

小撇子對副主任說：「對不起，那我出去接。」說完就起身走出室外。

小撇子對著手機大聲喊：「有什麼事不能等一會兒說，趕死鬼似的，有啥事？」

裡邊傳來回頭峰礦長李金鎖的低聲細語：「趙總，大馬司被炸死了。」

小撇子突然大聲說：「什麼？什麼？不要瞎說！」

事情落實之後，小撇子一下子痴愣在那兒。剎那間，小撇子的腦中翻過一團一團的烏雲，一浪翻過一浪，幾乎把他的腦海全給占滿了。

小撇子的腦袋突然顫抖起來，長鬍鬚急速地抖動。緊接著，那團烏雲帶著雷電雪雨橫掃過來。他的腦門快要裂開了。他試探著讓自己坐臥在腳下的草地上。淒涼雷雨中，大馬司隨著一道閃電跳上雲端，時隱時現地、翻波推浪地、齜牙咧嘴地傻笑，語無倫次地胡說。大馬司從家裡的籠蓋裡偷出一張大碗公大的蔥油餅（準備給他爹外出拉平車受苦吃的食物），一出大門，就朝不遠處槐樹底下的小撇子跑來，屁股後面的書包被甩得啪啪直響，大馬司把蔥油餅一掰兩半，分給小撇子一塊，兩人向學校走去。夏季汾河發大水，有人說碼頭一帶有個小孩被捲走了。三五個會水性的脫掉外衣進河尋撈屍體，在出事地帶上下約二百米的距離內，從上到下潛水滑行，幾個人連續滑行幾次都未找見，最後，小撇子與大馬司並肩滑行，才在水下一塊草石攪纏的淤泥地撈出死者。小撇子帶著大馬司他們那群小夥伴摸黑來到縣城南街吳家大院外，大馬司率先挺身而出，他告訴小撇子：「你和大家先在外面等著，我先翻牆進去，開了大門，咱再進去找那個賣假錶的。」小撇子和大馬司先後從公安局的大門開車出來，先是他想約大馬司吃頓和解飯，結果大馬司不應。之後，大馬司又打電話想約他，卻被他掘掉了。前幾天的一個下午，是他最後一次見大馬司，又是他，不動聲色地把大馬司想在煤管局局長面前表現一把的機會給剝奪掉了……

小撇子蹲坐在自己煤礦辦公室外面的草叢裡，天色完全黑下來時，他都不知道。他更不知道，市縣人大執法調研組是什麼時候離開的。

小撇子一個人蹲坐在草叢中，礦上煤場裡的燈依次亮起來，三三兩兩上夜班的工人匆匆走過，他揪起身邊的一團草和低樹上的枝葉，編成一個簡易的草帽，戴在自己的頭上。旁邊不遠處的工棚裡，傳來低低的一聲鳥叫，他向前爬了幾步，悄悄地喊：「大馬司，大馬司，別藏了，快出來吧，我看見你了。」

回頭峰煤礦上山的公路上，亮起一道強光，一輛小轎車一直開到小撇子的小屋前。

森森與幾個人從車上下來，走進屋內，接著又走出來。幾個人正要上車走人，森森突然喊：「等一等，你們聽。」

一陣沙啞的號哭聲傳來，循著哭聲，森森找到埋在草叢裡的小撇子。見到森森，小撇子像見了親人似的抱住他，嘴裡一直說：「大馬司一直不出來，明明逮著他了，他就是藏著不出來，耍賴哩，耍賴哩。」

森森從小撇子手中接到一張三人黑白照片：大馬司站在森森和小撇子中間，三個人都穿著綠軍裝，戴著綠軍帽，軍帽正中都別著用薄鐵皮做成的紅色五角星。大馬司除過個頭大一些，三個人沒

## 四十九

多大差別。

森森與小撇子一同坐臥在能沒住人頭的草叢裡，說著，哭著，哭著，說著。

# 五十

事發地：老虎溝八騾煤礦與非非煤礦交界處。

初步查明的起因：事故是八騾煤礦礦主大馬司與非非煤礦礦主非非因爭奪煤炭資源引起。

事情經過：大馬司帶著三十個手持砍刀鑲把的工人在事發地與非非煤礦的工人發生爭執，在雙方勢不兩立的爭鬥中，礦主非非迅速逃離現場，留下副礦長張天寶和七個工人繼續對峙。在勢單力薄的決鬥中，張天寶原路悄悄退出，在經過事發地段，引爆了預先準備好的炸藥。造成十九人死亡、兩人重傷的嚴重後果。此外，據知情人說，還有下落不明的十幾個礦工也被困在井下。已查明落實的死者全係八騾煤礦工人，其中礦主大馬司也當場身亡。非非煤礦只有一人是重傷。

肇事礦主非非出事後逃走，至今下落不明，警方正在加緊搜捕。非非煤礦經營副礦長張天寶現在已被控制，待事情查明後再做處理。

時值秋冬交接之際，加上連續的綿綿天雨，老虎溝十里溝谷裡不算太大的洪水揚波掀浪，柴草泥石翻滾而下。在靠山進出的盤山公路上，隔幾步就有一輛小車陷入泥坑石縫，有的車乾脆停泊在路邊的草叢石墩邊，車上的人下車步行往溝裡頭走。在看似無路的溝岔邊，被大型推土機開出一條泥石路。推土機仍停在路邊的山腳，等一撥一撥的人過去一瞬間，再繼續往寬裡拓路。走過這一段，一個開闊敞亮的地面出現了。這就是八騾煤礦。國家公安部決定採取「鐵拳行動」，懲治一切違法濫採的非法活動，八騾煤礦的重大傷亡爆炸案成為全國重頭調查對象，各路媒體聞訊紛紛趕來，做及時的現場報導和追蹤報導。

在一個臨時搭建的簡易工房內，架著一口大鐵鍋，鍋上懸著一架壓河撈的木梭。跟前的地面上放著另一口大鐵鍋，鍋裡是冒著熱氣的肉菜。所有來的人先發一件軍大衣，有要用餐的，就到大鐵鍋前端一碗河撈麵，加上菜，就站在外面的空地上吃。

地面上畫著警戒線，現場由省煤炭廳和省公安廳的人控制著，省內和鄰省的礦山救護隊一批一批地趕來，在規定區域排著隊，等待總指揮調遣。救護車都打著閃在場邊待命著。聞訊而來的中央臺、新華社以及各省市媒體記者胸前吊著相關證件，手裡舉著攝像機，尋找有重要價值的報導鏡頭。

從坑下抬出的死傷人員，通過一條通道被救護車及時拉走。

煤炭部和公安部的領導，在省市領導陪同下也來到現場。

死傷人員的家屬都被控制在礦區以外。縣公安員警、縣中隊及各派出所民警全部出動，在不同的地域不同的方位堅守著，根據命令完成各自不同的任務。老虎溝口的甯馨酒店成為臨時接待點。石城縣人民醫院附近還設有一個臨時接待點。老虎溝通往縣城和鄰縣醫院的沿線公路，都站立著能保證救護車暢通直達的交警。

出事當天，中央電視臺和新華社已有及時的報導。省市各媒體也有相關內容報導。老虎溝，一時間成為千家萬戶人們關注的焦點。

八縣煤礦礦難事故中的受傷人員，經最近的縣級醫院採取緊急治療護理，病情稍稍穩住之後，即刻送往省城大醫院全力救治，採取一切措施不再讓死亡的人數有所上升。已經沒有生命氣息的遇難人員，被臨時安放在一間簡易房子裡，政府有專人負責與其家屬對接，在相關標準的基礎上，用盡可能充裕的錢物，善待厚恤。

與此同時，全縣和全市所有煤礦立即停產整頓，省內很多正在整頓的煤礦，也延續了驗收復產的時間。接著，全省所有的非國營煤礦也勒令停止生產，並緊鑼密鼓地各自進入安全自查階段，等省執法隊一一審查通過後，方可投入運營。

石城縣縣長被給予嚴重警告處分，縣分管煤礦的副縣長免職，縣煤管局局長和安監局局長遭受處分並撤職，八鬃煤礦所在地的鄉長被撤職，書記受到處分。安監站站長也被撤職。公安人員加緊追捕在逃礦難主謀非非。那個掛職副書記范偉長，被省裡的領導緊急召回省城詢問。

# 五十一

老虎溝漸漸失去往日的繁茂嘈雜，各種建築物被冬季的第一場大雪覆蓋成一片白色。進溝的公路，再看不到車水馬龍的景象。

「鐵拳行動」亮出一張向一切私挖濫採國家礦山資源宣戰的王牌。被稱作「厲鬼魔王」的章成仁繼續擔當起石城縣懲治黑煤窯的總負責。形勢所迫，那些黨政幹部參與黑煤窯直接投資或間接保護的現象漸漸收斂，那些遠在省市的曾經充當某某煤窯暗中說情的高層領導，再不敢如前造次。八縣煤礦爆炸案，引起全國不少重要媒體的充分關注，後續報導和追蹤報導不斷在電視和報刊上出現。上峰持續不斷的深入檢查，記者犀利敏銳的大力度亮劍，使那些頂風作浪的人越來越少。

章成仁成為當地農村老百姓心目中的「惡人」，誰家孩子啼哭吵鬧不聽話，父母就會說：「看，章成仁來了！」這孩子便會一下子忍住哭鬧，變得溫順歸依。

就是那些正規的有證開採礦，一聽說章成仁要來檢查，也不由地嚇出一身冷汗來。

這是經過無數次較量得到的結果。

據知情人說，章成仁個人曾遭遇過暗殺他的威脅，有人甚至尋到他遠在外縣的家裡搞後院起火的勾當。他坐的小車曾被路上特別放置的利刃尖刀劃破輪胎，他的小車前有人拿著棍棒之類的凶器阻攔過。「石城吧」裡，詛咒他八輩子祖先，要把他五馬分屍的帖子，不止一次地出現過。錢，是一個讓人敢冒一切風險的籌碼。你斷了那些社會惡霸和具有深厚背景人物的財路，這些人自然不會善罷甘休。明著惹不起你，暗中也給你製造不少麻煩，讓你知道這「忍」字是怎麼寫的，這鋼刀利刃割著的心不好受，也一定要給你這鋼刀利刃帶上些汙血和晦氣。章成仁表現出一貫的剛勇強硬，那次在八縣煤礦檢查時，那個自己以前的上司從省裡打來電話說情，左右猶豫之下，沒有對這個煤礦進行毀滅性爆炸，致使這個黑礦死火復燃，險象重重，直到後來的重大事故的發生，至今想起來，他心裡都糾結不安。從那以後，他痛下決心，堅持用硬漢形象塑造自己，不管什麼人，不管什麼關係，他再沒有姑息遷就，縱容包庇，一經發現，徹底封殺。他知道，在這個時代節點上，在自己人生的履歷中，這是重寫大寫的一筆。路到崖口斷壁，沒路也得開路往前走，真要是到了需要捨身一躍的那一步，他也無怨無悔。對那些要和他死拚硬抗的對立面，絕不手軟，毫不畏懼。章成仁有一次向縣委書記彙報工作時說：「我是把腦袋提在褲腰帶上做工作哩。」

這章成仁也確實是個不惜力氣和不怕惡魔的工作狂，只要接到舉報，就是深更半夜，他也要不顧一切地翻身起床，有時帶著執法隊，有時就和司機兩個人，直撲現場，抓現形。

也有軟磨硬泡的人，找到章成仁的辦公室，拿著一箱上千元一條的香菸，或者一張十萬元不止的卡，拐彎抹角地套近乎，拉瓜扯蔓地拉人事。章成仁先是挺有人情味地軟拒絕，對方要再進一步得寸進尺，他就翻臉變色，直到把對方連人帶東西趕攆出去。對方要躲得快，他會把所有禮物從視窗全都扔下樓去。他提防著各式各樣的陷阱，他知道，自己一時不慎，就會滿盤皆輸，名聲掃地。

巨額的煤炭利潤，遠遠超過在金山淘礦，明哄暗騙的手段也時不時地偶有發生。有一次章成仁接到舉報，帶著人來到現場，卻全無一點開礦痕跡，甚至連一點黑色都看不到。現場只是一處整潔明亮的住戶人家。執法隊人員只好無功而返，全副武裝的隊員從這戶人家開走時，遭遇了房屋主人一臉的嘲笑，附近來看熱鬧的村民也紛紛議論不休。章成仁的心情十分沮喪。

# 五十一

天色擦黑時分，章成仁又帶了小股隊員，悄悄潛到房屋附近。這時他們看見一輛三輪車停在院門口，有人扛著尼龍袋從屋裡走出來往車上裝。從扛袋子人的用力程度上判斷，章成仁覺得這袋子裡裝的不是糧食作物，於是命令幾個執法隊員迅速圍堵這輛三輪車。果然，經檢查，袋子裡全是煤塊。煤塊從哪裡來？章成仁和執法隊員又一次來到房屋裡，終於，他們從一張立櫃後面，發現了暗通山裡的洞口，那一袋一袋的煤炭就是從這裡挖運出來的。這個家庭每天天黑以後開始進洞採煤，天亮之前收拾得乾乾淨淨，了無痕跡。

紙裡包不住火。舉報者正是從那輛三輪車的可疑行跡上，發現了這家人的不一樣。房前屋後，都是肥田沃土，這家人不種地不產糧，卻常有「糧食作物」搬來運去，而且每每在晚上拉運。這三輪車，就成為一個可疑之物。

這三輪車晚上開到哪兒了？

開到十里之外的成成運輸車隊了。成成自從幾年前那次車站進煤成功之後，從兩輛大車到五輛大車，最後發展到十輛大車，成立了車隊。車隊大院建在城郊一處河床開闊地，四面用磚砌了圍牆，院內建有車庫和辦公樓。大小煤礦盛行時，成成的運輸車隊日夜奔忙，效益十分可觀。煤炭形勢急轉直下時，車隊的生意迅速下滑，常常出現「吃不飽」的現象。三輪車的主人曾是一座黑煤礦的經營者，與成成有過無數次的合作。面臨嚴查死堵的形勢，成成不願再去一些不明不白的地方拉煤，怕惹上一些說不清的事體，但又不願傷害老熟人的面子，於是，在自己的車隊大院也有了這樣一些上門生意。變通著與正規煤礦的煤炭攪混在一起，把這些三輪車運來的小股煤消化掉。

自然，在這件事情上，成成也脫不了被處罰的牽連。

# 五十二

兩個釘子戶。

那個「老住戶」，經過其在太原工作的大兒子的耐心說服，順利地搬出來了，時間不長，老兩口和小兒子就搬進了第一期完成的高樓裡，兩套住房都由小撇子個人出錢，從水道電路布設到地磚牆磚鋪就，再到傢俱電器的購置，兩位老人逢人就誇小撇子，說小碼頭這街坊鄰居真夠義氣，總算讓自己活著的時候享受了這以前想都不敢想的天堂生活。小兒子也不再給人打臨時工了，被分配到社區物業公司，有了一份正式的工作。

那個「新住戶」，沒有接受指揮部的意見，不僅要算自己在院內一層新修的面積，剛剛建起的二層和仍在起高的未來三層面積也要算進來，這讓指揮部所有工作人員都十分氣憤。中心花園的一條通道正好路經這幢老院，基礎路面已經鋪至院前，戳心窩子似的一幢老院像一條劇毒大蟒橫在高速路的當間，十分惹人注目，也造成了各種大小車輛不時地大面積擁堵。那位離職幹部撐得很硬，不知從哪兒找來的外省的外國的拆遷政策規定，而且背得滾瓜爛熟，找對自己有利的條文摳著字眼寫成訴狀，去省城找政府，上訪不斷，揚言不達目的絕不甘休。在斷水斷電斷路的房屋裡，每天晚上要住著人，推土機、挖掘機幾次到場都無法下手。最後，竟把自己近八十歲的老娘背進屋裡居住。

談判不成，繞又繞不過去。經過幾次會議研究，指揮部決定強行上馬。

最後通知的規定日期一到，由總指揮張縣長親自帶隊，挖掘機推土機以及十輛工程裝運車，先後到位。縣公安縣中隊調集兩百餘人，全副武裝開赴現場，縣人民醫院的救護車、縣消防大隊等，都做好了一切應急準備。

張縣長先透過喊話勸說，無人應答。再派人進屋察看，屋裡只睡著一位老人，醫護人員跟進把老人用擔架抬了出來，挖掘機靠前，確認屋裡沒人時，刨塌房頂，接著是院牆，一一破拆。只一會兒工夫，一幢院子便成為一堆廢墟。拉運垃圾的大車迅速進入，一車一車的破磚爛瓦全都拉出現場。

老人被拉到人民醫院病房臨時居住，醫護人員全程檢查診療護理。拆遷賠償通知書有專人當天送達事主。

那位離職幹部被本單位領導傳喚，紀檢部門和檢察院也先後介入。

濱河花園社區工程，按進度如期實施。

# 五十三

石城縣的財政收入，連續多年排在全市的首位，並衝進全省五強。一個隻有二十五萬人口的縣域，煤炭資源幾乎遍布全縣的溝溝岔岔，幾座國營大型煤礦每天都在足量掘進中創造著巨額利潤。省營市營縣營產量在六十萬噸以上的規範礦井每時每刻都在不停地運轉。「八縣煤礦爆炸事故」大大催進了縣域煤礦的規範化開採。石城縣也因此聞名全國。

一個在全國排在五十強的上市公司突然進駐石城，對全縣許多年產三十萬噸到六十萬噸的正規煤礦進行了兼併重組，或買斷經營，或聯合開發，形成一個大型開發體系。安全係數大大增強，生產規模大大提升。一時間，國內不少煤礦專家、經營能手紛紛來石城施展本領。那些撤出煤炭行業的本地有錢人，用尋求的目光，籌畫轉型跨越的路子，有的遠走重慶、上海等地，有的圍繞省城周邊，也有的就地在石城縣域發展，發展勢頭十分猛勁。縣政府出臺優惠傾斜政策，鼓勵支持在本地投資轉型的企業家，同時也對外來科技含量高的企業投資者給予大力扶持。

房地產公司資金的足額輸入，讓石城聳立起四個耀眼的經濟轉型代表性建築。一處五星級國際酒店的落成，引來了不少政界、商界、影視界的尊貴客人；一處以晉商文化為載體的古鎮大院；另處兩處是以山水文化、回歸自然為主題的景區開發，起點都定位在五星級的標準。另外，本縣三個中國名村的開發，也資金到位，花開有主。當然，也有不少擁金自樂、恃財尋歡的主兒，或釣魚游泳，或射擊遊獵，或出國豪賭，或傾心收藏，或養生健體，或嗜淫貪酒，等等，不一而足。

小撇子的濱河花園社區建成以後，安置了大量的貧民住戶，也吸引了不少外來商客。臨街商鋪，鱗次櫛比。樓群空間，林蔭步道，路燈高懸。噴泉廣場、藝術雕塑、健身器材，等等，逐一布局。一座臨河面山、擁翠捧綠的現代化小區，吸引了不少前來相房擇居的石城人。

同時，小撇子的企業漸漸呈現出多種經營綜合布點局勢，平民超市、花木種植、菌類培植、遊樂項目、駕駛學校、蛋雞養殖、冰酒釀製、快捷酒店等，他在各個領域都進行著有益的嘗試。

最讓小撇子傾心的是那座山水景區的投建。主景區在高山崖壁，天然生成的山崖像一個倒扣下來的簸箕，簸箕裡有一處懸空寺廟。寺廟兩旁由上下兩層懸空棧道連接，其中有一段玻璃透明路段，遊客路過，低頭就是萬丈深崖，人像浮在空中似的。懸空棧橋外沿，垂天飛下幾道瀑布，絲絲縷縷地灑滴在遊人身上。對面茂密蔥蘢的山勢，像九條巨龍飛奔而來。由棧道鑽入隧洞，間隔露天崖壁，往下探一眼，天旋地轉，深谷中浮嵐流雲滾動翻卷，疑是人間仙境。

史料記載，這曾是一條秦晉古道，也是兵家戰略要衝。古道到此，路窄山險，是一處天然屏障。有山脊之巔的陡峭石階，人走在石階上，兩旁勁風橫吹，小孩和體弱成人須四肢著地通過，一不小心就有可能掉下崖谷，連落地的聲音都聽不到。景區建路開發時，兩旁加了鐵索拉鍊，遊人可扶著拉鍊慢慢通過。還有兩山對立的一線天路，不要說一夫當關萬夫莫開，就是一條毒蛇盤在中間，行人也無法繞道通過。

古道行至山腰，有一處草屋書院，景區開發時，做了適當擴修，叢林綠草間，窗軒凌空，林鳥鳴唱，蟬聲連綿，一股一股的山霧氣浪在眼前遊動。亭廊小座，四面臨風，山樹從谷底發力，躍至身邊，搖曳生姿，隨風伴唱，瑟瑟有韻，與遠處隱隱傳來的沉渾有力的松濤聲，高低應和，厚薄間

## 五十三

雜，別有妙趣。

書院藏書中，有王維、傅山等文人逸客的詩作，有孝文帝宋太祖領兵休整駐紮的碑記拓片，有晉商馬幫南來北往的遺跡殘存，有八路軍臨時駐紮辦公的革命文獻，有鏢局山賊的野戰史話。

這條古道向東通向上黨盆地，向西接通晉中盆地，文人墨客多有逗留，武士大將常有光臨，帝王將相偶有留足，也是古時飛鴻快報的唯一通道。

在鋼筋水泥生活慣了的城市居民，嚮往山水自然之地。這裡距離省城大約兩個小時的車程，距離北京、西安也只需四五個小時。夏季潛身於濃蔭蔽日的林中崖下，冬日流連在冰雕雪峰的勝景佳境，或夏浴山泉，或冬滑雪場，都別有情趣。

景區開發的同時，由森森主導聯絡，景區文化的投入建設也在同時進行。有五個文人組成的研發組，在導遊詞、專題片、史載詩文、古道軼事、志書整理等方面做了大量的工作。先後有十本書出版。接著，幾部歷史電視劇的拍攝實景，也來到這裡。最有影響的是張紀忠版的《西遊記》在此地的外景拍攝，使該景區搬上了各大電視螢幕。書院被國家、省市的文藝團體紛紛掛牌為實習創作基地。文學、美術、書法、攝影、戲曲等，各個藝術團體紛紛組織集體實地採風創作。中國報告文學學會成功舉辦了首屆「崖山杯」全國紀實性文學徵文活動，並在崖山腳下綠色簇擁的臥龍賓館舉辦了頒獎儀式。同時獲獎作家游過崖山之後，寫出一批詩文作品。中國攝影藝術協會等在這裡舉辦了大型國際攝影作品徵稿及頒獎活動，一等獎得主當晚就開走了一輛寶馬小轎車。全省衝刺國家「蘭亭獎」的書法家們，在這裡進行了為期二十天的培訓創作活動，產生了一批頗具實力的作品。省美協聯合中國美協，組織各省的畫界國手和書畫院領軍人物到此實地創作，央視和幾個國家級媒體做了報導。騰訊、新浪、搜狐等網路機構也先後做過專題採訪。好幾個美術院校的野外寫生基地也選擇到這裡，師生們提著畫板、油彩和畫筆，坐在崖畔道側，蹲在石旁壁下，不少省刊的封面封底都有了圖與文的介紹。大型畫報及一些海外媒體也有大篇幅的專題登載。關於景區的文字和影像，透過不同管道、不同媒體、不同網絡，迅速在全國傳揚開來。

眼中，隨處都有自然美景；鼻中，隨時可以呼吸清新空氣；耳旁，傾聽著關於眼前物景的傳奇史話；腳下，是與山羊野豬同路的原始森林。靜觀千里山如綠浪，動戲飛泉沐浴身手。一聲喊出萬山回應，一眼邀來百樹合心。空中纜車盡覽無餘，林中滑道花香撲鼻。高山草甸，集群石林，崖畔賓館，水中遊船，岩下佛家寺廟，溝谷道家茶舍，泉邊儒家修讀亭廊，樂取所需，美不勝收。

由黑色轉為綠色，由地下轉到地上，從資源經濟變身為門票經濟，從醉身美酒轉換為醉心美景。小撇子從內心深處對自己這次的選擇感到滿意，即便就是身前贏利不多，甚至略有虧空，但這種造福千秋百代的大事能做好，自己此生也無怨無悔了。從心靈深處，他是把這當成一項事業來做的。從為了吃飽喝足的拚命奔波，到現代文明的身心需求，這是時代的進步，也是社會的發展，小撇子覺得自己正是順應了時代的趨勢。他這一代人，是動盪變換的一代，是不斷求取奮力趕超的一代，是承繼歷史又創造歷史的一代。這一代人，有許許多多錯誤和過失，有許許多多奮爭與跌落，但也有許許多多機會和運氣，不管成功與失敗，不管苦難與幸福，這一代人承載的使命都是空前的。這一代人，結束了挖洞蟄居的山民生涯，結束了刨荒平地與狼豹爭食的莽野時代，結束了車馬裝卸水面船運的商旅年代，結束了多子多福肩背擔挑的原始觀念。高樓大廈、人文生態、家用轎車、品茶飲酒、修身養性、習字吟詩、回歸自然、貪戀棋牌、燒烤嚎歌，等等，漸漸成為生活的主流。衛星的發射，讓人類的視點延伸到宇宙層面。四菜一酒的炕頭年夜守歲，轉化為舉家出遊的景區消受。多級同室的複室教學，變成現代化遠端教育的多維課堂。

小撇子摸著自己有點變白變軟變短的那根長鬍鬚，得空捧起一本企業管理厚書，啃讀起來。他讓一位書法名家給自己的辦公室寫了一幅古聯：「一等人忠臣孝子，兩件事讀書耕田。」並時不時地請來森森，作為自己的讀書顧問。回頭峰和小碼頭，常常成為兩人交談的話題。大馬司和他們小時的故事，也偶有談及。

# 五十三

# 五十四

故事結局：

解小雲被縣教育局調回，擔任教研室主任。回頭峰學校由更為年輕的新任校長接替，在繼承優良的教學傳統的同時，用現代化的教學理念和辦學思路，開展新的教育教學方法，一次又一次地被全省評為典範學校，不斷有省內省外的學校派人來學習、研討。教育系統的「回頭峰現象』成為新形勢下，探討教育前景的「碼頭」。

回頭峰煤礦經過擴建修整，成為年產九十萬噸的礦井。小撇子的豐盛昌公司集煤炭、商貿、旅遊、房產、林果、駕校、運輸等為一體的綜合服務公司。各部門分設經理，小撇子以董事長的角色，統籌協調各部門的工作。森森辭去原單位職務，擔任崖山景區旅遊開發公司總經理。幾年以後，景區被相關部門考核驗收，成為五□級景區。史雙莉專門負責景區演藝團體的組織演出活動和導遊培訓管理工作。老溫負責景區桑拿洗浴中心的工作。明明的運輸公司在景區開發過程中，擔任拉出運進的主要角色。

趙子民由副縣長升任常務副縣長，後又被提拔為石城縣人大常委會主任。章成仁在石城滿兩屆任期後經考察擬升任某縣縣長職務，但在市委常委會議上有人提出異議，說其人在石城工作期間有冒進失誤，製造了一些民政矛盾，而且也涉及一定的經濟問題。事實沒有澄清之前，縣長人選暫時擱淺，後經過重新考察確認沒有問題，但縣長選任期已過，最後提升為市司法局局長。石城縣的縣

## 五十四

委書記和縣長分別調回省裡擔任煤炭廳副廳長和城建廳一個處的處長。

非非煤礦和八騾煤礦被徹底關停，其採區面積劃歸正在審辦的一處露天煤礦。露天礦開採涉及老虎溝六個村的居住及耕地面積，由縣鄉兩級政府協調選址，由露天礦礦主投資建村，實施整村搬遷。涉嫌刑事責任的礦難事主非非至今未歸，列為網上追逃對象。經營礦長張天寶，為礦難肇事主犯，由公安檢察機關押審，按相關法律處治。小最最在一夜之間再無蹤影，玩了個人間蒸發。

史經理的天長順酒店被其兒子接任，但光景已大不如前。

趙二狗在礦難事故中被炸成重傷，在醫院住院期間，口頭策劃了大馬司隆重的安葬儀式，棺材前面讓人寫了四個巨幅大字「蓋世英雄」，鑼鼓和響炮陣容鋪排得很大，把城郊的一條街道幾乎堵了個水洩不通。有知情人講，安葬大馬司的當天，在病床上的趙二狗號啕大哭，驚動了整個住院部。數月後，趙二狗病癒回村。又一年，競爭成為村委主任。任職不滿一屆，因經濟問題被縣紀委雙規。

小撇子趙成武被省市縣樹為企業轉型的代表性人物，繼而被公推為全國人大代表候選人。

# 回頭峰

作　　者：孟繁信
發 行 人：黃振庭
出 版 者：崧燁文化事業有限公司
發 行 者：崧燁文化事業有限公司
E-mail：sonbookservice@gmail.com
粉 絲 頁：https://www.facebook.com/sonbookss/
網　　址：https://sonbook.net/
地　　址：台北市中正區重慶南路一段六十一號八樓 815 室
Rm. 815, 8F., No.61, Sec. 1, Chongqing S. Rd., Zhongzheng Dist., Taipei City 100, Taiwan
電　　話：(02)2370-3310
傳　　真：(02)2388-1990
印　　刷：京峯彩色印刷有限公司（京峰數位）
律師顧問：廣華律師事務所 張珮琦律師



定　　價：375 元
發行日期：2023 年 04 月第一版
◎本書以 POD 印製

**國家圖書館出版品預行編目資料**

回頭峰 / 孟繁信著 . -- 第一版 . -- 臺北市：崧燁文化事業有限公司，2023.04
面；　公分
POD 版
ISBN 978-626-357-261-4( 平裝 )
857.7　　112003689

電子書購買

臉書